www.bbulmedia.com

www.bbulmedia.com

SpecTator

스펙테이터

스펙테이터

1판 1쇄 찍음 2014년 5월 2일
1판 1쇄 펴냄 2014년 5월 9일

지은이 | 약먹은인삼
펴낸이 | 정 필
펴낸곳 | 도서출판 **뿔미디어**

편집장 | 이재권
기획 · 편집 | 주종숙

출판등록 | 2002년 9월 11일 (제1081-1-132호)
주소 | 경기도 부천시 원미구 상동로 117번길 49(상동) 503호 (우)420-861
전화 | 032)651-6513 / 팩스 032)651-6094
E-mail | bbulmedia@hanmail.net
홈페이지 | http://bbulmedia.com

값 8,000원

ISBN 979-11-315-1147-3 04810
ISBN 979-11-315-0000-2 04810 (세트)

※파본은 구입하신 서점에서 교환하여 드립니다.

BBULMEDIA FANTASY STORY

SpecTator

스펙테이터

약먹은인삼 퓨전 판타지 소설

Contents

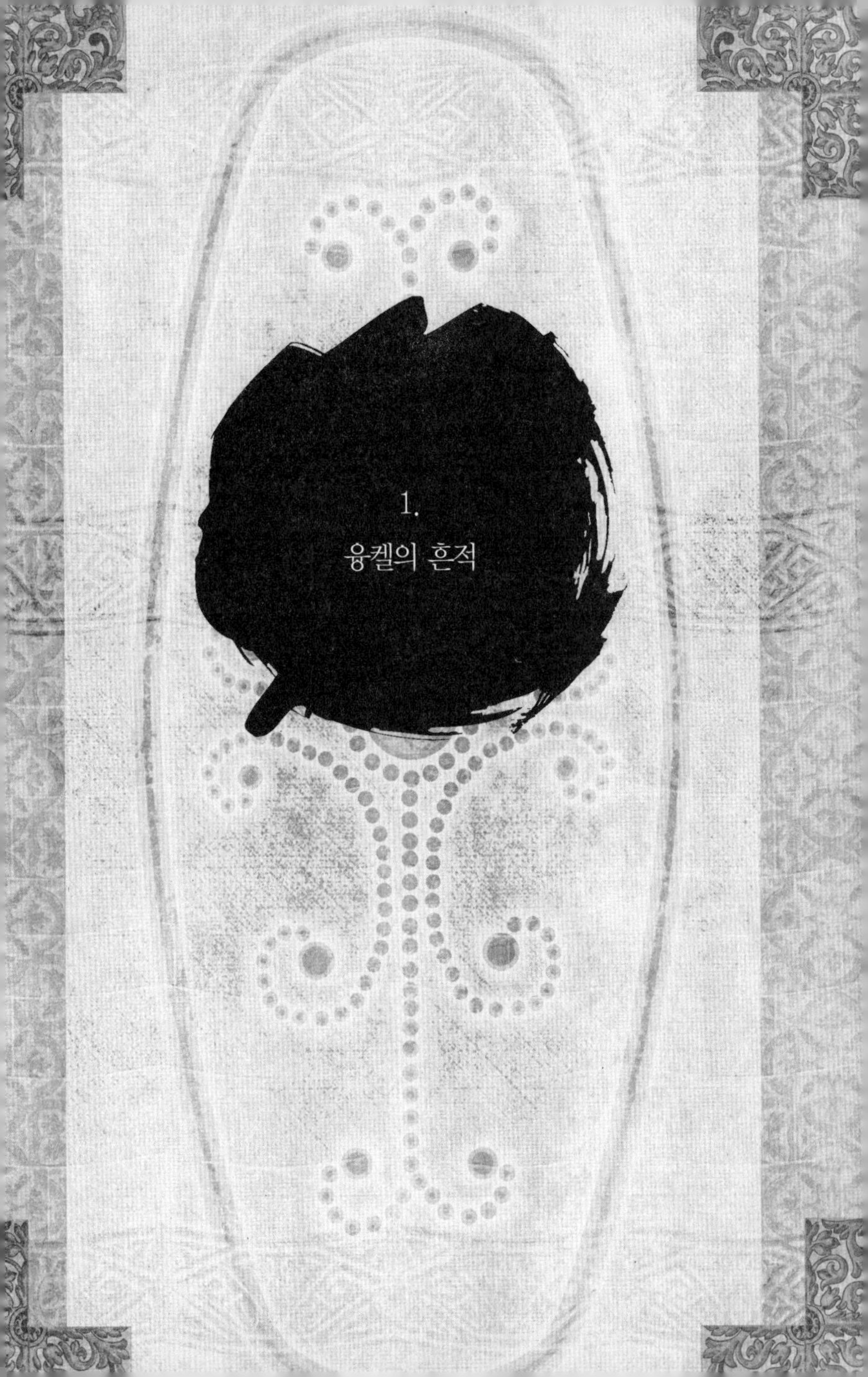

1.
융켈의 흔적

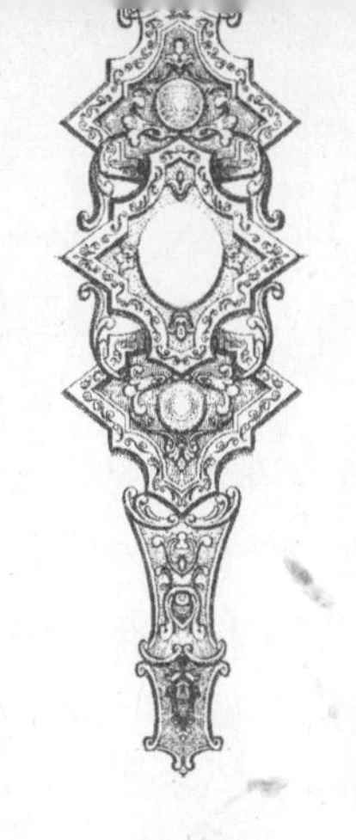

난장판이 된 접대실. 사물과 저 너머의 사람들을 매개로 마력이 쫘악 퍼져 나가더니 사람과 사람을 엮고 한데 묶기 시작했다. 단, 그 마력은 나를 호시탐탐 노리고 있을 뿐, 아직 옭아매지는 못하고 있었다. 그의 말에 따르면 '계약이 준수되는' 까닭일 것이다.

"만약 네가 동반자로서 우리와 선을 유지한다면."

그의 성륜이 끼치는 영향력. 그의 노예들은 이 건물 전체를 아우를 지경이었다. 같은 성륜을 지니고도 그 효과와 영향력은 열 배 이상의 차이를 보이고 있었다.

"우리는 '조사는 하되 네 삶에 간섭하지는 않을 것' 이다."

"불가근불가원(不可近不可遠)을 유지하면 된다는 겁니까?"

언뜻 저 너머로 익살스럽게 웃고 있는 신진권 사장이 들어

오고 있었다. 그러나 나는 물론, 눈앞에 그도 시선을 돌리지 않았다. 서로 그를 소모품이자 복제품으로 인식하고 있다는 증거였다.

"융켈이라는 존재와 이제는 소통하지 않는가 보군요."

그랬다면 굳이 저런 제안을 할 것 없이 '나' 조차도 복제하면 그만이니 말이다. 황금알을 낳는 거위니 어쩌니 할 것 없이 그저 황금알을 무한 복제해 버리면 괜히 키우고 관리할 필요가 없는 것처럼 말이다.

이에 신진권 사장은 의외의 답을 주었다.

"융켈은 나의 계약자이자 목표다. 그를 뛰어넘을 때, 나는 비로소 완전함을 자부할 수 있으리라 확신한다."

'……아직은 모호하군.'

완전함을 대가로 시간을 요구한 융켈과 현재 게임을 출시하고 그에게 도전하는 신진권 사장은 무슨 관계가 있는 것일까?

알 것 같으면서도 중간마다, 이음매가 빠져 있었다. 결정적인 단어의 의미가 애매하니 문장 전체가 이해되지 않는 것이다.

"바라는 바였습니다. 그런데……."

나는 묻지 않을 수가 없었다.

"대체 융켈과 륜, new century의 관계가 어떻게 되는 겁니까?"

"후후."

입가를 비틀며 웃어 보이는 그.

가볍게 손가락을 딱 튕기더니만 아무런 대답 없이 지팡이를 왼편의 자신에게 넘겨주었다. 또 다른 그, 허영덩어리의 신진권 사장이 이를 받아 든다.

하얀 치아를 보이며 웃더니 핑그르르 지팡이를 돌려 보였다.

"나야 모르지. 그러니 이제 같이 알아보도록 하자구. 대신 new century의 보스 몬스터는 저마다 역사를 갖고 높은 비중을 갖고 있으니까 그 조각조각을 모으다 보면 언젠가는 알 수 있게 되지 않겠어?"

호들갑스럽게 웃어 버리는 그.

"후흐하하하하……! 켁! 콜록, 콜록! 여기 오래 있다가는 예민하고 여린 나의 기관지가 상할 것 같군. 폐가 꽉꽉 막혀가는 느낌이야. 휘유~"

저만큼 멀어지는 '그'와 웃으며 떠나 버리는 '그'를 보았다. 나는 짐짓 한숨을 내쉬며 고개를 흔들었다.

그러나 중절모에 가린 내 입술에는 숨죽인 웃음이 가득했다.

초월자들에 대한 단서는 여전히 얻지 못한 상태다. 그러나 알면 알수록, 이름조차 모르는 그들이 세상에 크게 간섭할 수 없다는 사실과 계약을 맺은 이들 역시도 큰 결함을 갖고 있다는 사실이 나를 안심시켰다.

'신진권 사장은 내가 가늠할 수 있는 욕망으로 살고 있다.'

그 점이 나를 안도케 했다.

게다가 내게는 저들이 모르는 무기가 무려 세 가지나 된다.

회귀자라는 것. 일그러진 성륜과 검륜을 갖고 있다는 것. 게임의 능력이 소통된다는 것.

이 무기들이 있는 한 나는 언제든지 상황을 반전시킬 수 있다. 하다못해 저들이 돌려 써 가며 믿고 있는 지팡이 형태의 성륜.

빼앗아서 으스러뜨리면 어찌 될까?

이 공고해 보이는 아성이 저 하나만 조각나도 와르르 무너지지는 않을까?

누구도 남을 안다고 확신할 수 없다. 사람을 대하고 마주할 때에는 신중함이 필수이다. 감히 안다고 자신하는 순간, 자신의 선택을 과신하는 순간부터 파국은 준비되어 있다 해도 좋을 것이다.

'똑같은 놈들.'

태진이나 신진권 사장이나 매한가지였다. 하나에 집착하며 모두에게 통하는 만능열쇠인 양 세상을 살아가고 있는 모습이. 초월자들과의 접촉으로 '상상할 수 없는 힘'을 가졌지만, 결함을 한 가지씩 갖고 100% 활용하지 못하는 모습까지.

놀라움에 현혹되지 말고 사람을 본다면 여실하게 보인다. 지위와 신분을 거두고 '그' 하나만을 본다면 참으로 우습게도 드러난다.

어찌 보면, 그러한 저들의 편집증적이고 빈틈 있는 집착이 계약의 기본 조건일지도 모르겠다.

'진인사대천명(盡人事待天命)이라 했다.'

모르는 사람이 없을 이 말.

그러나 과연 저들은 정말로 진인사(盡人事)한 후 대천명(待天命)을 했을까.

그리하고도 후회가 남아 계약을 맺고 기적에 매달린 것일까.

생각해 볼 일이라 하겠다.

✠ ✠ ✠

“이거 명색이 ‘사장님’ 이신데 귀한 직원을 모시고 다니는 것 같아서 말이야. 물어본다 해도 내가 딱히 대답해 줄 것도 없으니…… 경호야, 네가 석호랑 같이 길 좀 안내해 줘라.”

“예, 사장님.”

뺀뺀하게 말하더니만 내 어깨를 탁탁 두드리고는 가 버리는 신진권 사장이었다. 양옆에 아리따운 비서들을 품에 안고는 손장난을 하더니 쪽쪽 입을 맞추는 꼴이란.

“부럽다…….”

“오늘 밤에 우리도 한 번 땡길까?”

‘엥?’

“관둬. 괜히 여기서 지내서 눈만 높아졌어. 웬만해선 차지도 않아.”

“하긴, 죄다 연예인급 비서들이니 뭐…….”

이 무슨 대화들인가?

“예?”

“아, 아니야.”

"어험. 가자."

스포츠형 머리를 한 경호원 석호와 장발의 경호가 아무렇지도 않은 양 성큼성큼 걸어갔다. 그들을 보노라니 모두가 얽혀 있는 이 별장에서 저 두 경호원은 마력에 얽매여 있지 않았다는 사실이 새삼 떠올랐다.

그러고 보니.

'행동도 작위적이지 않고 자연스럽단 말이야.'

신진권 사장의 말에 따라 애정 공세를 펼치고 십 년은 알아온 오누이 사이처럼 굴던 비서들과는 사뭇 대조적이었었다. 나는 시간을 두고 유의할 사항으로 표시해 두었다.

철컹!

유럽풍 배경에 맞도록 새장 같은 철창 승강기에 올라 꼭대기 층을 눌렀다. 그렇게 사내 셋만 올라 철커덩거리는 장소에 있노라니, 석호가 슬쩍 운을 뗀다.

"사실 네가 어떻게 여기 오게 됐는지 처음부터 봤고, 너도 곧 그렇게 될 것 같아서 하는 말인데…… 꼭 여기 있는 사람들이 전부 저 사람 수중에 있는 건 아냐."

"나도 원래 그렇게 말을 싹퉁머리 없게 하지는 않으니까 이해해 주고."

정면을 보며 복화술을 하듯 말했다. 나 역시 슬쩍 물었다.

"그도 알고 있는 건가요?"

가식적으로 이죽거리던 경호가 자연스럽게 웃으며 답했다.

"아니. 몬스터 플레이용 캡슐에 접속했던 사람 중에 튕겨서 살아나거나 간신히 정신 차린 사람들만 좀 느슨하게 풀리거든. 걸리면 바로 확 고삐가 당겨지겠지만, 적어도 들키지 않으면 자유로워져."

"그런데 왜 저 사람 밑에 있는 건가요?"

"여기가 생각보다 좋아. 게다가 괜히 나가려고 했다가는 쥐도 새도 모르게 그냥 끽이다. 딱히 신진권이 나쁜 일을 하는 것도 아니잖아?"

"총이랑 칼 준비해 둔 거 봤는데요?"

"여차하면 쓰라고 받긴 했는데 실제로 써 본 적이 없어. 포섭하려는 사람들이 죄다 알아서들 잘 따라오거든. 우린 그저 티 나게 보여 주기만 하면 되는 거지. 하긴, 칼이랑 총이 보이는데 개갤 녀석이 몇이나 되겠느냐만."

킥킥 웃는 경호였다.

"그런데 너, 뜻밖에 쉽게 믿는다? 보통은 잘 안 믿던데."

"안 믿었으면 어쩌려고 했는데요?"

"뭐긴, 그냥 나도 쌩 까는 거지. '인생 병신 돼 봐라' 하면서."

그쯤 석호가 물었다.

"그런데 너 진짜 19살 맞냐?"

"맞는데요."

"겁나게 삭았구나, 얼굴에 칼침도 맞고. 생긴 것부터 우울한 짜식. 있다가 밤에 보자. 내가 술 한잔 사 주마."

"……안 먹으렵니다."

"짜샤. 난 5학년 때부터 아저씨 소리 들었어. 네 맘 내가 잘 알아서 그래."

"그냥 혼자 드시죠?"

뚱하게 대꾸하면서도 내심 상황이 묘하게 재밌었다. 대화가 웃기다기보다는 신진권 사장이 없어지자마자 행동이 달라지는 그들이 흥미로웠던 것이다.

"그나저나, 너 올라가면 여비서들 빰따귀는 일곱 번 후려칠 정도의 미녀가 겁나게 달려와서 환영해 줄 거다. 그리고 열렬한 환호 속에서 무작정 접속하게 되거든? 접속기기를 비롯한 온갖 어려운 건 꽉 잡고 있는 연구소장인데…… 미모에 낚이지 말고 꼭 얘기해야 해. 몬스터를 직접 고르고 싶다고. 그리고 그중에서도 멋있어 보이거나 세 보이는 몬스터 고르지 말고 무조건 인간형으로 골라."

"혹여, 다중접속 컨트롤이니 하는 거에 낚이면 진짜 안 된다. 대번에 정신 놓는 거니까."

"어떻게 되는데요?"

"옆 건물에서 개미처럼 일하는 녀석 중 하나가 되는 거지. 표백제로 깨끗하게 뇌 청소해 주고 사장 말에 꼬리 흔드는 개처럼 되는 거야. 일치율 100%. 그거 진짜로 사람 미치게 하거든."

사뭇 섬뜩한 이야기가 아닐 수 없었다. 듣고 나니 이자들이 정말 호의로 그러는구나 하는 확신이 들 정도였다.

"형들은 어떻게 무사할 수 있었는데요?"

"인간형 몬스터였어."

"늑대인간이랑 오크. 참고로 연구소장은 서큐버스였다."

"아, 그걸 깜빡할 뻔했네. 무조건 인간형이라고 안심하지 말고, 듀라한 같은 거 걸리면 안 돼. 무조건 사지 멀쩡하게 붙어 있는 놈으로 골라야 하는 거야."

"그럼 다른 인간형 몬스터를 선택한 사람들은 어떻게……?"

그들이 간단히 일축했다.

"미쳤지. 아예 몬스터처럼 사고하고 자기가 누구인지 모르게 됐으니까. 여기를 게임으로 보고 게임을 현실로 알더군."

"뇌 세척해서 지금은 옆 건물에 있어. 진짜 조심해야 한다."

"왜 이런 걸 알려 주는 거죠?"

"너뿐만이 아니라 대부분 알려 줬어. 그런데 통과한 사람이 없었지."

"여기가 보수는 좋고 즐길 건 많은데, 막상 진심을 털어놓을 사람이 없거든. 정신 줄 안 놓으면 이따 꼭 한잔하자."

정자세로 서서 입만 움직이는 듬직한 경호원들.

그들은 종소리와 함께 승강기의 문이 열리자 다시 무표정하게 돌아왔다. 나 역시도 아무 일도 없었다는 듯 그 뒤를 따랐다. 그렇게 도착한 곳은 고풍스러운 연구실의 문.

그 문을 여는 순간 두 팔 벌려 가슴 깊이 나를 반기는 여자를 볼 수 있었다.

그녀는 폭발적인 매력의 소유자였다.

"반가워, 상현 군. 안 그래도 지원자가 없어서 너무 슬펐었거든."

보드랍고 푹신하며 따스한 가슴.

"이렇게 직접 도와주러 와서 고맙고 지원해 줘서 너무너무

감사해.”

목소리만으로도 감격하게 하는 매혹스러움의 결정판. 평생 녹음해 놓고 들어도 절대로 지겹지 않을 것 같았다. 처음 보는 여자가 아닌 10년을 기다리며 안타까워했던 반쪽을 찾은 듯한 느낌이다.

‘녹아내린다는 게 이런 거구나.’

나는 그녀의 환한 미소를 보았다. 보라색 머리칼의 미녀를 두 눈 가득 담곤 풍만한 가슴에 있는 명패로 시선을 내렸다. 아리따운 연구소장 누님의 이름은 강유나.

그 농밀한 쾌락을 만끽하는 내 눈으로 ‘역시’ 하며 고개를 흔드는 두 경호원이 보였다.

“얼마든지요. 제가 도울 일이 있나요?”

“물론이야, 동생. 누나가 동생한테 보여 줄 게 있거든~”

섬섬옥수가 내 손목을 잡는다.

나는 못 이기는 듯 끌려가며 슬쩍 어깨 위로 검지를 올렸다.

그리고 이를 천천히 좌우로 흔들어 보인 뒤, 강유나의 연구실로, 그녀와 캡슐들만이 있는 그곳에 들어갔다.

“긴장했어? 괜찮아. 누나는 결코 물거나 해치지 않으니까.”

‘앙~!’ 하고 소리를 내더니만 윙크를 하고 새침하게 웃어 보인다. 탄식이 나올 정도의 흐뭇함에 내 고개가 절로 끄덕여졌다.

성적인 욕구와 욕망이 강렬하게 솟구쳤다.

연구소장, 강유나.

찰랑거리는 보랏빛 머리칼. 싱그러우며 가슴을 뛰게 하는 목소리. 170㎝를 족히 넘는 키. 제대로 라인이 살아 있는 8등신의 다리맵시란……

마력 응집 스킬이 정신을 맑게 유지했으니 망정이지 아니었다면 침을 질질 흘리며 꼴사납게 덮쳤을지도 모를 일이었다.

'게다가.'

그녀의 마력 역시도 매우 독특했다. 교류하거나 이용택 관장처럼 경계를 그은 것도 아니었다. 강유나의 마력은 매우 농밀했다. 물처럼 흐른다기보다, 그녀의 몸으로 들어갔다 나오는 순간, 점성이라도 생긴 양 끈끈해진다.

그녀의 마력은 따스하고 때론 뜨겁다. 농도 짙은 애무처럼 사람의 피를 덥힌다.

'서큐버스를 플레이했다더니만 그 영향이 현실에 이어지는 걸까?'

그녀는 참으로 매혹적이며 위험한 여인이었다.

서큐버스는 몽마(夢魔)를 말한다. 꿈속에 나타나 남성의 정기를 탐하는 여악마를 일컫는 단어인데, 남성의 몽정이라는 것에 대해 무지했던 중세의 사람들이 합리화하며 만들어 낸 성적인 악마라 하겠다. 인큐버스는 외도한 부인과 결혼하지 않은 처녀의 임신을 설하기 위해 만들어진 악마이고 말이다.

'지금 있는 강유나라는 여성은 현실과 게임에의 동기화가 만든 작품일까?'

하지만 그렇게 보자면 앞서 두 경호원에게서 문제가 생긴다. 그들은 전혀 오크답지도, 늑대인간답지도 않았으니까. 강유나처럼 마력의 흐름이 특별한 것도 아니었다.

결국

'그녀만이 특별하다는 셈인데.'

자세한 것은 이제부터 알아 가면 될 일이다.

❖ ❖ ❖

내부 실내장식은 바깥처럼 요란하지 않았다. 흰 벽면에는 흔한 장식물이나 시계조차 보이지 않는다. 대신 중세에서 미래로 시간이동을 한 양, 각종 기기와 연결된 캡슐들이 즐비했다.

다소 삭막한 모습.

하지만 그 어떤 장식보다도 화려한 미녀가 실내를 화려하게 꾸며 주었다.

"어디 보자……."

손목을 쥔 그대로 2인용 소파에 나란히 앉았다.

채 5cm도 되지 않는 상황이니 입김이 느껴지고 서로의 체취가 고스란히 맡아진다. 마치 입맞춤이라도 하는 양 슬쩍 다가왔던 그녀의 입술은, 살짝 내밀면 닿을 정도의 아찔한 위치에서 멈추었다.

"확실히 아메바가 조심하는 이유가 있구나? 짜릿!한걸?"

"아메바라니요?"

"왜 있잖아. 자체 분열하는 세포 덩어리."

"신진권 사장을 말하는 거군요."

"엄머?"

내 반문에 그녀는 흠칫 몸을 떨고는 손가락을 딱 튕겼다. 그러자 희기만 하던 벽면이 일렁이며 융단처럼 파도치는 것이 아닌가.

어느새 썰렁해 보이던 벽면은 50대가 넘는 브라운관이 되어 있었다. 각각의 영상은 문을 열고 들어오는 수많은 사람으로 채워져 버렸다.

남녀노소.

온갖 사람들이 화면에 비쳤다. 때론 두 명 이상이기도 했다.

그 모든 이들은 강유나를 마주한 순간 놀라움으로 경직했고 헤실헤실 웃었다. 이어 정신이 나간 것처럼 강유나의 한 마디 한 마디에 맹목적으로 귀 기울인다.

"어때? 동생이랑 반응이 정말 다르지?"

역사적 사명을 띤 양 캡슐에 들어가는 이들과 나를 견주는 그녀.

어깨를 으쓱여 보였다.

"제가 좀 특별하긴 하죠."

"맞아, 아주 특별해. 그리고 난 특별한 사람을 기다려 왔어."

강유나는 환하게 웃었다.

"내가 하는 일은 new century의 접속 및 버그, 오류들을 수정 관리하는 총체적인 모든 것이야. 엄청 많지? 과연 혼자 다 할 수 있을까 싶을 정도인데, 정말로 혼자 해. 이런 식으로~"

딱!

한 번 손가락을 튕겼다.

삽시간에 화면이 뒤바뀌었다. 높은 하늘에서 서서히 초점을 내리는 것인 양 저택 전체에서 부분으로…… 부분으로 시야가 좁혀졌다. 천장부터 침대 밑 등 온갖 위치를 샅샅이 훑던 시야가 단숨에 좁혀지더니 나와 신진권 사장이 대화하는 순간에서 멈추었다.

째깍째깍.

오른쪽 위에 적힌 시간이 거꾸로 흘렀다. 망가진 피아노가 조립되고 나가떨어졌던 신진권 사장의 분신이 벌떡 일어났다.

"뿅~!"

강유나의 장난기 가득한 콧소리.

그런데 그와 동시에 벽면에서 불쑥 사람을 토해 내는 것이 아닌가.

바로 나와 그였다. 반투명한 홀로그램처럼 나온 그들이 다시금 싸움을 시작했다.

'이거야, 원.'

절로 헛웃음이 나왔다.

스텝을 밟고 몸을 날려 공격하는 자연스러운 공세들. 그 섬세한 움직임들이 현장감 넘치는 박력까지 완벽하게 재현하고 있었다. 그뿐만 아니라 뒤쪽 벽면에서는 각각의 동작에 대해 어지러운 숫자로 실시간 분석을 했다.

강유나의 전면에 투명한 입력 칸이 펼쳐졌다.

빠른 손놀림에 동시다발적으로 어떤 값이 입력되고 입력된 값에 따라 화면이 변화해 나갔다. 확확 줌인 줌아웃 되고, 부분부분이 낱낱이 해체되었다. 땅을 딛는 힘 25point. 주먹을 내뻗는 힘 20point. 파생되는 예상충격파 50point. 내지르는 발차기는 40point.

"그거 알아?"

주먹이 아니라 숫자가 움직이고 날아가는 양상이다. 더불어 그 각각의 숫자들을 내가 정확히 0point, miss로 무효화하는 부분까지 정밀하게 분석했다.

"동생은 끝없이 분열해서 생존하는 아메바 사장보다 백배는 더 특별해."

내가 아무리 기술적인 부분에서 문외한이라지만, 지금 눈앞에 보이는 이 광경이 평범하지 않다는 사실쯤은 알 수 있었다.

가히 SF영화에서나 볼 법한 마법 같은 테크놀로지가 아닌가.

"설명이 필요하겠는데요?"

"어떤 거?"

고운 손가락이 다시금 딱, 튕기자 집계된 자료를 통해 서 있는 나와 각종 무기를 바꿔 쥔 인영들이 하나씩 떠올랐다.

저마다의 무기를 쥐고 덤벼드는 그들과 이를 격파해 나가는 나의 모습. 1초 간격으로 이루어지는 승부가 0.5…… 0.3…… 0.1……로 점점 빨라진다. 수십, 수백의 인간 파도를 헤쳐 나가는 모습과 패턴이 이어질수록 홀로그램의 내가 조금씩 상처 입는 수가 늘어났다.

나를 공략할 수단을 시뮬레이션하고 있는 것.

"이런 거?"

마침내 완성된 것은, 무기를 든 다섯 인영을 상대하던 내가 사투 끝에 당하는 것이었다.

"아님~ 이런 거?"

펼친 책장이 넘어가는 소리와 함께 수많은 이미지가 좌르르 빨려 들어갔다. 수납공간에 척척 꽂힌 듯 정리되더니만 한 권의 책이 불쑥 튀어나왔다. 이어 착착 귀에 감기게 종잇장 넘기는 소리가 들렸고 한 페이지를 펼친다.

'놀랍구나.'

파도치는 벽면이 칠색의 빛을 토해 냈다. 그 빛으로 씌워지고 투영된 연구실은 어느새 석양이 지는 황금빛 사막이 되었다.

시선 닿는 곳마다 아득하게 멀리 펼쳐진 피라미드와 스핑크스.

모래 산이 바람과 함께 휘날린다. 고대 이집트인의 복장을 한, 두 남자가 음료와 음식이 담긴 그릇을 가져오기까지 할 따름이니.

"정말이지, 평생 놀랄 일을 오늘 다 겪는 것 같군요."

"그런 말은 놀란 표정이나 짓고 하라고~"

내 코끝을 살짝 비틀더니만 강유나는 푹신한 소파에 몸을 기대며 나른한 어조로 물었다.

"실감 나지? 그런데 과연 무엇이 가짜이고 무엇이 진짜일까?"

고운 모래 입자들. 산란하는 이미지들을 손으로 쥐었다가 흘려보냈다.

어려울 것 없는 질문이다. 중요한 것은 나의 피부로 느껴지는가, 와 닿는가, 이 모든 현상이 내게 영향을 끼치는가에 달려 있으니까.

"내게 있어 실재한다면 그것이 현실이겠지요."

불어오는 바람에 저만치 날아가는 모습까지 정확하게 구현할 따름이니, 촉감만 있다면 완벽했을 정도다.

그러나 그뿐이었다.

이 모두는 참으로 완벽한 가상의 현실일 따름.

"동생은 융켈과 륜, 세계에 대해 단서는 갖고 있지만 잘 모르는 것 같던데?"

"네. 누나가 알려 주시겠어요?"

"물론이지. 나는 조막만 한 거 보여 주고 소심하게 구는 누구 씨랑 다르거든~"

음료를 받아 들며 내게 하나를 건넨다.

"우리, 건배할까?"

호박색 액체가 담긴 잔을 살짝 들어 보인 뒤, 쨍 소리가 나게 가볍게 부딪쳤다.

곧 눈앞이 확 밝아지며 모래는 씻은 듯이 사라졌고 처음에의 연구실로 돌아온다. 들고 있는 것은 유리컵. 담겨 있던 음료는 물이었다. 마술이 연이어 펼쳐지는 듯, 홀린 듯 한 광경을 주시하며 물을 마시는데…… 그 맛은 석류에 꿀을 타고 끝에 톡 쏘는 탄산이 가미된 것 같았다. 향도, 색도 없는데 맛은 하늘과 땅 차이였다.

"솔직히 말하자면, 나 역시 알아 가는 과정이라는 게 사실이야. 계약의 주체는 내가 아니었고 실은 나도 아메바 사장한테 동생처럼 살짝 속아서 왔거든. 누가 동생 앞에서 내가 했던 것과 같은 모습을 보이고 완벽한 가상현실의 비밀을 공유하고 연구하자고 하면, 동생은 어떻게 하겠어?"

"우선 달려들 것 같네요."

"마찬가지야. 그렇게 나처럼 매력적인 호기심에 이끌려서 온 사람들이 꽤 돼. 그리고 우리가 연구해서 알아낸 바로는 현실과 new century는 모두가 세계이고 룬은 정령, 융켈은 초자아를 가진 프로그램이라는 것. 그것도 비밀에 접근하고 자체 진화하는 살아 있는 프로그램 같다는 거였어. 증명하지는 못한 개념에 불과하지만 말이야."

"뭔가…… 제 예상과는 다르군요."

초월자와 악마라는 생각을 확 뒤집는 이야기였다. 강유나는 손가락을 딱 튕겨 배경을 우주로 바꿔 보였다.

"new century로만 접했다면 동생이 그렇게 생각하는 게 당연해. 하지만 곁에서 지켜본 내 시각으로는 정령이랑 과학의 접목이 그나마 그럴듯하거든. 우선 아메바 사장이 사용하는 힘이자 계약이 두 가지라는 것이 첫 번째 이유."

겁륜을 제외한 두 가지라면.

"융켈과 륜이네요. 그렇다면 융켈이 인공지능이고 륜이 정령이라는 건데, 왜 그렇게 이름 붙인 거죠?"

"계약을 맺는 신이라니…… 말이 안 되잖아?"

강유나의 표현이 이해가 되었다.

'그녀는 초월의 기준을 절대적인 힘으로 잡았구나.'

기준점. 바라보는 시각을 어찌 잡느냐에 따라 판단의 방향이 달라진다.

이 중, 전지전능을 필수로 하는 존재가 신이라 할 때 굳이 인간과 소통하고 계약하며 그들만 보살핀다는 것은 곧 제약이자 한계가 된다. 이것은 능력의 유무에 달린 것이기에 전지전능의 필수조건을 부정하는바.

이는 초월하되 제약이 있다는 나의 추론과도 맥락을 같이 한다.

"융켈은 우리의 공상으로 충분히 이해가 되었거든. 이론으로만 세운 모든 부분이 실현 가능한 기술이 된다면 일어날 수 있는 범위 말이야. 쉽게 말하면 이런 식이지."

말과 손짓에 우주와 행성이 멀어지고 다가왔다. 그야말로 내 옆에 있는 그녀가 마법사 같고 한창 이야기하고 있는 정령처럼 느껴질 정도였다.

게다가 이 여자. 허공을 짚고 스치는 손놀림인데 그 하나하나가 내 몸을 슬며시 어루만진다. 어찌 보면 농밀한 애무라고 해도 과언이 아닐 정도로 가깝게, 서로의 호흡과 체취가 느껴지는 상태로.

정말이지 남자 넋을 빼놓는 데 타고난 것 같다.

"가장 그럴듯해 보이는 허무맹랑한 가설이긴 한데, 미래의 어느 어딘가의 어떤 곳에서 시공간 도약이 가능하고 차원장막을 허물 정도의 비행체를 만들어 낸 거야. 임무는 '우주의 비밀에 관한 연구'. 그리고 얘가 열심히 넘나들며 돌아다니다 우리 별 지구에 짠! 하고 온 거지. 그런데 아뿔싸! 조종하던 우주인이 덜컥 죽어 버렸네?"

진지하게 듣던 내가 빤히 그녀를 보았다.

"홀로 남게 된 융켈은 결국 명령받은 대로 행동을 하긴 했지만, 아무래도 최종 결론에 대한 부분은 명령권자의 승인이 필요한 상황이었어. 그러니 결국은 보조로나마 지성체를 함장으로 둘 수밖에 없었던 거야. 결국, 문명을 찾아 우리 별로 상륙~!"

"그래서 명령권자가 필요한 '융켈'은 우리 별에서 새 계약자를 물색했고 그렇게 찾은 이가 신진권이다?"

"응!"

강유나가 토끼처럼 눈을 동그랗게 뜨고는 고개를 위아래로 끄덕였다.

"하지만 엄청난 우주인이랑 지구인이 어떻게 조건이 같겠어. 결국, 완전히 인정할 수는 없지만, 인공지능인 '융켈'은 명령권자가 필요해. 그래서 조건을 달리 잡고 소원을 빌게 했는데 여기에 낚인 신진권은 아메바가 된 거야."

"그럼 new century는?"

"융켈이 실험하는 일종의 실험장?"

"륜이라는 건?"

"지구별에서 잠들어 있다가 꽈광 하고 놀라서 깬 존재들?"

"아하, 그렇군요."

"응!"

"……."

"……?"

왜 그러냐는 듯 두 눈 가득 표현하고 있는 '?'를 보노라니 절로 한숨이 나왔다.

"누나, 솔직히…… 모르죠?"

그녀가 칭찬해 달라는 고양이처럼 빠르게 고개를 끄덕이며 답했다.

"응응!"

'에라이!'

부지불식간에 올라간 손.

'꺄앗!' 소리를 내며 머리를 감싸 쥔 그녀가 빼꼼히 나를 보았다. 그러더니만 표정을 살피고는 헤헤 웃는 것이 아닌가. 그다음은 정말이지 내 상상을 초월하는 장면이 이어졌다.

"화 풀어~ 응? 아이잉~"

눈을 깜빡깜빡거린다.

그래도 표정을 굳히고 있으니 양손은 살짝 쥐어서는 턱 옆에 두고, 생글생글거리며 강아지처럼 '망~! 망~!' 거리는 귀여움을 보이는 것이 아닌가.

움찔.

풀릴 뻔했지만 한 번 더 버텨 봤다. 그러자 혀를 쏙 내밀며 '메롱~' 하더니 작게 기침을 한다. 이어 사뭇 다른 분위기로 성숙한 애교를 보였다.

참으로 같이 있으면 녹아내릴 것 같은 애교들이었다.

피식. 웃음이 새어 나왔다.

처음 봤던 성숙하고 깊은 매력의 여성이 팔색조라도 된 양 장난 가득히 재잘거리다니. 모든 매력을 두루 갖춘 미녀에게 어떤 남자가 언성을 높이랴.

어깨에 힘을 빼고 작게 한숨을 내쉬었다. 그러자 그런 나를 보며 강유나는 한참을 깔깔거리며 박장대소했다.

"알았어~ 이제 장난 안 칠게. 우리 동생~ 설마 삐친 건 아니지? 보다시피 연구만 하다 보면 나도 꽤 지루하거든. 게다가 좀만 얘기하면 사랑 고백이나 하는 등…… 으아~ 닭살 제대로라니까? 같은 여자한테 고백받을 땐 더 기분이 그렇다구~ 그리고……."

순간적으로 그녀의 장난기가 씻은 듯이 싹 가셨다.

"더 이상은 연기가 필요 없을 것도 같고 말이지."

끝으로 갈수록 점차 차분해지는 목소리.

이제 진짜 본론인가 싶을 정도로 분위기가 확 바뀌었다. 귀염둥이에서 이지적인 도시여자로의 변신이랄까.

"어휴. 대체 어디부터 어디까지가 진짜이고 거짓인 거죠? 게다가 연기라니 그건 대체 왜…… 흡!"

말하다가 헉! 하고 숨이 덜컥 막혔다. 나 아니라 누구라도 깜짝 놀랄 수밖에 없을 것이다. 자연스럽게 스치는가 싶던 그녀의 손이 남성을 쥐었다가 놓은 까닭. 정말이지 무방비상태로 허용한 급소인지라 숨이 덜컥 막혔다.

설마 거길 만질 줄이야.

처음 보는 여성과의 만남에서 별의별 걸 다 보고 겪는다.

반면.

"이걸로 진짜 끝~!"

소파에서 일어나 후련하게 외치는 그녀. 말과 함께 배경이 처음에의 연구실로 돌아오고 어느덧 그녀는 핑크색 테두리 안경을 쓰고 있었다.

장난기가 완전히 사라진 강유나.

옷매무새를 다듬고 안경을 고쳐 쓰더니만 담박하게 웃는다.

"내게는 륜이 없으니 이런 식으로나마 시험할 수밖에 없었어. 혹, 기분 나빴다면 진심으로 사과할게."

나도 남자인지라 놀라긴 했다만.

솔직히

'그다지 기분 나쁘지만은 않았으니까. 흠. 흠.'

아리따운 미녀의 교태와 귀여움까지 모두 볼 수 있었으니 말이다.

그래도 짐짓 너스레를 떨었다.

"또 시험이었던 건가요?"

"아까 보았던 것처럼, 나는 몬스터 플레이어 지망자들을 대상으로 가벼운 유혹을 하곤 해. 상대의 정신력을 확인할 수 있는 가장 쉽고 간편한 방법이거든. 그리고 아메바한테 심어 두는 눈과 귀로도 쓸 만하고."

"그럼 이제 진실을 듣고 싶군요. 짧은 시간 동안 너무 많은 일이 있던 터라, 이제는 뭐가 뭔지 구별조차 되지 않을 정도거든요."

"에이~ 약한 척하긴. 알았어. 뭐부터 말해 줄까?"

귀엽게 '에헴!' 하며 기침을 하는 그녀에게 물었다.

"누나가 어떻게 여기 오게 됐고, 일을 맡게 되었는지부터요."

"쓰리사이즈부터 알려 주면 안 될까?"

이 여자가…….

"또 장난?"

"약간은 진심. 그거 알아? 너 꽤 분위기 있고 괜찮은 동생이란 거."

"에효."

언제쯤이면 본론으로 넘어갈지 갑갑할 따름이었다.

잠시 후 대화가 시작됐다.

"동생이 가장 알고 싶어 하는 것은 new century의 비밀이지? 가상현실을 만든 존재에 대한 의문으로 조사하다 륜이나 융켈에 대해서도 알게 됐고?"

고개를 끄덕이자 그녀가 벽면으로 손을 뻗었다.

"나 역시 륜과의 접점이 없는 관계로 정확하게 말할 수는 없어. 다만, 신진권을 보고 주관적인 해석을 더하여 내린 결론으로는 '륜'은 신과 관련이 깊다는 것. 륜에는 성륜과 검륜이라는 두 종류가 있다는 것. 둘은 대치하고 있다는 정도지.

이들에 대해 신진권과 융켈은 굉장히 조심스러워하고 있고 각각의 륜들을 '부를 수 없는 자'로 칭한다는 정도야. 그리고."

살아 움직이는 듯 파도치던 그 중심에서 보라색으로 둘러싸인 책이 둥실 떠올라 그녀의 손에 잡혔다. 조금 전 사막을 재현할 때 보였던 책이었다.

"이게 융켈의 흔적이지."

"신과 융켈을 구분해서 말하는 것 같은데요?"

"맞아. 간단히 분류하면 성륜이 신봉하는 존재를 빛. 겁륜이 앙망하는 존재를 어둠. 융켈은 악마라고 할 수 있어."

강유나의 손짓에 따라 왼쪽 위와 오른쪽 위로 빛과 어둠이 새겨졌다. 그 아래로 빛과 어둠이 물처럼 흘러내리며 각기 다른 수레바퀴를 완성해 나갔다.

내가 도식화했던 것과 같은 양상으로 륜들이 돌고 서로 견제하는 모습이었는데 한 가지 차이점은, 빛과 어둠이 배경이라면 그 배경을 나누는 경계로 new century와 융켈이 존재한다는 사실이었다.

"간단한 내기로부터 시작한 것인지, 사활을 건 운명인지, 작은 장난인지는 모르겠어. 게다가 지금에는 잠이라도 자는 걸까? 왜 반응이 없는지도 몰라. 어쨌든 두 신들이 서로 대리인을 내세워 대결하는 구도가 완성되었는데 그 중개자가 융켈이고 경기장은 new century라는 거야."

"융켈이 심판인 거군요."

성륜과 겁륜의 계약자. 초월자와 악마의 대립 구도라는 내 애초의 예상이 틀린 것은 아니었다. 단, 태진이가 악마로 묘사했던 존재가 어둠이라는 속성의 초월자라는 것만이 차이를 보일 뿐이다.

"성륜과 겁륜은 통칭하는 이름이고 실제로는 각기 다른 이름들이 있어. 다만, 이에 대해서는 절대 말하지도 않고 알려져서도 안 된다나?"

륜의 또 다른 이름. '부를 수 없는 자'를 말함이었다.

"그들은 인간의 욕망을 대가로 계약을 맺고 계약자는 서로의 목적을 위해 도와. 요구하는 욕망에 따라 힘도 형태를 달리하는데, 예를 들어 신진권은 '약속'이고 김태진이는 '일체화'야."

강유나는 손바닥을 슬쩍 앞으로 밀어내더니 왼손으로 책의 한 페이지를 잡아 쭉 당겼다. 곧 벽면이 뒤로 확 넘어가며 새로운 면이 그 자리를 차지했다.

"'약속'을 new century에서 사용하면 '임의 퀘스트 부여'가 돼. 혹은 자신의 언변으로 정해진 퀘스트에 간섭해서 바꾸는 식으로도 응용할 수 있어."

"일체화는요?"

"그건 new century의 보호시스템을 뚫고 체감도를 자유로이 변경시켜. 시스템상으로는 체감도를 아무리 높여도 70이 한계지만, 일체화를 사용하면 그 한계를 넘어 80, 90까지 가능해지지."

게임 진행을 해 나가며 자신의 입맛대로 퀘스트를 변형해 나가는 신진권의 모습.

전투 도중 급격한 체감도의 변화로 몬스터들의 행동이 굼

떠지자 [연속 치명타]로 승부를 마무리하는 태진이의 모습이 보였다.

"체감도 변화는 현실의 몸에도 위험하지 않나요?"

"당연히 위험해. 그것도 아주아주. 계약자를 륜이 지킨다고는 하지만 완벽하게 고통으로부터 보호할 순 없어. 아마 어지간한 정신력이 아니면 그냥 까무러칠 거야. 그런 면에서 김태진이라는 애는 게임에 제대로~ 미쳤어."

지극히 공감되는 말이었다.

일전의 내 경우만 해도 작은 상처를 손바닥에 내는 것. 자해하는 것만 해도 진땀을 흘릴 지경이었다. 신발 한구석에 작은 돌이라도 있으면 걷는 내내 집중조차 못 하는 것이 사람이고, 팔이 절단된다거나 하는 중상은 충격으로 쇼크사까지 한다.

new century가 게임이라는 것을 고려하면 창칼은 물론이거니와 중독, 불꽃, 때론 벼락까지 맞게 되는 바. 과연 그 고통을 이겨 낼 수 있는 이가 얼마나 되겠는가.

녀석은 이러한 모든 위험을 감수하며 게임을 하고 있는 것이었다.

'체감도 조절에 따른 효과가 어떨지 짐작은 간다만…….'

그렇게 게임을 하는 것이 과연 즐기는 것이고 즐거운 것일지 나는 모르겠다.

아참.

그런 녀석을 즐기면서 따라잡는 이용택 관장은 대체 뭐란 말인지……

그때 강유나가 묘한 이야기를 했다.

"각각의 륜들은 new century에서는 큰 제약 없이 사용할 수 있고 현실에서는 적용되지가 않아. 원칙적으로 인간이 사용할 수 없는 능력이거든."

그러나 대놓고 능력을 남발하는 이가 이 저택에 있지 않은가.

"신진권 사장은 자유로이 사용하지 않던가요?"

그녀가 '원칙' 이란 말에 다시 힘을 주었다.

"말했잖아. 인간이 사용할 수 없는 능력이라고."

"……인간이 아니면 된다는 건가 보군요."

"바로 맞췄어~ 상으로 뽀뽀해 줄까?"

가볍게 무시했다.

"하지만 무슨 수로?"

'치' 하며 그녀가 토라진다.

"자기 자신을 포기하면 돼. '부를 수 없는 자'. 즉, 륜과 계약을 맺는 것을 넘어서 '현실에의 몸을 공유' 하면 내준 만큼 '힘' 을 쓸 수 있게 되거든. 합의로 벌어지는 신체 강탈이랄까? 대신 그만큼 서서히 잠식당하지만 말이야."

과연, 그런 식이라면

"신진권 사장의 능력이 강할 수밖에 없겠네요."

"응. 그는 얼마든지 복제하면 그만이니까 아예 통째로 넘기고 공유하다시피 하거든."

"그럼 '신진권' 이라는 사람을 대한다기보다는 '성륜' 을 대하듯이 해야겠군요."

"그래서 내가 세포 덩어리이고 아메바라고 하는 거야."

생각지도 못했던 곳에서 의문들이 올올이 풀려 나가고 있었다.

나는 진작 물었어야 할 질문을 던졌다.

"그렇다면 융켈의 계약자는 뭔가요?"

보라색 빛무리의 책. 그녀가 융켈의 흔적이라고 한 물건을 가리켰다. 강유나는 포옥 한숨을 내쉬었다.

"이에 대해서는 나도 잘 몰라. 다만, 비 오는 날 집에 돌아가던 도중에 이상한 빛에 둘러싸이게 됐는데 그 이후 내 책으로부터 알 수 없는 권한과 사용법들이 전해져 오기 시작했다는 거야. 그건 new century의 서버 관리자가 지녀야 할 능력과 권한이었어. 다음에는 Z&F의 사장이라는 사람이 찾아와서 나를 마구마구 설득했지. 우리의 권한이 나누어졌으니 반드시 힘을 합쳐야 한다나 뭐라나? 이상한 건, 융켈의 흔적에는 사념 같은 것 없이 권한과 그에 따른 최소한의 책임만 있다는 거야."

그녀의 의문 가득한 이야기가 이어졌다.

"예를 들어, 나는 이 '흔적'을 통해서 내가 상상하고 떠올리는 모든 의문과 해답, 과정들에 대해 슈퍼컴퓨터보다 빠르고 완벽하게 처리할 수 있거든. 이 능력으로 무엇을 하건 어떻게 쓰건 상관이 없어."

"제약이 없다?"

"응~ new century의 서버 관리. 그것만 하면 내 맘대로~ 부럽지?"

윙크를 해 보이는 강유나였다.

"그럼 신진권이 맡은 책임은 무엇인가요?"

"new century의 영향력 확대야. 그래서 수많은 분신이 나라를 돌면서 new century와 Z&F를 널리 알리고 있어. 나는 슬쩍슬쩍 압박을 주는 나라의 전산 시스템을 조였다가 풀어주고 아메바의 정체를 누가 의심이라도 품으면 그 기록들을 싹~ 제거해 주는 식으로 돕고 있지."

"환상의 콤비네요. 그런데 왜 융켈의 흔적이라고 하는 거죠? 신진권은 융켈과 대화도 하고 목표로 잡고 있는 것 같은데, 누나는 만난 적이 없나요?"

'아메바랑 날 한데 묶지 마~' 하며 칭얼거리던 강유나가 고개를 끄덕였다.

"사실 내가 아메바보다 더 권한이 세거든? 그런데 나는 융켈과 계약을 맺은 적도 없고 대화한 적도 없어. 반면 아메바는 직접 계약을 맺고 대화도 한 걸로 기억한단 말이지. 그런데 막상 물어보면 몰라."

그렇다면 쉽게 추측할 수 있다. 신들의 경우야 저들끼리의 규칙인지 어떤지 모르지만 융켈은 분명히 활동하던 존재였던 것.

그런 그가 갑자기 침묵을 지키고 권한마저 쪼개져서 강유나에게 전해졌다는 사실은.

"융켈에게 무슨 일이 생겼나 보네요."

끄덕.

"나도 같은 생각이야. 또 다른 누군가가 있지 않다면 아마도 빛이나 어둠 쪽에서 무슨 수를 쓰지 않았을까 해."

"왜 그랬을까요?"

"매수당해서 어느 한쪽한테 욕먹고 쫓겨났거나 비리 저질렀거나 이중첩자 노릇 하다 잘렸거나 어찌 됐거나 하지 않았을까? 내가 모르는 건 아메바가 알 것 같은데…… 걔한테 진실을 듣기는 어렵겠지?"

확실한 열쇠는 신진권 사장이 쥐고 있는 셈인데, 그에게서 정상적인 정보를 얻는 것이 녹록한 일이랴. 여차하면 몸을 갈아타면 되다시피 하는 것이니 배제함이 현명할 것이다.

"그 흔적에는 남아 있지 않았나 봐요?"

책을 가리키자 그녀가 어깨를 으쓱해 보였다.

"없었어."

살짝 드러나는 빗장뼈에 잠시 시선이 멈춘다.

"아메바가 융켈과 대화했다고 기억하는 걸로 봐서는 각각의 흔적들마다 다른 조각들과 단서가 있지 않은가 싶기도 해. 얼마나 더 있는지, 없는지도 모르지만~"

나는 잠시 그녀의 이야기를 정리했다. 빛과 어둠이라는 신. 성륜과 겁륜이라는 부를 수 없는 자. 융켈이라는 악마와 그가 관리하는 new century까지.

결국, 꽤 많은 걸 알고 두루 거쳐 의문을 없애기도 했지만 새로운 의문이 쌓인 셈이었다.

그러다 중요한 사실을 하나 깨달을 수 있었다.

'융켈에 대해 만난 적도 없고 기억도 없는데 어떻게 그가 악마라는 생각을 한 거지?'

강유나는 무엇을 통해 그런 결론을 얻었을까.

단순히 신진권을 복제했다는 것만으로 그리 여기기에는 근거가 부족하다.

"융켈이 악마이긴 한 거죠?"

찰나, 그녀의 보라색 눈동자에 날카로움이 번뜩였다. 실로 눈 깜짝할 사이에 해맑은 웃음으로 포장되었지만 나는 직감할 수 있었다. 이 여자의 면면은 연출에 불과하다는 것을.

"안 그래도 이 얘기 때문에 이렇었~게 한참이나 돌아온 거야. 그래서 말인데, 나랑 손잡자. 상현아~ 나랑 함께하자~ 응?"

책을 가슴에 꼭 껴안고는 다가와 머리를 도리도리 흔드는 그녀.

"자꾸 귀여운 척할 거예요?"

"왜? 안 어울려?"

"그건…… 아니지만."

멋쩍게 얼버무렸다.

"누나, 찾는 거라도 있어요?"

"내 책 봐 봐. 뭔가 허전해 보이지 않니? 이 빈자리들을 채우면 내가 좀 더 많은 걸 할 수 있어지는데…… 그런데 그 날아간 부분들이…… 흑흑. 그게 new century에 있어."

"몬스터로만 얻을 수 있는 건가 보네요."

울먹울먹한 목소리에 절로 내 가슴이 아려 온다.

"흑흑. 누구나 얻을 수 있긴 한데, 필요 능력치가 워낙 높아서 힘들 거야. 차라리 몬스터. 그중에서도 능력치가 아주아주 높은 보스 급의 몬스터 플레이어가 된 후 아이템을 구하는 게 더 쉽고 빨라.”

“뭔데요?”

곧 눈물을 훔친 그녀가 또렷한 어조로 말했다.

“펠마돈의 비서.”

그것은 많은 의혹을 자아내는 단어였다.

진실의 서라고 불리는 아이템이 실상 융켈의 흔적이며 new century 관리자의 권한이라니.

‘……아직은 모른다.’

진실 9할에 거짓 1할을 섞는 것인지도 모르니까. 분명 그녀는 많은 정보를 내게 주었다. 그러나 그것이 모두 진실이라는 보장은 어디에도 없는 상태다. 잊지 말자. 그녀와 내가 마주한 지 채 하루도 지나지 않았음을.

웃고 떠든다 하여 다가 아니다.

강유나가 그렇듯이 나 역시도 지금의 모습을 연기하고 있을 뿐이니까.

‘미모에 취한 척 말이지.’

나는 우선 장단을 맞추며 더 많은 단서를 얻는 것에 주력하기로 했다.

확실한 사실은 그녀가 관리자이고 펠마돈의 비서를 찾는다는 것. 그러나 정작 그 유무를 확인할 정도는 되지 못한다는 것이다. 만일 그랬다면 현재 내게 문신으로 흡수된 진실의 서를 그냥 놓아둘 리가 없었을 테니까.

그뿐만 아니라 강유나는 멜도란에서 진실의 서가 사라진 중대한 사건을 아직도 감지하지 못한 상태였다. 본래 자신의 권한이 맞기는 한 걸까? 아니면 나를 이용하여 자신의 욕심을 채우려는 걸까.

아직 단정 짓기에는 이른 상황이다.

그런데, 이상하다.

'초보자 마을의 모든 NPC를 다룬다는 신진권 사장인데, 그보다 더욱 막강한 권한을 가진 강유나가 왜 NPC들의 동향을 모르는 거지?'

이에 대해 가볍게 던져 보기로 했다.

"진실의 서라면 국경요새나 황도에서 보관 중으로 아는데 그걸 어떻게 몬스터로 구하죠?"

"간단해. 바로 보스 몬스터로 플레이하면 되는 거야. 아메바가 new century의 대대적인 이벤트로 광고해서 자연스럽게 두 세계를 설득시켜. 다음에는 내가 동생을 보스 몬스터의 몸으로 인도할게. 그럼 동생은 보스 몬스터가 돼서 게임 이벤트를 진행함과 동시에 펠마돈의 비서를 탈취하면 끝~!"

"글쎄요."

"이해가 안 된 거야?"

"그럴 리가요."

이제 본론이다.

"이해가 가지 않는 부분은 new century를 관리하는 누나가 왜 고작 아이템을 못 가져오는 건가에 대한 물음이에요. 신진권 사장은 초보자 마을의 NPC들을 모두 통제한다고 했고, 실제로 제가 열심히 숨어 다녔는데도 NPC들의 감시를 통해 저를 눈치챘다고 했거든요. 그런데 누나는 왜 몬스터로 공격하는 어려운 방법을 쓰나요?"

강유나는 콧소리를 내더니만 나를 샐쭉하게 째려봤다. 팔짱을 끼고 한 마리 예쁜 여우처럼 보는데, 팔짱을 껴서 더욱 두드러진 가슴으로 시선이 가는 건.

'……수컷의 본능.'

거듭 느끼지만, 스킬의 도움이 없었으면 나는 일찌감치, 벌써, 한참 전에 그녀의 포로가 되었으리라.

"동생, 그거 알아?"

"예?"

"날 떠보면서 이렇게 오랫동안 대화한 사람은 동생이 유일하다는 거 말이야. 동생은 사람 애타게 하는 나쁜 남자 기질이 있는 거 같아."

딱히 답할 말이 없어 웃어넘겼다.

"흐응~ 뭐, 좋아. 괘씸하지만 한 번 넘어가 줄게. 대신 서로 한 번씩 했으니까 아까 섭섭한 거 있음 쿨~하게 다 잊는 거다?"

"물론이죠."

강유나는 책장에 손가락을 대고는 빙글빙글 돌려 보였다.

"대략 이미지화하면……."

둥근 원이 책 밑으로 빛 가루가 되어 떨어져 내렸다. 이는 서로서로 엮으며 빛의 사슬로 변했다. 전체를 아우르는 촘촘한 그물.

그 밑으로 new century의 세계가 실내 가득 펼쳐져 있었고, 천장에서부터 유성우처럼 캡슐들과 사람들이 떨어져 내리는 양상이 보였다.

"이게 랭킹이랑 각종 시스템이야. 동생이 간파한 대로 Z&F는 출입문을 통제하고 관리하는 일을 하는 것에 불과해. 만약 동생처럼 그물 사이를 통과해 버리면 나는 방법이 없어져."

"현실과 new century가 독립된 세계라는 말인가요?"

그녀가 한숨을 내쉰다. '애가 날 자꾸 간 봐~' 하며 칭얼거리더니만 항복의 의미로 두 손을 귀엽게 들었다.

"맞아. 다만 그 독립된 세계에 간섭하는 힘이자 권한이 바로 융켈의 흔적이거든."

"그럼 '빛과 어둠이 만들고 권한을 융켈에게 주었는데, 융켈이 사고를 당하며 그 권한이 현실과 new century로 흩어졌다. 이 중 현실에서의 접속 권한은 누나가 수습한 상태다.' 라고 요약할 수 있겠군요."

"정확해. 그리고 NPC들을 통제할 수단 같은 건 없어. 단지 시스템과 연결되어 우리가 파악할 수만 있을 뿐이고, 그조차도 플레이어와 관련된 것에 한정되어 있을 뿐이야. 즉~"

알 수 있었다.

"초보자 마을의 NPC들이 눈과 귀라는 그의 말은 거짓이다?"

"정답! 나도 모르는 걸 지가 어떻게 알겠어? 'new century는 모두 내 맘대로 할 수 있다' 는 그런 연기인 셈이야. 실제로는 랭킹에 등록된 이들 중 뛰어난 사람들한테 접근하고, 그러다 널 우연히 발견한 거거든. 근데, 그거 알아?"

"어떤 걸요?"

"너랑 친한 스칼렛, 빈센트, 화랑한테 저 아메바 차인 거~ 친해지려고 나름 무게 잡고 다가갔는데, 그냥 묻혔어."

그녀가 입을 살포시 가리고 웃었다.

〈그의 추적 : 김태진 #1〉

'있을 수 없다!'

내딛는 일 보. 희끗희끗해지는 몸 뒤로 바람이 뒤따랐다. 십 미터의 거리를 단 일 보로 압축하더니 순식간에 들이닥친 인영이 직선상에 자리한 다섯의 서치 전사를 일격에 갈랐다. 그림처럼 뽑아 든 검이 검집에 꽂히자 들리는 소리.

썩둑!

예리한 절단면. 분수처럼 뿜어져 나오는 피를 뒤로한 채 그가 걸음을 내디뎠다.

소리조차 베어 넘기는 그. new century의 랭킹 1위이자 '쾌속의 검' 으로 불리는 카이져가 바로 그였다.

퍼펙트 나이트. 무결점의 기사. 이 모두가 카이져의 칭호였다.

그러나 언제나 은은한 미소를 머금고 있다는 그가 지금은 조금의 여유도 찾아볼 수 없었다.

"있을 수 없어!"

나직하게 으르렁거리며 신경질적으로 손을 놀렸다.

메시지창이 구겨져 버려졌다.

[[공지]] – [총상금 1,000억 이벤트!]

차별화된 세계. 유일하며 완벽한 가상현실 게임 new century가 상상초월의 이벤트를 여러분께 헌사합니다.

이름하여 '마계의 정수를 모아라!'

총 1,000개의 정수.

이벤트는 100일간 지속합니다.

각각의 정수는 현금 1백만 원의 가치를 지니며 언제고 현금과 교환 가능합니다.

* 10개의 정수를 모아 합치면 20%의 확률로 '마계의 보옥'이 되며 이는 1억의 가치를 지닙니다.

* 10개의 보옥을 모아 합치면 10%의 확률로 '마계의 령옥'이 되며 이는 100억의 가치를 지닙니다.

* 상금액은 본사가 자리한 '대한민국'을 기준으로 정했으며 환율에 따라 조절 적용됨을 명시합니다.

* 마계의 정수는 각 도시에 자리한 이벤트 NPC '융켈의 방랑자'를 통해 '세계를 물들이는 어둠의 암약' 퀘스트를 받음으로써 시작할 수 있습니다.

이를 수행함으로써 단서를 얻을 수 있으며 그 끝에는 보스 몬스터 '베제인'이 자리합니다.

"이따위 이벤트는 없었단 말이다아아아악!!"

비명처럼 소리를 질렀다. 좌우로 흔들리는 눈. 떨리는 두 손!

신경질적으로 머리를 마구 헝클였다. 주먹을 꽉 쥐었다가 펴기도 했지만 도무지 진정이 되지 않는다.

"다이얀! 대체 이게 어떻게 된 거냐!"

끼고 있는 검은 반지를 보며 묻는 그. 정신이 나가기라도 한 것일까?

헌데, 놀랍게도 반지에 가로금이 그어지더니 대답을 해 왔다.

– 모르겠다.

"혹시 과거가 아니라 다른 차원으로 온 것은 아니냐? 내가 바꾼 과거 때문에 이런 일이……."

그러자 반지가 부르르 진동하더니 그 속에서 검은 머리칼에 칠흑처럼 깊은 눈을 가진 여인이 나타났다. 1미터 80은 되는 장신에 긴 도를 비껴 멘 그녀는 입술과 손톱은 물론 모든 복장이 어두웠다.

반면 피부는 흰 눈처럼 하얗고 창백하였다. 이질감이 가득한 아름다움의 소유자.

다이얀은 카이져를 지그시 노려보았다.

움찔.

시선에 주눅 든 카이져가 몸을 떨자 그녀가 싸늘하게 말했다.

"대체 몇 번을 말해야 알아듣겠느냐! 고작 아이템 등록, 퀘스트 선점, NPC와의 친분, 현실에서 네 가족에게 도움을 준 정도로 이만한 변화가 일어날 리가 없다고 말이다. 돌멩이 던진다고 해일이 몰려오는 줄 착각하는 것도 정도껏 해라."

"그, 그렇다면 대체 이게 어떻게 된 거냔 말이냐고! 듣도 보도 못했던 녀석이 단숨에 내 레벨까지 치고 왔어. 스칼렛이랑 빈센트, 화랑의 레벨이 내 예상치를 훨씬 웃돌고 있다고! 그러더니 이제는 20년간 이벤트는 물론 공지조차 날리지 않던 방관 운영의 최고봉인 Z&F가 저런 이벤트를 하기까지 한단 말이야! 이게 내가 알고 있는 과거가 맞는 거냐? 네 말대로라면 내가 저지른 실수는 절대로 무관하다며! 그럼 누가 문제겠어?!"

그가 불같다면 그녀는 얼음처럼 냉철했다.

"누군가 있다. 1기를 끝으로 잊히고 지워져야 할 융켈을 부각한 누군가가. 신성한 승부에 먹칠하는 저급한 무언가가 있는 게 분명해. 간섭할 수 없는 세계에 '융켈'의 권한으로 감히 들어온 변수가!"

흰 치아가 아랫입술을 깨물었다.

"지금은 이렇게 우리끼리 자중지란을 일으킬 때가 아니야. 이제 네가 가진 정보로서의 이점은 모두 상실했다고 봐도 좋을 거다. 저 정도 이벤트면 모든 인간이 관심을 두게 될 테니까."

"제길!"

"그렇다고 좌절할 것까진 없어. 경험에서도 우월할뿐더러 너의 지식은 수많은 플레이어가 겪은 시행착오의 결과물이다. 앞으로는 정해진 미래를 이용하는 게 아니라, 우리가 정보를 바탕으로 흐름을 선도하면 된다. 그 방법은 내가 마련할 테니 넌……."

"걱정하지 마. 쾌속의 검이자 무결점의 기사가 나야. 누구라 해도 넘보지 못할 실력을 보여 주마!"

자신의 장점을 확실히 되짚은 카이저가 수긍하며 의지를 다질 때였다.

다시금 메시지가 반짝반짝거렸다.

[[공지]] - [전설의 투마 베제인]의 도전!

Z&F의 모든 역량을 동원하여 만들어 낸 전무후무한 최고, 최강의 보스 몬스터 베제인이 여러분께 도전합니다. 란티놀 제국에서 발각된 흑마법사 퓰라, 위기를 느낀 그가 악마의 손을 잡음으로써 시작된 균열 때문에 마계로의 문이 열리게 되었습니다.

이로써 인세에 호기심을 갖고 강림하게 된 투마 베제인!

그림자에 불과한 [마수]. 신의 속박을 받는 [영웅]을 넘어 진정한 [전설]의 투마 베제인!

그를 쓰러뜨리십시오.

도전하세요. 게임의 영웅이 곧 현실의 영웅이 됩니다.

* 베제인의 등급은 [마수], [영웅], [전설]이 있으며 플레이어는 난이도를 선택하여 레이드할 수 있습니다.

난이도에 따른 보상은 다음과 같습니다.

[미수]=마계의 정수 1개

[영웅]=마계의 보옥 1개

[전설]=마계의 령옥 1개

* 베제인의 레벨은 파티 최고위 캐릭터의 레벨+10 고정입니다.

* 8인 이상의 파티일 경우 전장이 바뀌며 군대전투.

전술과 전략을 요구하는 전쟁이 될 것입니다.

(보상은 전공에 따른 차등지급)

* 베제인과의 전투, 전쟁 동영상은 합의를 통해 편집되며 new century 명예의 전당에 올라갈 것입니다.

* [전설]의 투마 베제인의 공략에 성공하면 이 영상은 추후 각종 Z&F 홍보 및 행사에 사용되고 그 수익의 0.1%를 받게 됩니다.

이를 본 카이져와 다이얀의 눈이 번뜩였다. 막대한 보상. 과연 저런 이벤트를 벌이는 이유가 무엇일까 싶은 물음보다도 눈에 들어오는 단어가 있었던 것이다.

"퓰라!"

카이져가 불같은 적개심을 품으며 '란티놀 제국'을 되뇌었다. 분명 지금의 사건이 그곳과 연관이 있을 것이다.

"좋아. 기왕 이 정도로 엉망이 된 거, 최강의 드림팀으로 망할 이벤트를 접수해 주마!"

호기롭게 선언하는 카이져.

반면, 다이얀이 주목한 단어는 달랐다.

"악마와 손을 잡아 마계의 문을 연다……."

고민하던 그녀의 고개가 끄덕여진다.

'자체 분열하는 신진권의 동시 접속 최대 한계치가 1천. 문이 열리고 등장한 악마의 숫자와 딱 맞는다. 그런데 신진권이 총력을 다할 정도의 기회가 찾아올 리가 없는데. 빈약한 강유나의 권한만으로 퓰라의 정신을 흔들 수도 없고?'

누군가 있었다. 자신의 계획, 애초의 목표를 뒤흔드는 누군가가.

'누구지?'

풀려 가는 의문이 막히는 순간.

하지만 다이얀은 조급해하지 않았다.

"가자."

중요한 것은 이 모든 변혁의 핵심 키워드를 찾았다는 사실이니까.

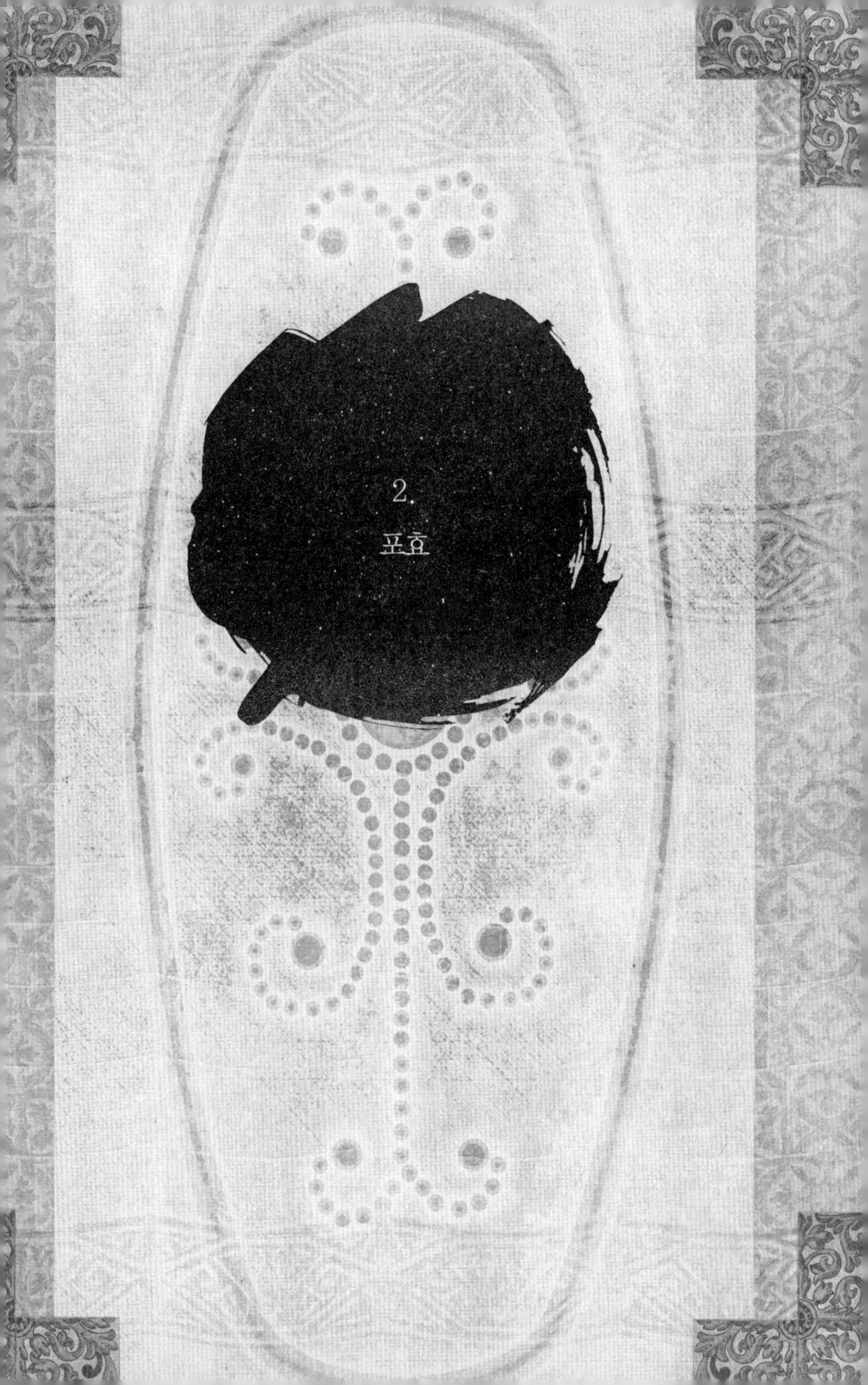

2.
포효

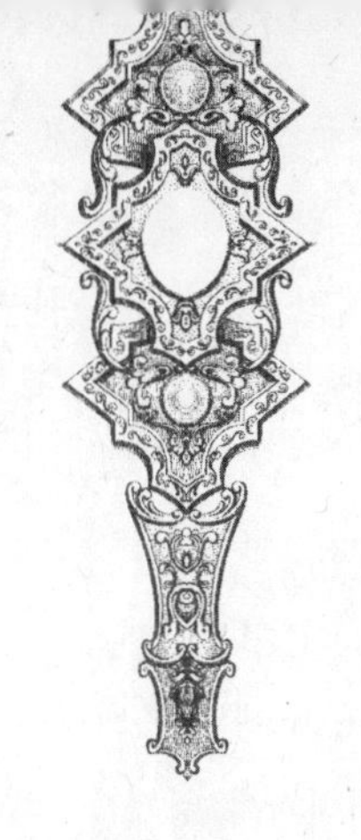

대화하는 맛이 난다랄까. 그녀는 함께 있음으로써 상대를 편안하게 하고 또 즐겁게 만드는 재주를 갖고 있었다. 오래지 않았지만 깊이 공감하며 친숙하게, 그러면서도 보면 볼수록 새로운 면모를 보이는 이중적인 매력을 두루 머금고 있다.

차를 마시고 과자를 즐기며 잡담을 나누었다. 의도적으로 그녀가 무거운 주제를 피하고 있음을 느낄 수 있었지만 나는 여유롭게 이를 인지하며 같이 즐겼다.

'평범한 대화에 굶주리기라도 한 걸까?'

어느덧 시간이 흘러 나는 각각의 캡슐들로 향하게 되었다.

"융켈이 악마인 이유에 대해 물어봤었지?"

"네. 융켈이 심판이라면, 어둠과 겁륜들이 악마에 더 가깝지 않을까 싶거든요. 그런데 누나가 확실하게 '융켈이 악마다!' 하니까 좀 의아해요."

"현실에서 볼 때는 참 고마운 존재지만, new century에서 보면 융켈을 악마라 한 이유를 쉽게 알 수 있어."

드디어 두 경호원으로부터 특별히 주의를 받았던 접속 부분이었다.

"몬스터 플레이어 전용 캡슐로 접속하면 체감도가 강제로 0에서 100으로. 다시 0이 되며 정신이 나가게 돼. 그러면 귀신처럼 new century에 접속해서는 부유하게 되는데, 그때 빛살 같은 것이 내려와서 영체를 막 찍어 누르거든. 그럼 10의 힘이 있다면 1밖에 쓸 수가 없게 되고 만성피로와 두통을 앓는 상태로 변하는 거야. 그 상태로 비로소 여정이 시작되지."

상당한 페널티였다.

"아파서 골골대며 목표 설정을 해 둔 몬스터한테 쭉 날아가 머릿속에 쏙 들어가 버려. 그럼 어떻게 되는지 알아?"

"어떻게 되는데요?"

그녀가 '쉿!' 하더니 검지로 입술을 막고는 조용히 내 귓가에 속삭였다.

"속칭 귀신 들린 것처럼 되는 거야. 몸은 하나. 정신은 두 개. 가만히 명상하고 있는 수도자에게 끈적끈적한 유혹의 손을 내뻗는 마라(魔羅)처럼, 가서 속삭이는 거지. '네 욕망, 욕구를 들어주마. 대신 너의 육신을 다오~' 지성이 있으면 그 욕망을 부추기고 없다면 힘으로 제압하기도 하고, 악몽을 막 떠올리게 해서 혼란 상태에 이르게 만들기도 하면서."

손가락을 슬쩍 튕기자 저편에 있는 벽면으로 다른 영상이

맺혔다.

네 개의 캡슐에 들어가는 지망자들은 각기 다른 네 마리의 몬스터로 연결되었다.

첫째는 짙은 어둠으로 을씨년스럽기만 한 묘비.

죽은 듯이. 아니, 실제로 죽어서 눕혀져 있는 좀비의 몸에 들어간 한 청년은 희끄무레한 좀비와 맞닥뜨려서는 기겁을 하고 놀라 도망을 쳤다. 상대하려고 해도 제약이 가해져 있으니 버거운 것이다.

결국, 본능에 따라 이를 쫓던 좀비가 청년을 집어삼키는데, 그 탓에 좀비의 몸에 변화가 일었다.

썩어 문드러진 피부에 거무죽죽한 빛이 감돌더니 돌아간 눈을 바로 뜨며 주위를 둘러보게 된 것. 위에는 [좀비]에서 〈마기에 물든〉 [방황하는 좀비]로 이름이 바뀌어 있었다.

"어떤 상태가 되건 몬스터에게 사냥당해서 먹히면, 그 몬스터는 나름의 '진화'를 하게 돼. 지금은 일반 몬스터에서 네임드 몬스터가 된 거였어."

접속이 종료되고 캡슐이 열렸지만, 그 지망자는 일어나지 못했다.

두 번째는 오크들과 서치들. 바로 종족전쟁을 벌이며 치열하게 싸우던 그들이었다. 한창 피 튀기며 싸우던 오크 전사에게 다른 지원자가 끼어들었다. 느닷없이 정신으로 침투해 온 플레이어에 의해 순간 멈칫하게 된 오크 전사. 전쟁 도중에 멀뚱히 서 있는 그를 가만 놓아둘 리 있겠는가. 결국, 틈을 노리고 날아든 검에 중상을 입고야 만다.

그런데 여기서 갑자기 반전이 일었다.

정신에서 대치하고 있던 실험자와 오크가 똑같이 분노를 느끼며 강한 적대감으로 힘을 합친 것. 이윽고 오크 전사는 피를 뚝뚝 흘리는 상태 그대로 입에 게거품을 물더니만 폭발적인 힘으로 눈앞의 상대를 도륙해 버렸다.

[오크 전사]는 〈마기에 물든〉 [오크 광전사]가 되었다.

"감정 격발로 말미암은 동화는 폭주를 일으켜 신체 능력을 두 배로 끌어 올리게 돼. 단, 그 여파가 현실에까지 미쳐서 난동을 부린다는 게 문제야."

장면은 캡슐을 열자마자 난동을 부리고 곧, 제압당하는 지원자로 이어졌다.

세 번째는 상황이 달랐다. 한 나이 든 지원자였는데 그리폰에게 들어간 것이다. 조류 몬스터에게 들어간 그는 정신 속에서 노련하게 몬스터의 환심을 샀다. 먹이를 구현하고 슬쩍 길들이다시피 하여 시간을 두고 기 싸움을 한 것. 결국, 장시간의 견제 끝에 그리폰을 길들일 수 있었고 무사히 지원자는 몬스터로 플레이할 수 있게 되었다.

그러나 둥지에서 뒤뚱거리다 균형을 잘못 잡아 떨어지게 됐는데, 절벽 위에 자리한 둥지에서 그대로 곤두박질친 그는 추락사해 버리고 현실의 몸 역시도 뇌사에 이르게 되었다.

"신체 간의 괴리감이 문제라고나 할까?"

날개가 없는 인간이기에 날갯짓을 하지 못한 것이다.

그녀는 묘한 웃음을 지었다.

"밖에서 석호나 경호한테 들었지? 아무리 속삭이면서 말하면 뭐해~ 내가 물어보면 줄줄 답해 주는데. 하지만 걱정하지 마, 동생. 이거 초창기에 자주 있었던 일인데, 덕분에 이런 사례들을 피드백하고 이제는 짐승형이나 이성이 없는 몬스터에게 시도하진 않기로 했어. 그래서 마지막으로 나온 게 이런 유형이야."

네 번째로 접속한 지원자는 한 평민에게 깃들었다. 그리고 의식 한편에 조용히 숨어서는 그의 삶과 일상을 함께 느끼기 시작했다.

하루가 흐르고 열흘이 흘렀다. 한 달이 넘는 시간이 더 흐른다.

"저렇게 계속 지내는 건가요?"

"마음의 틈이 보일 때까지는 저래. 그러다 욕심을 품게 되면 슬쩍 말 거는 거야."

"그야말로 악마의 유혹이네요. 실제로 힘을 주지는 못하나요?"

"펠마돈의 비서 어딘가에 있는 권한이지 않을까 싶어."

사건은 작은 것에서 시작됐다. 사랑하는 여자가 생겼는데, 그녀의 허영심이 매우 컸던 것. 사치를 감당하지 못한 사내는 어떻게든 돈을 마련하고자 무덤을 파헤쳐 그 부장품들을 판다는 계획을 세웠다. 그리고 산을 오르는데, 어두운 밤 누군가의 공격을 받아 간신히 도망치게 되었다.

이를 시작으로 보름달이 뜨는 밤마다 마을에서 살인사건이 일어난다. 사람이 짐승에게 뜯어 먹혀 죽는 사건이. 보름달이 뜨면 그는 늑대인간이 된다.

"익숙한 얘기군요."

"재밌지?"

범인은 어렵지 않게 밝혀졌다. 흔적이 곳곳에 남아 있었고, 실제로 다음 날 아침 더부룩한 속 때문에 구토를 한 그의 입에서 손가락이 뱉어졌던 것.

그리고 뱉어 낸 그 손가락에 자신이 선물했던 반지가 끼워져 있음을 확인하게 된다.

"쯧……."

보는 나로서는 가히 공포영화를 보는 것 같았다.

뱉어진 손가락. 짓이겨진 살점들과 반지. 사랑하는 여인을 먹어 버린 사내의 절규.

여기서 그는 공황 상태에 이르게 된다. 그때 목소리가 들려온다.

'나와 함께 하자.' '내가 도움을 주겠다.' '내 손을 잡으면 이 두려움에서 벗어날 수 있다.'

그렇게 그는 두려움으로부터 도망쳐 자신을 포기하게 되었다. 자포자기 상태의 사내를 차지한 이는 바로 경호였다.

탄생한 〈마기에 물든〉이라는 칭호가 슬쩍 떠오르는 그때.

덜컹 문이 열리더니 '괴물이 여기 있다!' '성수를 뿌려!' 하는 고함이 울렸다. 이어 무장한 병사들의 공격을 받게 된다. 결국, 그 충격으로 평민이 사망하게 되고 경호 역시도 튕겨 나왔다.

"차라리 다 죽어 가는 NPC나 절박한 이들이 낫지 않을까요? 기왕이면 한 맺힌 능력자도 좋겠고요."

"왜 안 해 봤겠니. 그런데 가해진 페널티가 너무 심해서 평범한 사람은 new century의 지능을 가진 누구도 정면으로 이길 수 없었어. 문명의 혜택을 덜 받는 이종족은 더 힘들었고. 석호는 7살의 오크한테 도전했는데, 간신히 견디다가 도망쳐 나온 사례야. 어릴수록 단순하지만, 생존본능이 강하거든. 그냥 울어 버리기만 해도 이쪽에선 찌그러질 정도니까."

"희망을 상실한 사람은 어떨까요?"

"감옥에 갇혀 죽어 가는 이를 예로 들자면, 온갖 고문을 당하고 극단에 몰렸던 사람은 오히려 귀신이나 악마에 대해 반쯤 믿는 상태가 돼. 그런 이들을 유혹하고 과거를 떠올리게 해서 포기하게 한다?"

중요한 건 승부가 아니라 스스로 포기하게 만드는 것.

쉽지 않은 일이 분명했다.

"내친김에 될 대로 되어라~! 걸리면 대박이다~! 하고 보스급 몬스터나 기사, 마법사, 왕한테 보내 봤거든?"

명상 중에 침투한 플레이어. 힐끗 본 거인 몬스터가 가볍게 눌러 죽였다. 기사는 의식 속에서 수련하듯 검으로 베어 버렸고, 마법사는 이를 자신의 구슬에 담아서 연구 재료로 쓰려 했다. 왕은 그 왕관이 번쩍하자 그냥 소멸.

잡귀 따위는 완전히 몰아내는 힘을 가진 듯했다.

역시나 캡슐의 주인들은 뇌사 상태에 이르고 말이다.

'만만한 이들 속에서 틈을 노려야 한다는 거구나.'

융켈을 악마로 부르는 이유는 간접적이었지만 충분히 이해가 되었다. new century에서 〈마기에 물든〉이라는 칭호,

세계 자체가 억압하는 양상, 그리고 자신의 삶을 포기하게 하여 그 몸을 빼앗아야 한다는 것까지 죄다 악마적이었으니 말이다.

그때 강유나가 준비된 캡슐 중 하나를 열어 보였다.

얼른 접속하라는 양.

"지금까지 얘기 들은 바로는, 누가 들어가도 방법이 없는 것 같은데…… 뭔가 대책은 마련한 건가요?"

"많은 실험을 마친 끝에, 평범한 사람으로 해 봐야 소용없다는 것을 확인했어. 그리고 특별한 사람의 기준을 마련할 수 있었지."

"기준? 몬스터 플레이어가 가능한 사람의 기준인가요?"

"맞아. 바로 아메바보다는 나은 사람만이 가능성이 있다는 거야."

수많은 분신으로 발전에 발전을 거듭해 나가는 신진권 사장을 누가 넘을 수 있으랴 싶었는데…… 두 명이 있었다. 바로 이용택 관장과.

'나군.'

성륜의 효과를 입은 편법이긴 하지만 말이다.

"현재 천 명의 아메바들이 열~심히 작업 중이야. 이 중 성공률은 0.0001%. 나름 인(人) 중 최강을 자랑하는 그가 각종 방법을 동원해서 시도하는데, 대부분이 숨어서 기다리는 게 고작이라 아직 뾰족한 대책은 없다고 볼 수 있어. 그런 상황에서 상현 동생이 등장한 거야. 아메바를 한 방에 날려 보내고~ 보스 몬스터에 도전한다면서 말이야. 이러니 얼마나

고맙고 반갑겠어?"
뭔가 더 있을 것 같은데 추가 설명이 없었다.
……뭐랄까. 안전띠 없이 롤러코스터를 타는 기분이랄까?
식은땀이 나는 것 같다.
'아니, 이봐.'
치밀하고 꼼꼼하고 완벽한 것으로 보이더니 왜 이런 데서 얼렁뚱땅 대책 없이 '믿음'으로 때우려는 거냔 말이다!
"뭔가 대책이 더 있어야 할 것 같은데요."
그녀가 웃으면서 내 등을 팡팡 쳤다.
"괜찮아! 내가 괜히 동생을 좋아하겠어? 이건 오로지 '정신'과 '정신'의 승부! 동생은 내 유혹에도 의연했으니까 충분히 가능할 거야. 동생은 내가 인정한 '첫 남자'거든~"
말해 놓고는 손부채질을 연신 하며 덥디덥다 한다. 그러더니 홍조를 띠고는 몸을 배배 꼬며 스리슬쩍 내게 안기는 것이 아닌가.
그런데 그녀의 농밀한 몸짓은 거기서 끝이 아니었다.
살포시 껴안더니 목에서 턱으로 뱀처럼 손이 타고 올라왔다.
"누나 믿지?"
뜨거운 숨결을 목에 하악 불어넣더니 입술을 쪽 맞춘다.
"돌아오면 누나가 뜨거운 밤을 약속할게. 무엇을 상상하건 그 이상일 정도로."
손가락을 가슴 어림에서 빙글빙글 돌리며 말하는 그녀였다.
나는 얼떨떨해하는 모습을 연기했다.

"아메바는 은근히 접속시키라고 했지만, 누나는 약속을 꼭 지켜."

멍하니 서 있는 나를 부드럽게 기기에 앉히는 그녀.

그러더니만 손가락을 딱 튕기고는 융켈의 흔적을 꺼내 책장 하나를 찢어 내 손에 살포시 떨어뜨렸다. 나풀거리던 그 종이는 손가락만 한 열쇠가 되었다.

"그거, 내 권한으로 계정의 소유권을 넘긴 거야. 이제 동생의 캐릭터는 완전히 분리됐어. 시스템과 독립적으로 나서게 됐으니 new century의 자유 NPC화되었다고 봐도 좋을 거야. 신분은 곤바로스의 사도랄까? 자신의 길을 걷는 사람이란 뜻이 있어."

기기에 눕힌 내 몸을 덮듯이 상체를 숙였다. 부드러운 머리칼이 몸을 훑고 가히 완벽히 밀착됐다 싶을 정도로 몸과 몸이 맞닿는다.

그러나 뜻밖에 그녀는 신중한 얼굴이었다. 섬세히 손을 놀려 캡슐의 곳곳을 누르더니 2개의 크고 작은 부품들을 분리했다.

"새로 생성될 캐릭터와 각종 신체 정보를 감시하는 것들이야. 어떤 캡슐이라도 이 두 개만 없애면 돼. 위치 잘 기억해 둬."

가볍게 윙크를 해 보인다. 이후로도 조작을 이어 갔다.

그리고

"자, 다 됐다. 보스 몬스터의 위치를 일러 주는 기능이랑 나랑 대화할 송수신 기능은 남겨 놨어. 그 정도는 괜찮겠지,

동생?"

"……물론이죠."

"그럼 잘 다녀와~ 기왕이면 서로 웃는 얼굴로. 내가 깨우기 전에 먼저 일어났으면 좋겠어. 기대해도 돼?"

싱긋 웃는 그녀를 나는 몇 번을 다시 고쳐 보았다. 눈을 보고 표정을 읽어 진심인지 가식인지를 나름 알고자 했다.

그리고 나온 결론.

"걱정하지 마세요."

모르겠다.

아, 하나는 확실히 알았다.

그녀는 품에 안고, 찔리고 베인다 할지라도 계속 쥐고 싶은, 누구에게도 양보하고 싶지 않은 예쁜 칼이라는 사실.

접속을 마치면, 그녀에 대해 더 알아보아야겠다.

✠ ✠ ✠

시스템의 속박에서 벗어나 자유로이 접속하게 된 new century는 접속부터 달랐다.

몸이 확 일어났다가 훅 하고 가라앉았다. 병에 담긴 음료가 출렁이듯 육신이 출렁거리며 정신이 위로 아래로 마구 부딪쳤다. 그녀가 말한 체감도의 극심한 변화. 이에 따른 강제 유체이탈 상태가 되는 조짐인 듯했다.

그런데 머리가 지끈지끈거리는 충격이 거듭 이어질수록 나는 기이한 광경을 보게 되었다.

'화면이 셋인가?'

좌우에서 180도로 움직이는 카멜레온의 눈이 이러할까. 서로 다른 모습. 다른 풍경들이 보였다.

하나는 코웃음을 치며 비웃는 강유나와 표정을 일그러뜨리고 대립하고 있는 신진권 사장.

다른 하나는 어두운 공간에서 일렁이며 뒤흔들리고 있는 나의 혼.

마지막 하나는 촘촘한 그물 너머로 보이는 아득한 세상. 바로 new century의 세계였다.

그리고 마침내.

텅!

아찔한 충격과 함께 나의 혼이 부유했다. 제3자가 되어 날아가는 나를 보는 이 기분을 뭐라 해야 할까.

마치 '나' 라는 느낌보다 '사물' 에 불과하다는 생각이 들었다.

순간 피식 웃음이 새어 나왔다. 희귀하고 정말이지 별의별 경험을 다하는구나 싶었던 것.

어둠을 헤치며 넓은 공간을 비상했다. 저 너머 new century로 날아드는 내게 기이하며 낯선 것들이 마구 엉겨 붙으려 하고 있었다.

통곡과 절규. 악령들이 바다처럼 출렁였다.

'마귀들의 세계를 통해 new century로 침입하는 거 같구나.'

어둡고 음울한 것들이 찐득찐득하게 달라붙었다. 이런 것을 덕지덕지 달고 있으니 new century의 세계가 배척하는 것도 당연하리라.

그런데 그 순간.

쩌정!

벽력음이 일더니 네 줄기 번개가 날카롭게 어둠을 찢어발겼다. 달라붙었던 악령이 재조차 남기지 못한 채 스러졌다.

순식간에 깜짝 놀라며 도주하는 어둠.

'뭐지?'

다리가 뜨겁게 달아올랐다. 그리고 내 몸 아래로 환영처럼 두 쌍의 팔과 다리가 생겨나는 것이 아닌가.

바로 펠마돈의 비서로 본 그 존재였다!

[크릉!]

천리마에 오른 기수가 이러할까. 기호지세라는 말 그대로 나는 맹수 위에 올라타 그 감각을 공유하게 되었다.

문신으로부터 이어진 끈이 존재와 나를 잇는다.

화산 같은 힘! 끝을 모르는 역도가 한없이 끓어올랐다. 이에 흠취하여 소리를 지르자 존재가 '가볍게' 힘을 썼다.

꼬리 짓에 번개가 연이어 몰아친다.

짙은 어둠이 확 밝아지더니 내달리자 단숨에 어둠을 주파했다. 이어, 그 발톱이 벽을 찢어발기며 나를 new century의 세계로 인도했다.

와장창 부서지는 어둠!

자신을 증명하는 광폭한 포효!

[-!!!!]

필설로 형용할 수 없는 울부짖음 그 자체. 음파만으로 세계를 뒤덮는 Z&F의 그물을 휘청거리게 하였다. new century의 세계가 와르르 떨리는 것처럼 보인 것은 내 착각이었을까.

그뿐만 아니라 화들짝 놀라는 강유나와 허영덩어리의 신진권 사장이었다.

그들이 놀란 눈으로 서로 대화하는 것도 잠시의 구경일 뿐. 나는 그물을 찢어 버리려는 본능을 간신히 억눌렀다. 활화산 속에서도 절대로 녹지 않는 나의 자아가 존재로서도 괴이쩍은 듯 관심을 돌린 까닭이다.

펠마돈의 비서가 나를 보았다. 나 역시 괴물을 보았다.

태산 같은 무게. 압도적인 공포감 속에서도 꼿꼿이 서 있는 나를 응시하던 괴물의 입이 좌우로 찢어졌다. 혓바닥 대신 지옥의 불길이 넘실거리는 살벌한 웃음에서 나는, 그 존재는 동질감을 느꼈다.

그리고 펠마돈의 비서는 사라져 버렸다. 화끈거리는 다리의 문신만 남긴 채.

절로 몸이 떨렸다. 하지만 펠마돈의 비서를 천천히 곱씹을 여유는 없는 상황.

스킬로 보호되는 냉철한 이성이 나를 종용했다.

아직 위험은 끝나지 않았음을. 몬스터 플레이를 제대로 마쳐야 한다는 것을.

'어찌 됐건 돌파했으니 다행이다.'

첫발은 잘 떼었다. 그렇게 작게 안도하는 때였다.

나는 스러져 가는 3개의 시선으로 황급히 강유나를 밀쳐 내는 신진권 사장을 볼 수 있었다.

책을 들어 그녀가 대항했다. 연구실 전체가 들썩이며 작은 다툼이 일었다. 격론 끝에 강유나의 허락을 얻은 신진권 사장이 소형 마이크에 대고 말했다.

- 좋아! 내가 [영웅]을 컨트롤하지. 너는 [전설]을 책임져라.

뜻 모를 소리를 지껄이고 나가 버리는 그.

강유나가 깔깔 크게 웃는 모습.

마지막으로 Z&F의 그늘이 번쩍이며 메시지로 보이는 것을 세계 각 곳에 퍼뜨리는 것.

펠마돈의 비서 덕에 볼 수 있는 영상은 딱 거기까지였다.

'……정말이지.'

저, 허영덩어리 신진권 사장은.

"그냥 아메바로 취급해야겠군."

새삼 강유나의 평이 정확하다는 생각이 들었다.

〈그의 추적 : 공영호 #2〉

탁탁…… 틱.

칠판 위에서 분필이 탭댄스를 추고 있었다. 규칙적으로 들리는 소리 사이로 분필 가루가 하얗게 묻은 두툼한 손이 움직였다.

그러다 멈추었다.

소곤소곤……

눈치를 보며 떠들던 소리가 함께 잦아들었다. 하지만 잠시일 뿐, 커지는 분필 소리만큼 재잘재잘…… 다시 귓가를 간질이는 작은 소리가 고개를 슬그머니 들었다.

아무래도 수업은 여기서 그만둬야 할 것 같았다.

'……오늘은 반마다 죄다 이 모양이니.'

남들 빔프로젝터니 동영상 교육이니 하지만 익숙하고 추억이라는 이유로 분필을 고집하는 42살의 국어교사 공영호. 그가 손을 탁탁 털었다. 하얗게 가루가 흩날리고 앞자리에 앉은 학생들이 손바람을 내며 입과 코를 막았다.

"얘들아, 오늘따라 유난 맞게 공부하기 싫지?"

"……."

서로 눈치 보고 움찔하는 아이들. 하긴, 누가 나서서 대답하겠는가. 알면 아는 대로, 모르면 모르는 대로 사람은 책임지기를 싫어하는데 말이다. 어른도 그러하거늘 학생이 별수 있겠는가.

그가 학생들을 좌우로 쭉 훑다가 두 명을 정확하게 지적했다.

"자경이, 동길이. 무슨 얘기하고 있었지?"

"그, 그게……."

"수련이, 선임이는?"

연이어 가리킨 뒤 그가 성큼성큼 걸어가 펼쳐진 책을 들었다. 그리곤 고개를 끄덕인 뒤 턱 내려놓았다.

"책 덮어라."

두 학생에게 칠판을 지우라고 한 공영호는 깨끗이 지워진 칠판 상단에다가 큼지막하게 썼다.

"머릿속에 딴생각이 간절한데 이런 게 박힐 리가 있겠냐. 하긴, 선생님들도 들어와서나 정신 차리라고 말만 하지, 실은 우리도 교무실에서 죄다 이 얘기 중이다. 그런 의미에서."

new century

"기왕 이리된 거 다들 제대로 '토론'을 해 보자."

분홍 분필 옆면으로 널찍하고 분명하게 썼다.

1,000억 이벤트! = 대박!

"지금 다들 이 얘기하고 있었지?"

묻고 자시고도 필요 없는 것이 신문부터 TV, 인터넷, 광고지 등등 어디에건 이 얘기들이 떠돌고 있었다. 공영호는 애들이 떠들려는 기미가 보이자 교탁을 쾅 내려쳤다.

"그런데 시원하게 자유 시간으로 주기에는 귀한 수업 시간이 너무 덧없지 않겠냐. 도떼기시장도 아니고 삼삼오오 모여 떠들고 난장판으로 만들면 쓰겠어, 반장?"

"네? 네."

쾅 내려친 소리에 움찔. 정확히 지적하니 깜짝.

맹랑했던 누군가를 떠올리고 피식 웃은 그가 다시 분필을 들었다.

"기왕 하는 거 도움되고 제대로 된 방향의 토론을 하는 게 여러모로 너희에게 유익하리라 난 본다. 하여, 수업의 연장으로서 new century에 대해 떠드는 시간을 갖겠다. 지켜봐서 잘 이끈 녀석, 잘 떠든 녀석, 잘 들은 녀석들한테 가산점 줄 테니까 아는 만큼 잘해 보는 거다. 설마…… 이의 있는 녀석은 없겠지?"

또각.

분필을 부러뜨리고 묻노니 누가 대답하랴.

"어렵게 생각할 것 없다. 내가 new century에 대해 너희보고 가상현실과 사회적 효과에 따른 상관관계를 논하거나 이번 이벤트의 이면에 자리한 자본주의 및 마케팅의 도전 등등을 떠들라는 게 아니니까. 그런 신문이나 전문가들이 읊은 소리를 여기서 아는 양 떠들면 그건 전부 '떠드는 수준' 이야. 고로 너희는 너희 수준에 맞게. 그리고 도움이 되는 방향에의 토론을 진행하면 된다는 거지. 자, 여기서 질문 있는 사람?"

조용했다.

"있어 보이는데 안 하는 표정이군. 잘 모르겠으면 '자세히 알려 주세요.' 라고라도 손들고 물어봐. 지금 묻는 사람은 가산점 준다."

그때

번쩍!

저 뒤쪽에서 건들거리며 손을 드는 이가 있었다. 귀찌에다 3개는 풀고 있는 단추 덕에 슬쩍 근육이 보였다. 줄여 입은 바지까지 3박자를 두루 갖춘 그는 8반에서 제법 유명하고 나름 논다는 측에 드는 병철이었다.

"일어나서 질문해 봐라."

"말이 어려워서 이해가 안 가거든요? 쉽게 쉽게 좀 알려 주시죠?"

"좋아."

그가 주머니에 손을 넣고 무언가를 던졌다. 피하지 않고 날아온 그것을 확 낚아챈 병철. 펼쳐 보자……

"호박엿?"

공영호가 큼지막한 손을 주머니에 넣었다가 교탁에 쫙 펼쳤다.

"+1점 주마. 그건 부상이고. 그런데 하고 많은 것 중에 랜덤하게 집힌 게 엿이 뭐냐? 이렇게 종류가 많은데."

포도, 사과, 레몬, 자몽 등등의 사탕들과 온갖 초콜릿들이 우르르 나온다. 엿 들고 있는 병철. 우르르 펼쳐진 사탕들을 보며 여기저기서 키득키득 웃음이 나온다.

"재 표정 썩었다."

"엿 받았잖아."

받긴 받았는데 기분이 나쁜 병철은 무섭게 주위를 보다가 신경질적으로 다시 자리에 앉았다.

"선생님, 웬 사탕들을 그렇게나 많이 갖고 다니세요?"

"금연하려고 담배 생각날 때마다 먹는 중이지. 원래는 박하사탕이었는데 하나만 먹다 보니 질려서 말이야."

한 여학생이 앞주머니를 가리켰다.

"담배 아직도 피우지 않으세요?"

"피우지."

"사탕은요?"

"먹고."

담배만 피우다가 이제는 피고 먹는 시스템으로 전환했다는 이야기. 뜨악한 이들을 보며 공영호는 분위기가 완전히 바뀌었음을 알았다. 그리고 언제고 질문을 던지면 이제 자유로이 대답이 들려오리라는 것까지도.

사실 이 사탕이라는 것이 참 별것 아니지만, 단체에서의 보상을 받는다는 것은 사람의 의식을 상당히 고취하는 효과가 있다. 심리란 게 묘해서, 수업 중에 허락받고 상품으로 먹는 사탕과 집에 가서 같은 맛으로 사 먹는 사탕에 차별을 두게 되니까. 맛보다는 우월감과 특별함을 더욱 즐기게 된다는 것이다.

"쉽게 말해 주마. 학생이나 교사나 똑같은 소시민들이니까 우리에 걸맞게 토론의 주제를 좁히자는 거다. 어려운 얘기들 백날 해 봐야 와 닿지도 않고 현실성도 없어. 하지만 new century라는 게임에서 대대적으로 하는 초유의 이벤트는 다르다는 거다. 과연 돈을 줄까, 말까? 의도가 뭐지? 음모? 다 필요 없다. 중요한 건 이것. 게임에 관심이 없어도 남녀노소 누구나 좋아하는 이것."

짝 동그라미를 치는 부분. 바로 '1,000억'이었다.

"이 진부분집합 안에 들어가서 상금을 거머쥐는 것이 가능하냐는 부분이야."

그때 모두가 1,000억에 집중하는 데 병철이 다시 손을 들었다.

"그래서 토론 주제가 뭔데요?"

공영호가 다시 사탕을 집어 던졌다. 낚아챈 병철은 보고 다시 인상을 찌푸렸다.

"계피……."

두툼한 손이 칠판 위를 오가며 적었다.

베제인의 레벨은 파티 최고위 캐릭터의 레벨+10 고정입니다.

"new century의 공지는 다들 잘 알고 있지? 이 뜻이 뭘까? 바로 낮은 놈은 낮은 만큼 어렵고, 높은 놈은 높은 만큼 어려워진다는 거야. 결국, 레벨이 높건 말건 난이도는 일정하다는 사실이지. 그러므로 관심 없는 사람들도 new century에 관심을 끌게 되는 거고 천지사방에서 떠들어 대고 있는 거다. 즉, 게임을 하는 누구나가 진부분집합 안에 속하게 된다는 의미지. 이 범위가 얼만큼이냐 하면."

상금액은 본사가 자리한 '대한민국'을 기준으로 정했으며 환율에 따라 조절 적용됨을 명시합니다.

"동남아시아 및 개발도상국에서 코리안 드림을 안고 오는 이유? 환율 차이 덕분에 우리 돈 100만 원이 그곳에서 1,000만 원 가치를 지니기 때문이다."

덧붙여 말하더니 다시 분필로 힘차게 적었다. 가루가 휘날리지만, 이번에는 누구 하나 손사래를 치는 이가 없었다.

[전설]의 투마 베제인의 공략에 성공하면 이 영상은 추후 각종 Z&F 홍보 및 행사에 사용될 예정이며 그 수익의 0.1%를 받게 됩니다.

"나온 지 몇 달 되지도 않은 게임으로 Z&F가 어찌 저 정도가 됐는지는 묻지 말자. 중요한 건 Z&F는 세계적인 기업이고, 세계를 상대로 하는 기업의 0.1%를 준다는 것! 로또 100번보다 이게 낫다. 더군다나 기한도 명시되어 있지 않으니까 평생 미친 듯이 써도 될 거다. 정신 나간 공지이지. 그만큼 자신감이 있다는 것이거나. 하지만 무엇이 어찌 됐건 확실한 건, 이거다."

도전하세요. 게임의 영웅이 곧 현실의 영웅이 됩니다.

탁 쓰고 분필을 내려놓았다. 교탁에서 좌우로 훑어보던 그는 거짓말 않고, 전원이 초롱초롱하게 칠판을 보고 있는 광경을 목격하게 되었다.

수업 때와는 차원이 다른 집중도.

"초일류 기업에서 대놓고 도전하라는 몬스터. 너희 중에 경이적인 천재가 있다면 때려잡을 법도 한데…… 미안하게도 그런 녀석이 지금 여기 내 앞에 앉아 있겠냐. 나도 안 되니까 가루 먹어 가면서 열나게 떠들고 있고. 자아-! 그러면 어찌 해야 할까?"

장난스럽게 그가 웃었다.

"답은 뭉치는 거다. 머리 하나보다는 둘이 나으니까. 그럼 어떻게 공략해야 할까? 혼자 뭐 알고 있다고 꿍쳐 놓아 봐야 '세계 어딘가에 누군가' 도 알고 있을 거다. 그러니 적어도 반에서만큼은 뭉치고 다양하게 도전해 보는 것이 좋을 거야. 거듭 말하지만, 경쟁자는 옆 사람이기도 하지만 엄청나게 많은 이들이기도 하니까. 그러니 참여자로서 토론을 해 보자꾸나."

토론 주제를 확 적었다. 누가 봐도 끌리게끔 직설적으로.

"1,000억 벌려면!"

그 아래로 쭉쭉 칸을 그리는 그.

억은 서민이 수년을 근검절약해도 모을 수 있다고 장담 못 하는 액수다. 그런데 그 억에 천 배나 되는 돈이 눈앞에 있는 것이다. 별것 아닌 게임을 통해서.

"어떻게 해야 할까? 혼자가 좋을까, 단체가 좋을까? 일반적인 게임과 new century의 차이점? 보스 몬스터의 특별함? 상성? 등 꽤 많지. 나야 게임을 몰라서 여기까지지만 그 방면으론 나보다 너희가 더 '선생' 이니까. 그럼 시작해 보자. 시간은 종 칠 때까지. 이해됐지?"

"네!"

한목소리로 우렁차게 대답이 들려왔다. 그리고 지켜보는 이는 물론 참여한 학생들 모두에게도 시간이 빠르게 흘러갔다. 공영호의 참여가 없음에도 떠드는 이가 있으면 병철을 비롯한 그의 행동파들이 조용히 압박을 준 것.

여기에 지켜보다가 괜찮은 발언을 하고 올바른 진행을 할 때마다 모이처럼 던져 주는 사탕과 초콜릿이 윤활유 역할을 톡톡히 해냈다.

'저 집중력 반만 공부에 보이면……'

하고 생각하던 공영호가 자신도 모르게 웃었다.

'적잖게 공부 때려치우고 게임을 하겠다는 놈들이 나오겠구나.'

긴가 아닌가 싶은 가상현실 게임. 제대로 된 광고보다 의혹과 음모론이 넘쳐나던 new century. '고작 게임인데, 뭐.' 하는 이유로 기성세대한테 외면받은 가상현실 게임이 불같이 자신을 알리고 있었다. 막대한 상금 덕에 제대로 도전해 보려는 모임이 결성되기도 했다. 길지도 짧지도 않은 100일. 그 안에 1,000억을 노리는 프로젝트 말이다.

이제 게임 폐인은 사회 부적응자가 아니게 되었다.

'말 나온 김에 나도 한번 도전해 볼까?'

돈의 유혹은 실로 막강했다. 그렇게 이리저리 고민하던 공영호는 결단을 내렸다.

그리고 이틀 후.

적금 하나를 깬 그의 집으로 최신형 캡슐이 도착했다.

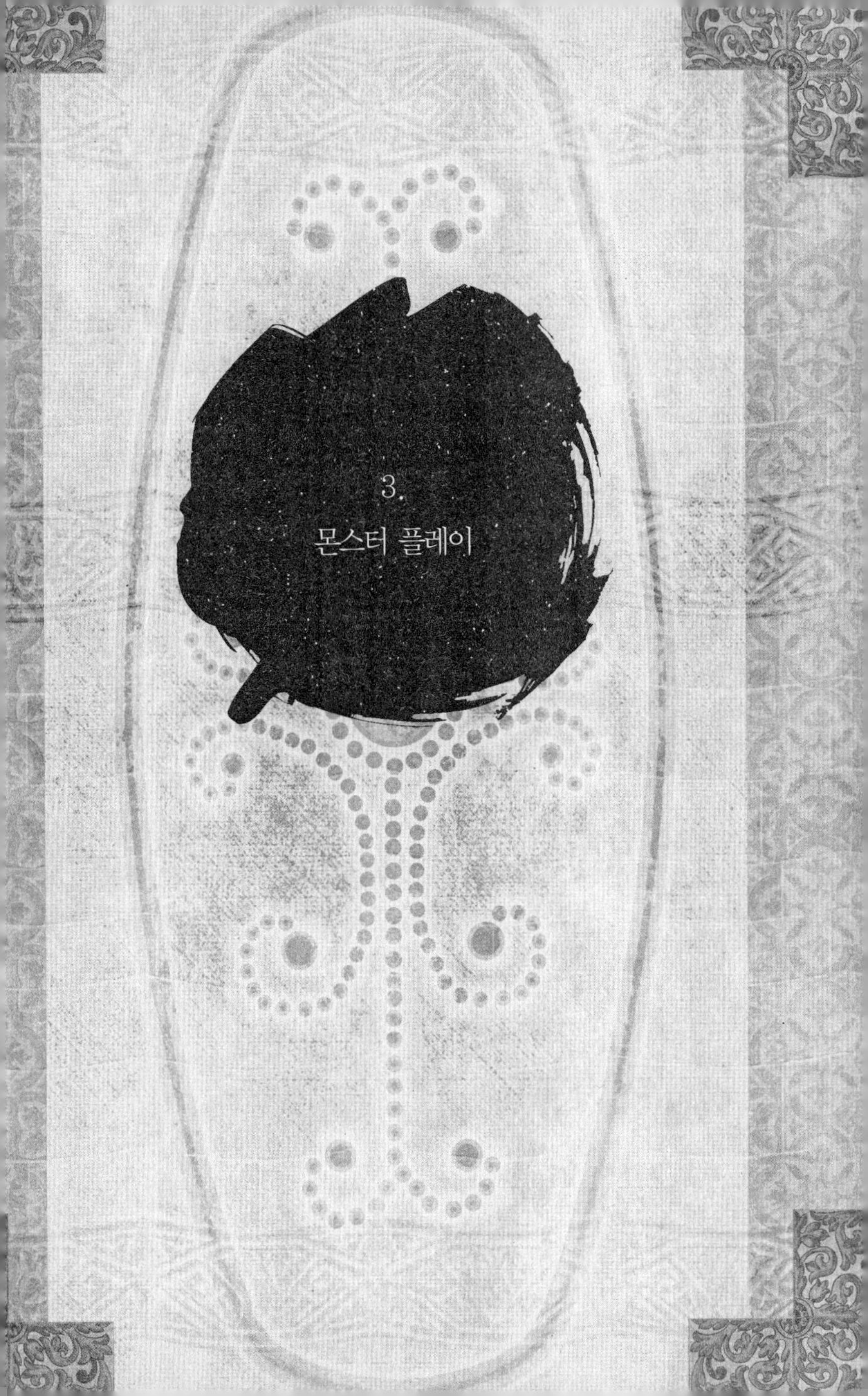

3.
몬스터 플레이

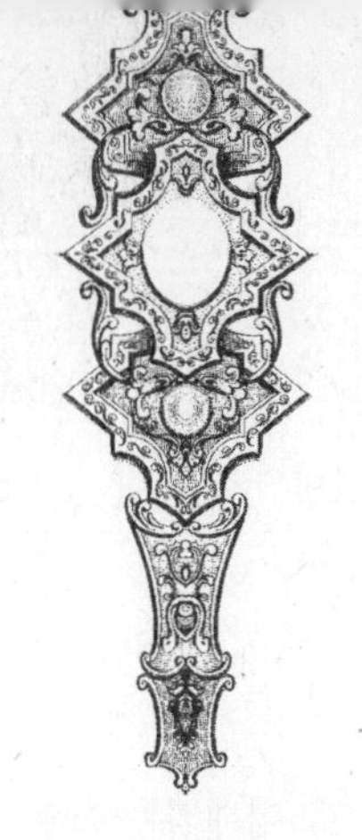

3개의 시선으로 정신없이 보던 광경을 뒤로한 채 Z&F의 그물망 사이를 통과했다.

그때 하얀 구름이 뭉치더니만 백색의 번개가 일렁였다. 강유나에게 들었던 몬스터 플레이어의 정신을 제약한다는 빛살이 분명했다.

먹장구름도 아니고.

'흰 구름에 하얀 번개라니.'

자연적이지 못한 빛살이 눈 깜짝할 새에 전면을 하얗게 뒤집어씌우자 나는 그 눈부심에 눈앞을 슬쩍 가렸다.

순간

쾅!

'헉!'

충격과 함께 몸이 하염없이 밑으로 추락하기 시작했다. 머리를 잡고 뱅뱅 돌리는 듯 극심한 두통이 엄습한다. 분명 영체 상태이기에 감각이 없어야 하거늘 손바닥이 시큰거리기까지 했다. 그뿐만 아니라 찌릿찌릿한 전기가 오른팔 전체를 휘감고 계속 자극하고 있기까지 하다.

실로 지독한 페널티였다.

'이런 상황을 이겨 내고 몬스터의 육체를 빼앗아야 한다니…….'

사람들의 실패가 절로 이해되는 상황.

그러나 그도 잠시에 불과했다.

빠지직거리며 영체를 타고 돌던 통증들이 오른손으로 쭉 빨려 들어가며 점차 완화되는 까닭이다. 일그러진 성륜이 예의 철컥! 철컥! 거리고 빛살을 한 입, 한 입 뜯어 씹어 대고 있었다. 그리고 빛살을 베어 먹을수록 나의 정신이 점차 명료해져만 갔다.

'페널티를 변형된 성륜이 해결한 것 같은데.'

추측은 곧 확신으로 변했다. 정신없는 와중에 돌아본 손에서 백색 빛살이 일렁이고 있었으니까. 그리고 그만큼 이질적으로 박혀 있던 겁륜이 간격을 멀리 두고 있었다.

흥미로운 것은 성륜이 부지런히 빛살을 짓씹지만 정작 소화하고 있지는 못하다는 것. 일그러진 성륜이 빛살을 질겅질겅 씹는 만큼만 겁륜이 떨어졌다는 사실이었다.

겁륜의 제약. 일그러진 성륜의 임시 활성화.

일그러졌기에 온전해질 수 없는 성륜으로 말미암은 촌극이다.

'돌아온 지혜는 몬스터 플레이를 마치면 다시 정상화되겠어.'

이로 보아 빛살은 성륜과 연관이 있었다. 만약 성륜이 일그러지지 않고 온전한 형태였다면 빛의 신과 접촉할 수 있었을지도 모를 일이다.

빈약한 단서임에도 단숨에 상황을 파악할 수 있었으니, 과연 드높은 지혜가 좋긴 좋다는 것을 새삼 절감할 수 있었다.

그쯤, 애교 섞인 목소리가 나를 불렀다.

– 동생~ 어디 가~?

빙글빙글 돌고 있어서 하늘이고 땅이고 시야가 확확 뒤바뀌는 그때, 강유나의 목소리가 들렸다.

– 호호~ 놀랐지? 조금 아파도 참아. 동생이 출발한 어두운 곳이 마계거든. 마계를 지나 중간계로 오게 된 영체는 마기에 찌들어서 '소악마'로 분류가 돼. 이를 세계가 용납하지 않고 빛살로 정화하는 것을 지금 겪은 거야. 그래서 그걸 우리끼리 정화의 빛이라고도 불러.

조금 전 지나친 마계. 여기서 뛰쳐나온 악마를 없애려는 세계. 그러나 인간의 영체이기에 마기는 정화되어도 빈약한 영체는 남아서 몬스터와 NPC들에 스며든다.

이것이 몬스터 플레이어의 정체라는 의미.

'하지만.'

나는 펠마돈의 비서 덕에 어둠에 물들지 않았었다. 그런데 무엇을 정화한다는 것이란 말인가.

필름이 돌아가는 것처럼 찰칵, 찰칵, 1초가 흐를 때마다 가

설과 이에 따른 결과가 흘러간다. 곧 나의 이성이 초 단위로 현 상황에서 얻을 수 있는 최적의 결론을 도출해 냈다.

'겁륜과의 충돌인가?'

오른손에 머물고 있는 정화의 빛을 보았다. 요동치며 머물고 있는 정화의 빛과 성륜. 그 언저리에서 애매하게 겉돌고 있는 겁륜을. 눈부심을 가리기 위해 뻗었던 오른손을 말이다.

곁에 있던 겁륜이 세차게 후려 맞고, 파고드는 정화의 빛을 일그러진 성륜이 삼키기 시작한 것이라면? 그에 따른 첫 충돌에 이어 내 몸이 난리법석을 떨게 된 것이라면, 대략 상황과 맞아떨어지지 않을까.

'운이 좋았구나.'

오른손이었기에 이 정도에서 끝났지, 겁륜의 태반이 새겨진 왼손으로 막았으면 충격은 더욱 컸을 것이다. 오른손잡이라 나도 모르게 든 것이었는데…… 그야말로 큰일이 일어날 뻔했다.

"그럼 마기는 완전히 사라지는 건가요?"

– 응. 아무래도 융켈이나 마계의 힘이라 그런지 정화의 빛에는 견디지를 못하더라고. 쪼금 아프고 동생이 마기에 물들었던 만큼 영체가 손상을 입을 거야. 후유증 탓에 지끈 지끈거린다는데, 동생이라면 이겨 낼 수 있어. 그런데 동생! 조금 전에 어떻게 한 거야?

"예? 뭘요?"

– 방금 마계의 문을 활짝 열었잖아! 덕분에 new century의 보스급 존재들이 깜짝 놀랐다고.

펠마돈의 비서로 말미암은 사태였다. 어째, 그물을 출렁이게 할 정도로 일갈한다더니만 그 여파가 여러모로 대단한 것 같다.

- 동생, 그거 알아?

나는 뜨끔했으나 태연한 목소리로 반문했다.

"어떤 건데요?"

- 동생 덕분에 타이밍 좋게~ 화가 머리끝까지 치밀었던 퓰라의 정신이 흔들려서 아메바 대표랑 계약 맺었다는 거~!

"아메바 대표라면……."

- 동생이랑 가짜 계약 맺은 애 말고, 진짜 신진권. 동생이랑 얘기했던 애, 기억하지?

누구를 말하는지 쉬이 알 수 있었다. 촉새같이 떠들고 말장난하던 그가 아니라, 언뜻 이용택 관장을 연상케 할 정도로 묵직함을 보였던 신진권 사장.

- 자기들끼리는 완전체나 뭐라나 하는 아메바인데, 사실 나도 딴 애들은 무시해도 그 녀석만큼은 함부로 대할 수가 없어. 자기들끼리도 성륜을 쓸 때는 다른 분신한테 쓰게 하지만 본체랄 수 있는 걔는 절대로 성륜의 힘을 쓰지 않거든.

"네? 분명히 저한테 썼었는데요?"

- 아니. 다른 분신들이 계약 맺은 걸 갖고 활용은 해도 절대로 '성륜의 힘으로 계약을 맺지'는 않아. 덕분에 아메바들 사이에서도 보스 노릇을 톡톡히 하고 있어.

"보스급인 퓰라와 계약을 맺었다니 대단하네요. 혹시 조금 전에 말했던 영웅이니 전설이니 하는 게 그것과 관련된 건가요?"

그녀가 반색했다.

– 맞아. 열린 마계를 통해 아메바들이 대거 new century로 침입했거든. 원래라면 정화의 빛에 싹~ 녹아 버리는데, 퓰라가 정식으로 계약 맺고 소환마법으로 가려 준 터라 무사히 도착하게 됐어! 덕분에 우리도 마계 몬스터를 잡는 그런 식의 이벤트를 열었는데, 동생도 그 몬스터 중 하나를 컨트롤해 주면 돼.

"뭐, 어차피 보스 몬스터를 한다고 했었으니까요."

– 동생~ 아까 그거 어떻게 한 거야? 알려 주라~ 응?

칭얼거리고 애교를 섞어 말하는 그녀. 하지만 펠마돈의 비서라고 말했다가는 좋은 관계 끝. 바로 유혈 사태가 일어날 수도 있었다. 그렇다고 '몰라요.' 라고 했다가는 애써 치운 감시기기를 다시 설치할 수도 있는 노릇.

하는 수 없다. 슬쩍 둘러댈밖에.

"비밀입니다."

그리고 한마디를 덧붙였다.

"혹시라도 알아내고자 약속을 어기면 정말로 화낼지 몰라요. 누나한텐 그러기 싫거든요. 제 맘 이해하죠?"

잠시의 침묵. 뒤이어 화통한 웃음소리가 울렸다. 예쁘고 새침한 척을 하는 것이 아니라 정말로 목젖이 보여라 웃는 소리.

– 알았어. 서로의 비밀은 은밀하고 뜨겁게 벗겨 가는 재미가 있는 거니까. 동생도 접속 마치고 나왔을 때를 생각하면

막~ 흥분되지?

곧 웃음기 가득한 목소리로 그녀가 말했다.

- 조금 있으면 설정해 둔 보스 몬스터한테 들어갈 거야. 길 따라가다 보면 자세히 알 수 있을 테니까 그건 잔재미로 남겨 둘게. 그럼 동생을 너어~무 좋아하고 짜릿하게 무서워하는 누나는 여기까지. 일 잘 마무리하고 오면 우리 깊이 있게 얘기해~ 기다릴게.

마지막에는 뜨거운 숨에 이어 쪽~ 소리 나게 입을 맞춰 보이는 그녀였다.

그렇게 긴장미 넘치는 대화를 마무리 지었다.

⊠ ⊠ ⊠

마구잡이로 튕겨 날아가던 몸이 점점 멎어 들었다. 그리고 낚싯대에 걸린 물고기가 동선을 그리며 물 위로 올라오는 것처럼 어딘가로 쭉 향하기 시작했다.

'시작이다.'

드디어 보스 몬스터에게 향하기 시작한 것이다.

초기 접속 때에 보았던 광대한 new century의 세계가 보이는 것도 잠시. 모든 존재에게는 운명의 씨줄과 날줄이 엮여 있는 것처럼 수백, 수천만 가닥의 실들이 세계에 장엄할 정도로 이어져 있었다. 이 중 하나를 향해 나는 미끄럼틀을 타듯 하염없이 미끄러져 갔다.

그리고

한 인간의 역사가 펼쳐졌다.

"아!"

누군가의 평생. 그가 겪은 희로애락이 밀물처럼 밀려들어 왔다. 확실히 이런 과정을 거치니 자질구레한 설명이 필요 없을 법도 했다. 보고 겪으면 그만이니까. 아울러 이만큼 잘 알고 있으니 제약을 받는 상황에서 저들의 정신을 뒤흔들 수 있을 것이다.

50년 전, 란티놀 제국의 침공으로 멸망한 왕국이 있었다.

그란시아.

지금은 멸망해 버린 그곳에는 끝까지 왕을 지키던 수호기사가 있었으니, 그의 이름은 에일락 반테스였다.

그란시아 왕국의 왕실 기사단장이자 독자적인 검술을 창안한 무예가이기도 한 그는 용병술과 전술전략에도 탁월하여 능히 5천으로 5만의 제국군을 격파하는 사상 유례없는 역사를 만들기도 했다.

그러나 그 전공이 패망의 불씨가 될 줄 누가 알았으랴.

뜻밖의 패전을 들은 란티놀 제국의 황제, 헤니움 일레그론은 감탄과 함께 그의 전술을 기록하며 배울 것을, 아울러 적국에 애석하리만큼 뛰어난 명장이 있음을 크게 치하했다. '그란시아 전역보다도 에일락 반테스의 가치가 높도다.' 하고.

반면 이 소식을 들은 그란시아의 왕 보헨 샤온드는 전전긍긍한다. 누란의 위기 속에서 왕국을 수호한 든든한 방패이긴 하지만, 바꿔 말하면 왕인 자신보다도 더욱 큰 인물이라는 뜻이니까. 만일 나라가 전복되더라도 재능을 높이 사는 헤니움 일레그론에게 '수호기사' 는 살고 '자신' 은 죽지 않을까 하는 졸렬한 생각이 든 것이었다.

"저런."

왕은 그릇이 작았다. 에일락 반테스는 지나치게 뛰어났다.

결국, 보헨 샤온드는 조금씩 그를 멀리하게 된다. 왕인 자신에게 직언하며 잘못을 바로 지적하는 그의 분명함이 불편하게 여겨진 것이다.

국경으로 돌리고 슬금슬금 권력을 다른 이들에게 분산시켰다. 이를 알면서도 언제고 깨달을 날이 올 것이라 믿으며 모두 수용한 에일락 반테스. 하지만 따끔하고 쓰디쓴 그의 충언보다 달콤하며 감미로운 간신과 궁녀들의 품에 보헨 샤온드는 빠져들게 된다. 이를 안 란티놀 제국에서는 소수 병력으로 그란시아를 공격, 거듭 패배함으로써 보헨 샤온드의 기를 살려주었다. 결국 자만심에 찬 왕은 눈엣가시와도 같았던 그를 '늙고 발톱이 빠진 호랑이는 필요가 없다.' 며 낙향시켜 버렸다.

그를 등용하고자 란티놀 제국의 사신이 찾아오지만 에일락 반테스는 이를 단호히 거절해 버렸다. 그러나 이 소식을 들은 왕은 그의 배신을 우려하여 자객을 보낸다.

[나는 그렇게 죽었지.]

늙수그레한 목소리가 담담히 나를 이끌었다.

일수에 자객을 제압한 에일락 반테스는 추궁하여 자객을 보낸 이가 왕임을 알게 된다. 결국, 회의와 허망함 속에서도 평생을 나라와 왕에게 충성한 노기사는 왕의 마지막 명을 받아들였다.

자객의 검으로 스스로 목숨을 끊은 것.

그의 최후를 지켜본 자객은 존경하는 마음으로 그의 무덤을 만들고 잠적한다.

이제 수문장을 잃은 그란시아 왕국에 미래는 없었다.

점점 사치와 향락을 통해 군비감축을 감행. 겉으로는 풍요롭지만, 실제론 퇴폐적으로 문란해지는 그란시아.

3년 후 침공한 제국의 군마에 짓밟히고 역사 속에서 완전히 사라지고 말았다.

[참으로 허망하고 또 허망한 것이 삶인 것 같으이.]

목소리는 파문이 되어 다시 새로운 광경을 비추었다.

한편의 역사가 끝나고 봄, 여름, 가을, 겨울.

세월이 흐른다. 얼마의 세월이 흐른 걸까.

한 마법사가 무덤을 파헤치고 관을 수습하여 모종의 비처로 들어갔다.

그는 흑마법사 퓰라.

짙은 회한과 허무를 품고 죽은 탓일까, 생전의 높은 경지 탓일까. 50여 성상을 지나고도 썩지 않은 그의 시신에 퓰라는, 흑마법의 비술과 키메라의 비법을 더하여 보강한 뒤 혼을 불러들였다.

란티놀 제국에게 그 한을 풀게 해 주겠다는 말과 그란시아 왕국의 부활을 조건으로 이를 승낙한 에일락 반테스.

죽음으로부터 돌아온 기사가 내게 물었다.

[뮤테르의 젊은 사도여, 자네는 그리 생각하지 않는가?]

심상 세계에서 그를 보았다.

계절은 겨울.

모든 것이 얼어붙어 하얗기만 한 세상에, 무너지고 황량한 요새가 외로이 있었다. 까마귀가 시신을 쪼고 피가 흘러 내를 이룬다.

성벽 위에서 오연히 서 있는 노장군.

신장 2m. 감청색 전신 갑주를 입은 하얀 수염과 눈썹, 머리칼이 인상적인 매부리코의 에일락 반테스. 희로애락에서 벗어난 듯 담담하기만 한 그는 창백한 낯을 제외하면 한 맺힌 몬스터. 되살아난 언데드라는 느낌이 전혀 들지 않았다.

나는 그 차이를 확실하게 인지했다.

'뮤테르의 사도.'

일반적인 몬스터 플레이어와 나의 차이라면, 펠마돈의 비서가 있다는 것과 현재 오른손에 머물러 있는 빛살. 바로 정화의 빛이 된다. 이 중 펠마돈의 비서는 new century 전체를 뒤흔드는 무지막지함이고 현재는 잠들어 있으니 배제.

남은 것은 정화의 빛뿐이다.

'파악된 new century의 신은 바르곤과 뮤테르, 곤바로스와 융켈.'

곤바로스는 지혜, 융켈은 악마이자 여행자의 신이다. 정화의 빛을 보고 뮤테르라 오해하는 것으로 보아하니 이는 빛의 신일 터.

바르곤은 어둠의 신으로 유추할 수 있다.

그렇다면 현재의 내가 행동하고 연기해야 할 이는 바로

'빛의 신, 뮤테르의 사도' 가 된다. 정확한 관습까지는 알 수 없으나.

'그의 반응과 상황으로 보건대 격을 유지한다면 크게 무리가 되지는 않으리라.'

눈을 깜빡이는 2초 만에 상황을 정리한 나는 정중히 물었다.

"생각보다 평온해 보이시는군요. 놀랍습니다."

꺾인 깃발이 나부끼는 그곳에서 고저 없는 대답이 들려왔다.

[놀라움은 내가 더욱 크네. 어둠을 멸하는 뮤테르의 빛을 내게 비추면서도 혼란과 미몽만을 거두어냈으니까. 자네의 빛은 밝지만 이기적이지 않구먼]

"제 빛은 어둠을 포용하니까요."

본래의 빛은 융켈의 '마기' 를 깨끗이 사멸시킨다. 반면 정확한 원리는 알 수 없으나 일그러진 성륜과 정화의 빛이 어우러지며 '변화' 가 발생. 빛이기는 하되 일그러진 빛이 되었으리라 짐작된다.

'만일 이 빛이 없었다면 왕국의 부활과 복수에 찬 '죽음의 기사' 를 마주했을 것이다.'

뜻하지 않은 전화위복인 셈.

나는 이를 의도한 양 연기했다. 현재로선 그것이 가장 현명하고 올바른 대처니까.

[묘하군. 참으로 묘해. 태양신 뮤테르의 빛이 이리도 은은할 수 있다니…… 그래, 자네는 빛을 얻은 곤바로스의 사도였

던 건가? 어둠을 포용하는 빛이라…….]

에일락 반테스는 공허하게 웃었다.

[허허허. 자네 덕에 나는 삶을 반추할 수 있었고 충의라는 숭고한 아집에 차 편협한 판단을 내렸음을 깨달을 수 있었네. 한과 후회로 점철된 뜻 없는 과거가 나의 역사이며 일생을 불태운 나만의 위업이었음을.]

이어, 그가 진중하게 물었다.

[그저 한 걸음 비껴 섰을 뿐이고 작은 빛을 곁에 두었을 뿐인데 이리도 많은 것이 달라지는군. 젊은 사도여, 이름을 알려 줄 수 있겠는가?]

"제임스입니다."

[사도 제임스여, 내게 빛을 선사한 고귀한 이여, 그대는 진정 나를 구원하기 위해 온 것인가, 아니면 저 흑마법사 퓰라와 같이 나의 힘을 필요로 온 것인가?]

잠시의 갈등이 있었다. 그리고 그 갈등만큼, 고민이 길어서는 안 된다는 강한 판단이 들었다.

'진심에는 진심으로.'

그리고 진실에는 망설임이 없어야 한다.

"힘을 목적으로 왔습니다."

[나의 전장은 고작 이 산뿐이다. 거짓된 속박과 맹약에 얽매여 끝없이 산 자를 죽여야만 하는 굴레에 묶인 육신임에도 그대는 바라는가?]

"짊어지겠습니다."

에일락 반테스가 작은 웃음을 보였다.

그는 긴 장군 검을 뽑아 들더니 이를 양손 위에 올려 내게 건넸다.

성륜에 머물러 있는 정화의 빛과 맞닿은 검!

순간 요동치더니 격렬하게 떨림을 보이기 시작했다.

고색창연한 검으로부터 미풍이 일었다. 눈앞의 모든 것이 뿌옇게 흐려졌다. 곧 모래바람이 되고 심상 세계의 모든 것이 낱알이 되어 성벽이 으스러졌다. 황량한 요새, 부러진 깃발, 창들이 모조리 모여들어 배경 전체가 검으로 압축되는 그때, 멀찍이서 감정 실린 목소리가 들려왔다.

[고마우이. 부디 자네 역시도 그 뜻을 이루기를 기원하네.]

이윽고 싸늘하게 식은 공기가 느껴졌다.

손과 발의 감각. 코끝으로 비릿한 혈향이 스며든다.

나는 눈을 떴다.

넓은 것을 넘어 광대하기까지 한 거대한 공동. 좌우로 늘어선 얼음 기둥에 맺힌 푸른 불꽃이 어둠을 밝히고, 무장한 백골 병사들이 길게 늘어서 있었다.

번뜩이는 갑옷, 창과 칼이 예기를 발했다.

한편, 냉기가 서린 뼈마디로 도광을 번들거리는 저들과는 달리 나는 돌의자에 앉아 한쪽 팔을 기대고 권태로이 있을 따름이다.

심드렁하고 무표정한 얼굴로.

나는 상태창을 열어 보았다.

이름 : 에일락 반테스 Lv410

직업 : 혹한과 죽음의 기사
신분 : 언데드 총사령관
칭호 : 타락한 구국의 영웅
경지 : 소드 마스터
생명력 : 84,000
환혼력 : 82,000
명성 : 48,430
* 환혼력 : 혈력, 기력, 마력의 충돌로 발생시킨 공진력으로서 에일락 반테스가 깨닫고 그를 불패의 명장으로 만든 힘. 달리 혼을 얼리는 극한의 마력이라 불린다.
힘 : 3,330 민첩 : 4,000 지혜 : 1,300 평정 : 900
위압 : 800 통솔 : 2,500 투지 : 3,000
스킬 : 기본검술(master) 그란시아 왕실검술(master)
엘마디온식 비검술(master)
기본 격투술(master) 갈메란 격투술(Lv39)
지휘(master) 가혹한 지휘(master)
창술(master) 훼이얀 창술(Lv49) 지도(master)
기마술(master)
무기 : 그란디움 발베란(국보)
갑주 : 에벤티움 화엔타인(보물)

놀랍다.
'아무리 퓰라에 의해 강화되었다고는 하지만…….'
게다가 플레이어의 상태창과는 사뭇 다른 부분이 보였다.

그렇게 이에 대해 고민하고 잠시 물끄러미 보고 있을 때였다.

드드드드드……!

거센 진동이 와 닿기 시작했다. 벽이 흔들리고 기둥의 불꽃이 일렁이게 만드는 지진.

'익숙하군.'

경험한 바가 있었다. 이는 지진이 아니다. 거센 말발굽 소리가 들렸으니까. 저만치서 파죽지세로 밀어붙이는 군마와 그 맹렬한 투기가 저릿저릿하게 느껴질 정도였으니까.

순간 알 수 있었다. 이 과도한 능력치는 저들을 막기 위한 것이라는 사실.

바로 막심의 질주를 막기 위함이라는 것을 말이다.

쾅……! 쾅……!

벽이 울렸다.

드센 폭음과 함께 입구가 산산이 부서지며 용맹한 자들. 그리고 그들 사이로 익숙한 이들의 모습이 보였다. 다소 상처 입고 핏기 가득하지만, 그 투기와 패기는 오히려 정련된 이들.

멜도란의 토벌대가 지금 내 앞에 있었다.

폭음이 메아리쳤다. 자욱한 먼지구름이 일었다. 대규모의 병사들이 밀려들어 온다.

그사이로 강유나의 목소리가 들렸다. 재빠르지만 매우 조심스러운 어조였다.

– 동생…… 괜찮아? 동생, 맞지?

높은 경지에 오른 덕일까. 슬쩍 보니 작게 진동하는 투명한 실이 보였다. 저것이 바깥의 그녀와 나를 연결하는 장치라 직감한 나는 영체를 조금 분리하여 실을 쥐었다. 에일락 반테스의 경이적인 능력치 덕인지 이 정도는 별반 어려운 일이 아니었다.

"물론이지요. 그런데 상황이 꽤 매우 급한 것 같습니다만?"

– 우와! 진짜? 동생 맞는 거지?

"쉽지 않았지만요."

호들갑스러운 그녀의 비명과 탄성이 잠시 이어졌다. 이로 보건대 보스 몬스터에게 연결하긴 했지만, 강유나 본인도 나의 성공에 대해서는 회의적이었음을 알 수 있었다.

하긴, 에일락 반테스가 보통의 인물이던가. 그의 삶과 강철 같은 의지에 비하면 돈에 휘둘렸던 나의 삶은 나약했었다는 표현이 절로 나올 정도로 볼품이 없을 따름이다.

'정보도 부족하게 줬었지.'

몬스터 플레이어로서의 접속과 그 폐해를 알았다면, 적어도 어떤 몬스터에게 향하게 되는지 접속 경로와 방법은 어떠한지 그 전반과 현재의 모습 등에 대해 알아두었어야 옳다.

해당 몬스터의 삶을 모두 거치는 방식일진대 흉악한 살인마이거나 정신 분열환자, 혹은 미치광이였다면 어찌 되었을까. 가랑비에 옷 젖는 줄 모르는 것처럼 거부한다 할지라도 그 기억과 경험은 내 삶에 영향을 끼치게 되었을 것이다.

보다 위험하고 막강한 힘이 존재하니 보다 주의했어야 옳은 것이다.

'그녀는 알고 있었을 터.'

그렇다면 나는 강유나에게서 들어야 할 말이 있게 된다.

- 역시 대단해! 동생! 난 믿고 있었어. 그건 그렇고, 지금 상황이 상당히 복잡하지? 그건……

"누나."

다급한 듯 그녀는 말을 이었다.

- 응? 알아, 알아. 지금 빨리 설명해 줄게. 본래는 멜도란에서 출발한 토벌대가 공격하는 것을 퓰라의 몬스터 군단이 막고, 역공을 가해 토벌대를 괴멸시키는 것이 정상이거든. 퓰라의 레벨이 400이 넘지만, 막심은 300을 조금 넘으니까. 그런데 이게 틀어져 버렸어.

다시 물었다.

"누나, 먼저 들어야 할 말이 있는데요."

- 이유는 둘인데, 하나는 퓰라가 자이언트 몰 일족의 보물인 〈땅의 가호〉의 자아를 죽이고 연단하느라 마력의 태반이 묶였다는 것. 이를 타락시켜 〈마성의 오브〉로 만들어야 하는데 타이밍이 정말 너무 안 좋은 거야. 두 번째는 바로 플레이어인 스칼렛과 빈센트, 화랑이 조건부 퀘스트 아이템들을 모조리 가져왔기 때문이지.

"누나."

- 그 아이템들은 각각 퓰라 휘하의 준보스 몬스터들의 과거와 연관이 있거든. 그 때문에 키메라들 사이에 내분이 일어나게 되고 보스급 몬스터의 배신 탓에 퓰라의 군단이 셋으로

나뉘었어. 원래는 몬스터 군단만으로도 충분히 막아 낼 수 있는데, 외려 애써 만든 몬스터들이 배신한 셈이라 상황이 이렇게 된 거야.

"강유나 누나."

– 토벌대는 밀려와. 〈땅의 가호〉는 여전히 반항 중이라 옴짝달싹할 수 없는 상태. 여기에 동생이 크게 힘을 써서 정신이 흔들리게 되자 퓰라가 조급하게 됐고. 이런 복합적인 상황 덕에 아메바가 퓰라의 육체를……

잠시 통신의 실을 놓았다 쥔 내가 한숨 섞어 불렀다.

"마지막으로 부를게요. 누나."

– ……어…… 응?

숨 가쁘게 말하던 그녀가 얼결에 답했다. 나는 조급해하는 그녀에게 차분히 물었다.

눈앞으로 엄청난 수의 병력이 늘어서고 있지만 조금도 개의치 않았다.

"먼저 저한테 할 말이 있지 않을까요?"

– 그, 그게…… 지금 상황이 동생한테 매우 불리하고 급하게 돌아가고 있어서 얼른 알려 줘야……

"저는 급한 일보다는 중요한 일을 먼저 해야 한다고 봐요. 특히……."

말발굽 소리, 병사들의 군화 소리, 둔중하고 쓰륵쓰륵 끌리는 몬스터들의 소음이 귀를 어지럽힌다. 이를 한없는 권태감 속에서 내가, 에일락 반테스가 반개한 눈으로 무감정하게 보았다.

뛰지 않는 심장이 말한다.

저들 중 그 누구도 이 나의 열의를 일깨우지 못한다고.

그 오만한 자신감에 기대어 강유나에게 말했다.

"서로의 믿음과 신뢰에 대한 부분이라면 더욱."

저 너머에서 침을 삼키는 소리가 들렸다. 그사이로 자욱한 먼지가 가라앉고 강렬한 투기를 발산하는 군대가 모습을 드러냈다.

놀랍게도 선두의 막심을 필두로 하여 우편에는 기마대가, 좌편에는 키메라를 비롯한 몬스터들이 자리하고 있었다. 피투성이의 인간과 몬스터들이 한자리에 모여 공동전선을 펴고 있는 것.

그 수는 대략 1만. 산허리를 꿰뚫고 퓰라가 마법으로 공간을 확장시키지 않았다면 꾸역꾸역 밀고 들어온 병력으로 발디딜 틈 하나 없었을 것이다.

반면 이쪽의 병력은 고작 2천.

상황도 열세일뿐더러 준비하기에도 촉박했다. 그녀가 저리 조급해하는 것도 실로 당연한 일.

하지만 나는 기다렸다.

그리고 그 짧지만 긴 기다림의 끝에 들을 수 있었다.

- ……미안해, 동생. 반은 시험하는 마음으로, 반은 이용하려는 생각으로 동생을 그에게 보냈어.

다소 긴장한 그녀의 목소리.

"앞으론 먼저 말해 줄 수 있죠?"

- ……물론이야.

우선은 이만하면 됐다.

나는 냉정하게 웃는 연기를 했다. 딱딱한 어조를 풀고 부드럽게 한다.

"바라는 일은 어떤 건가요?"

정황과 방법, 단서, 정보는 필요 없다. 오로지 최적의 답안을 묻는다. 이는 얼마든지 파악하고 상황을 지배할 수 있음을 암시하니, 뛰어난 그녀라면 내가 '에일락 반테스'의 육체를 완벽하게 손에 넣었음을 직감할 수 있을 것이다.

그리고 예상대로 그녀가 답했다.

- 토벌대의 전멸. 배반자들의 멸절. 〈마성의 오브〉를 완성할 1천의 피와 혼의 습득. 마지막으로 플레이어들의 죽음.

다시 물었다.

"아메바 말고, 누나가 바라는 건요?"

그녀가 웃는다.

- 토벌대의 격퇴. 배반자들의 멸절. 스칼렛, 빈센트, 화랑이 '퓰라의 비처'로 침입하는 것을 허용하는 거야.

현재 내가 버티고 있는 곳은 던전의 최후 방어선이나 다를 바 없었다. 이 전장 너머에 '퓰라'의 비밀 연구실이 있고 그곳에서 신진권 사장은 열심히 아이템을 가공 중이었다.

그런데 퀘스트에 비하면 그다지 비중이 없는 플레이어들을 왜 거론한 걸까? 이에 대해 반문하니 그녀가 뜻밖의 이야기를 해 주었다.

- 아메바가 한 번 차이더니 묘하게 스칼렛에게 집착하고 있어. 다른 이들은 덤인 셈인데…… 그녀가 알비노거든. 그래

서 낮에는 바깥 외출도 못하고 눈을 오래 뜨는 것도 힘든 상태야. 하지만 어떤 희소병이라도 고칠 수 있는 의학기술을 우리는 갖고 있어.

이해가 됐다. 자체 복사되는 신진권의 몸이라면 얼마든지 '직접 인간을 통한' 임상시험이 가능할 것이고. 아울러 수십, 수백의 아메바들이 지식을 합쳐 연구한다면 수세기는 앞선 의학기술을 가질 수 있을 것이다.

동물 실험? 필요 없다. 인간에게 쓸 약과 치료법이라면 인간의 몸에 실험하면 그 결과를 가장 확실하게 알 수 있지 않은가.

인류의 의학이 전쟁을 통해서 가장 급속도로 발전했음을 역사가 증명하듯이 말이다. 여기에 전 세계 모든 전산 시스템을 좌지우지할 수 있는 강유나가 힘을 합치면 현재까지의 모든 자료와 온갖 기술이 그들의 것일 터.

'그랬었나.'

하긴, new century를 한다고 난치병이 해결된다면 세계 모든 플레이어가 무병장수해야 옳을 것이다. new century를 통한 기적적 치료 사례의 주인공들은 실상 Z&F의 치료가 있는 것은 아닐까 하는 생각이 들었다.

현재 그녀의 캐릭터는 완치되었을 때…… 아니, 그녀가 병에 걸리지 않았을 때의 모습이다. 활에 대한 그녀의 재능은 그야말로 천부적이었으나 병약한 육신 때문에 빛을 발하지 못했을 뿐이었다 하겠다.

"백색증은 완치 가능한 건가요?"

– 물론. 다만, 건강은 되찾더라도 스칼렛은 알비노가 진행된 상태 그대로일 거야. 오히려 더 특색 있어지겠지. 희귀 컬렉션일 테니까. 흥! 재수 없는 녀석 같으니라고!

"그녀와 같은 사례가 많을 예정인가요?"

– 미모와 랭커에 한해서는 전부 다 취하려고 그래.

아름다운 여자. 능력 있는 여자. 이들을 노예화하겠다는 의미였다. 이를 알고 나니 나는 불치병과 난치병만큼은 현실에서도 잡아야겠다는 결단을 내렸다.

– 저들과 아메바의 내기는 퀘스트의 성공 여부가 아니라……

"〈땅의 가호〉의 회수. 〈마성의 오브〉의 완성이군요."

– 맞아.

"누나."

– 응? 왜?

"이 전쟁의 결과."

나는 가벼운 웃음과 함께 말했다.

"기대할 만할 거예요."

이를 끝으로 강유나와의 접촉을 끊었다.

대화하는 사이, 적들은 진열을 정비하고 기세를 불태우는 중이었다. 그러나 저돌적인 돌격은 없었다.

잘 아는 까닭이다.

에일락 반테스.

퓰라가 계약한 최고이자 최강의 언데드 몬스터. 최종 보스 몬스터인 퓰라보다도 강대한 무력의 소유자가 그임을!

✠ ✠ ✠

800보 바깥에 있던 병력이 어느덧 400보 안에 있었다.

1만 병력이 눈앞을 가득 메운 셈.

'어찌할까.'

되물으니 이성이 답해 온다. 그 해결법을.

나는 이에 따라 지금 인식한 것처럼 저들을 보았다.

환혼력을 실어 말했다.

[배반인가?]

하얀 서리가 응어리졌다. 단어가 파동이 되어 저들의 살과 뼈를 울렸다.

붉은 피. 뜨겁게 달아오른 근육이 일순 위축되는 것이 보였다. 그 성향은 몬스터에게 더욱 두드러지게 나타났다. 바로 언데드 총사령관이라는 지위 때문이다.

"전군 정지."

이변을 느낀 막심의 지시에 기수가 움직였다. 힘차게 움직이는 기에 따라 빠르게 늘어서는 병력. 곧 긴장의 끈을 놓지 않는 선에서 숨을 고른다. 일사불란하게 움직이는 병력이 훈련과 실전을 통해 다져진 강병임을 다시금 증명했다.

이어, 저들 사이로 가장 강렬한 존재감을 뿜어내는 이들이 나섰다.

네임드 몬스터들과 토벌대의 장수들.

융합 키메라의 군장. 초거대 몬스터 갈리옥.

"배반이…… 아니…… 다……."

복부와 얼굴의 입으로 동시에 우렁우렁 떠들었다. 뚝뚝 떨어지는 침이 바닥에 매캐한 독향을 일으켰다.

"우리는 진정한 원수를 찾았을 뿐!"

변종 서치들의 군장. 렉케샤.

퓰라로부터 받은 갑옷과 [맹렬의 익스플로전 랜스]로 무장한 3미터 크기의 쥐는 타오르는 불도마뱀을 타고 내게 소리쳤다.

"에일락 반테스, 당신 역시도 이를 보면 떠올릴 수 있을 거다!"

피에 절은 왕관과 금의를 내게 던졌다.

선두의 백골 기병이 창으로 꿴 뒤 내게 가져왔다. 그것은 에일락 반테스를 질투하고 시기했던 그란시아의 왕, 보헨 샤온드의 유품!

유품으로부터 투명한 실이 뻗어 와 나에게 연결됐다. 그것은 그의 옹졸함과 졸렬함이 사실은 간신으로 있던 흑마법사의 음독과 마약으로 말미암은 것이고 이에 취해 왕의 정신이 피폐해졌음을 밝히는 것이었다.

왕국 멸망의 이면에는 간악한 무리의 농간이 있었다는 이야기인 셈.

그러나

'나는 그이되 그가 아니다.'

몸을 지배하는 권태의 감정 사이로 묘한 웃음이 떠올랐다.

그것은 지독히도 차가운 조소(嘲笑).

[진정한 원수라…… 재미있군.]

이를 들은 막심이 눈썹을 꿈틀거리며 말의 고삐를 당겼다. 반면, 그 옆의 마법사.

검은 수염을 쓰다듬던 헤로스는 나서서 나를 설득하려 한다.

“저들이 진정한 당신의 원수이자 복수의 대상이오! 그란시아의 수호기사이자 명장, 에일락 반테스여. 그대의 숭고한 충의를 매도하며 의를 상실케 한 교악(狡惡)한 무리를 위해 검을 들 작정이오? 눈을 뜨시오! 정명함으로 보고 악을 징치하시오, 충절의 수호기사여!”

기름칠한 그의 혀가 매끄럽게 단어를 조합한다.

간단히 답했다.

[지휘(master)].

스킬을 발동하자 나의 의식이 일대를 아울렀다. 일순간 2천의 병사들이 완벽하게 통제하에 들어온다. 지금 저들은 나의 손이며 나의 발이다. 나의 전장에 가장 충실하게 움직이는 꼭두각시인 것.

[방패병 최선두. 투창병 선두. 보병 양익.]

스릉…… 스르릉……

백골 병사들의 텅 빈 두 눈으로 푸른 귀화가 일렁였다. 푸른 날이 부딪치며 소성을 발하고 삐걱삐걱거리는 관절이 을씨년스럽게 울렸다.

[궁병 중진. 기병 대기.]

척. 척. 척.

톱니바퀴가 돌아가듯 착착 군진이 변하며 단숨에 오와 열이 뒤바뀌었다. 해골마가 딸그락거렸다. 이를 본 헤로스가 매우 놀라고 막심이 미간을 일그러뜨렸다.

"에일락 반테스! 진실을 외면하는가? 끝까지 미몽에 사로잡혀 정의(正意)에 대적하려 하는가!"

도전적이며 신념에 찬 일갈이 깊이 파고들었다. 텅 빈 가슴에 메아리치며 공허한 울림을 이끌어 낸다. 막심의 모습이 아련함을 자아낸 것이다.

과거의 나. 과거의 에일락 반테스를.

턱을 괴고 있는 나의 입이 좌우로 슬며시 벌어졌다. 곧 간질거림이 목젖을 자극하더니만 어깨가 들썩일 정도로 웃음이 새어 나왔다.

'참으로 재미있지 않은가.'

병사들의 지휘조차 망각할 정도의 웃음이다. 에일락 반테스의 기나긴 삶을 일수유에 공유하며 가공할 지혜로 하나하나를 오롯이 떠올릴 수 있는 나이기에 지을 수 있는 웃음이었다.

무엇이 나를 이리도 웃기는가.

껄껄 웃던 것을 잠재우며 한 단어를 내뱉었다.

[정의라…….]

바로 그것이다. 그 하릴없는 허무함. 눈과 귀를 가리는 추악한 인간의 진리.

그래. 알 것 같다. 1만의 군세를 앞에 두고도 어이하여 이 피가 끓지 않는지. 조금의 떨림조차 없는지를.

[퓰라를 쓰러뜨리고 이 나를 무릎 꿇리는 것. 그것이 그대

들의 정의이자 대의(大義)인가?]

막심이 핼버드를 내게 겨누었다.

"어긋남을 직시하며 섭리와 빛에 따라 모두를 바로잡는 것."

헤로스가 준엄하게 말했다.

"산 자는 산 자의 도리를! 죽은 자는 죽은 자의 진리를!"

렉케샤와 갈리옥이 한을 담아 내뱉었다.

"나의 의지로 살며."

"……인간으로…… 죽는 것……."

한때 인간이었던 키메라들이 최소한의 권리를 주장하고 있었다.

그래……

[그것이.]

진정……

[그대들의 정의인가.]

냉소가 새어 나왔다.

울분에 각자의 삶을 얹는다. 여기에 철학으로 공고함을 더하니 그것을 진리라 외치라 말하는 도다. 그런 저들의 모습을 보니 어찌 웃음이 나오지 않을 수 있겠는가.

그들은 모두가 과거의 에일락 반테스였으며 전생의 패배자들이었다. 저들을 보며 과거를 반추하노라니 이해가 되며 비로소 실감이 되었다. 미몽에서 벗어난 그가 어찌 그리도 홀가분하게 떠날 수 있었는지!

[후후후…… 하하하하하-!]

정의와 대의. 무엇이 바르고 무엇이 옳은 길이란 말인가. 누가 감히 말할 수 있으랴.

그 누구도 자격을 갖추고 있지 않았다.

나는 저들의 편협한 숭고함에 혀를 끌끌 찰 뿐이다.

대관절.

[살육하는 자에게 정의가 어디 있는가.]

저들의 눈이 분노에 사로잡힌다.

이상에 취해 있다. 힘에 도취해 있다. 자신의 분노에 가치를 두고 그 힘의 우월로 감히 진리를 표방하는 것이다. 그러나 말로 설득시키려는 저들과 달리 나는, 더 듣고자 하고 말하고자 하지 않았다.

에일락 반테스의 일생에 걸친 깨달음.

[산 자는 들을 수 없고 죽은 자는 말하지 못한다.]

살육하는 자들. 왜곡된 진리의 칼로 무장한 이들은 귀가 닫혀 들을 수 없고, 죽어 깨우친다 할지라도 때는 늦어 말할 수 없도다.

이 상황에 많은 말은 필요 없었다. 지금 이 자리를 지배하는 것은 단 하나의 질서.

힘의 논리이기에.

패자는 모두를 수렴한다. 승자는 모두를 강제할 수 있다.

그것이 바로 전장의 절대적 진리다.

[과연, 나의 악의 속에서 그대들의 정의가 지켜질 수 있을지 기대해 보겠다.]

그러니.

[용전분투를 기대하마.]

⊠ ⊠ ⊠

막심이 마상창을 들어 던졌다. 400보를 격하여 날아든 창이 방패병에게 부딪치고 충격으로 방패병이 주춤주춤 물러났다.

그가 냉소했다.

"포섭은 결렬이다! 호센!"

"예, 장군!"

막심의 우측에서 터질 듯한 근육을 자랑하는 거구의 사내가 나섰다.

호센이라는 이름을 단서로 각성한 나의 지혜가 기억을 샅샅이 훑었다. 곧, 제임스의 기억이 [혹사하는 자의 육체]와 번쩍임의 수투를 보상으로 주는 멜도란의 대장장이가 그라는 것을. 이어, 에일락 반테스의 안목이 그가 투사이며 곰과 들소의 문신을 다섯이나 새긴, 최소 250레벨 이상의 장수라는 사실까지도 알려 주었다.

호센의 장비는 두 개의 뿔이 달린 투구와 건틀릿, 두 개의 쌍 도끼가 전부였다. 단련된 육신의 힘이 철갑을 능가한다는 반증이다.

"고작해야 과거의 망령이다. 군진이 완비되기 전, 짓밟아 버려라!"

"충!"

막심의 핼버드가 우편을 겨누자 그가 건틀릿으로 가슴을 쾅 쳐 보였다. 강철 건틀릿과 근육의 충돌임에도 쇳소리가 나고, 곧 짧고 굵은 기합과 함께 2천의 기마대가 무섭게 내달렸다.

"갈리옥, 렉케샤. 우리가 양익을 찢고 우회 기동하여 포위, 섬멸하겠소. 그대들이 중앙을 맡아 주시오."

"저따위 백골 병사는 아예 녹여 버릴 수 있다. 그러나 '그' 만큼은 우리가 어쩔 수 없다."

나를 가리키며 몸을 떠는 렉케샤에게 그가 자신 있게 말했다.

"걱정하지 마시오. 그가 제아무리 마스터 급의 영웅이라 할지라도 전쟁은 집단의 싸움. 지금까지처럼 하면 우린 반드시 승리할 것이외다!"

기수가 기를 힘차게 흔든다.

"전군-!"

말허리를 박차자 막심의 말이 높이 앞다리를 든다. 그가 핼버드를 높이 들었다.

"총공격하라!"

"우와아아!"

용맹하게 달려드는 기마대.

"크아아앙-!"

팽창한 기형적인 근육이 준마를 능가하는 속도를 이끌어 냈다. 가히 바위가 굴러 오는 듯, 밀물처럼 밀려오는 키메라

군단. 그 자체로 성벽과도 같은 8미터의 갈리옥이 돌기둥을 뽑아 그대로 던지고 깔아뭉개 왔다. 최선두의 방패병들이 합심하여 이를 막아 내지만 휘청거리며 밀리고 파편에 긁히는 상황.

이를 본 막심의 얼굴에 회심의 미소가 어렸다. 백골 방패병들 따위, 키메라의 힘과 기병의 돌파력이면 능히 꿰뚫을 수 있으리라 확신한 것이다.

ㄷㄷㄷㄷㄷㄷㄷ-!

군대가 움직였다. 땅이 진동했다. 공동 전체가 굉음으로 아우성이다.

몬스터 군단과 철저하게 나누는 까닭은 저들의 독성과 마력, 토벌대의 스킬이 서로 충돌하는 까닭이다. 각 2천씩 모두 4천의 기마. 1천의 경장 보병은 뒤편에서 플레이어와 헤로스를 비롯한 마법사를 지키고 있었다.

5천의 몬스터 군단은 정면으로 우악스럽게 들어오는 상황.

나는 저들을 한눈에 담고 보았다.

'단순한 병과.'

토벌대 전체가 기병이다. 이는 촌각을 다투며 몬스터를 회유할 수 있다는 계산이 깔렸지 않고서는 구성할 수 없는 병과다. 퓰라 〈땅의 가호〉로 묶여 있는 호기를 놓칠 수 없었던 까닭이다.

그 때문에 저런 식의 공격만 할 수밖에 없다.

단시간에 승부를 보는 화력전이자 총력전.

그렇다면.

[가혹한 지휘(master). 열화(熱和)의 강혼(剛魂)].

통제되는 2천의 병사들 위로 800가닥의 붉은 줄이 뻗어 나갔다. 위압 능력치에 따라 병사들을 하나로 묶어 모든 능력치를 급속히 상승시키는 스킬. 전체 체력 수치를 소모하여 체력 외적인 모든 능력치의 향상을 꾀하며 그 효율은 5분에 걸쳐 이루어진다.

10%부터 시작하여 최대 500%까지.

그리고 최대치에 이르는 순간, 한계에 부딪혀 스러진다.

자신을 불태워 전력을 상승시키는 전투특화 지휘 스킬이 바로 가혹한 지휘다.

대상을 선택.

800의 붉은 악령이 덧씌워진 듯 방패병과 투창병들에게 붉은빛이 감돌았다.

손을 가볍게 긋자 일자진의 형태로 방패병이 길게 늘어섰다.

다음은.

[투창병 준비.]

그리고 때를 기다렸다.

◈ ◈ ◈

흉험한 일제 돌격. 그 난폭함은 사기 진작은 물론 적의 기세를 무너뜨리는 데 효과가 있기는 하다. 그러나 냉정하게 보면 그 속도의 차에 따라 순차적인 접근이 된다.

불규칙성과 기세에 휘말리면 심대한 피해를 보겠으나, 예측하여 능히 대처한다면 상황은 반전된다.

가장 먼저 출발하여 근접 거리까지 다가온 것은 호센.

[투척.]

일제히 준비하고 있던 투창들이 날카로운 파공성과 함께 날아들었다. 강화된 백골 병사들의 힘과 거리. 저들의 속도가 맞물려 뼈를 부수고 으스러뜨리는 일격이 적들을 휩쓸었다.

돌진 대형이 일그러지기 시작한다. 밀려드는 힘을 이기지 못한 기마병들은 정지하지 못한 채 아군을 짓밟았다.

허나,

“어림없다!”

쓰러지는 말의 등을 박차고 땅에 쿵! 내려선 호센이 맨몸으로 창을 까부수며 일갈했다.

“제국의 전사들이여! 흉성을 터뜨려라!”

일순간 곰과 들소의 환영이 그의 몸을 투과했다. 근육이 갑옷처럼 팽창하고 신체가 강건해졌다. 문신의 힘을 활성화한 것이다. 그들의 갑주가 툭툭 터져 나가고 파편이 잔해가 되어 흩뿌려진다.

투창의 피해 속에서 살아남은 실력자들이 들이닥쳤다. 준마보다도 빠르며 곰 같은 힘에 들소 같은 난폭함을 일신에 가진 자들. 그런 자들이 즐비한 이것이 new century의 전사들이며 전쟁이다.

그리고 그 아비규환의 전쟁에서 ‘불패’를 자랑한 이가 바로 에일락 반테스다.

'문신의 활성화 탓에 혈력이 극도로 차오르면 단순하고 과격해지지.'

돌진하고 부수려는 속성이 강해지는 것.

[거창.]

붉은 광기를 두른 백골 병사들이 움직였다. 방패병이 벽처럼 막아서고 그 사이사이로 날카로운 창날이 번뜩였다. 철옹성 사이로 고슴도치처럼 치솟은 창!

저들은 멈추지 않았다. 아니, 멈출 수 없었다.

거센 기합과 함께 철구(鐵球)와도 같은 몸뚱이가 작렬한다. 그리고 정확한 타이밍에 지휘 스킬을 사용했다.

[벽.]

방패병들이 격돌의 순간, 발을 굴렀다.

쾅-!

방패가 울리며 움푹 파인다. 뾰족한 창날이 저들의 몸을 깊숙이 파고들었다. 그러나 붉은 백골 병사들은 조금도 밀려나지 않았다. 그뿐만 아니라 창의 사정거리에 들어오자 순식간에 찌르고 빠졌다.

"이, 이런!"

"뚫리지가 않다니!"

틈조차 보이지 않음에 당혹해하는 그들.

[진격.]

방패병과 투창병 사이의 보병들이 빠르게 돌진했다. 기동성을 상실하고 문신을 활성화하며 저 스스로 갑주를 잃은 그들.

문신을 통해 혈력으로 신체를 강화하는 것은 물론 화력의 극대치를 이끌어 내긴 한다. 전사로 하여금 능히 키메라 급의 괴력을 내게 하니까.

그러나 왜 퓰라가 키메라 군단을 만들었겠는가. 전사들의 공격은 단 일격, 이격에 한할 뿐. 그 찰나를 넘어 다섯 호흡 이상이 되면 그때부터 심각하고 막대한 체력의 저하를 부른다. 바로 아사(餓死)할 정도로 말이다. 이 때문에 숙련된 전사일수록 승기를 점할 때, 바로 비장의 카드로서 문신을 쓰는 것이다.

아울러, 비장의 카드는 결단코 남발할 수 없다.

"으아악!"

"으으…… 이놈!"

피 칠갑을 한 호센이 찔러 오는 백골 창병을 도끼로 까부수며 그 어깨를 밟았다. 단숨에 박차며 내게 달려들려는 심산.

"망자는 망자답게 꺼지란 말이다!"

미련한 짓.

제법 용력이 뛰어나다 할지라도 군진을 벗어나면 그 힘을 쓸 기회조차 상실하는 법이다.

[발사.]

쌔애액!

창날을 부러뜨려 그 끝을 밟고 질주하려는 그의 등에 화살이 박혀 들었다. 휘청하며 내려서는 그를 열 자루의 창날이 꼬치 꿰듯 꿰어 버리고 곧 처참하게 썰어 버린다. 허무하리만큼 간단한 최후지만 에일락 반테스의 삶이 말해 준다.

전장의 광기에 이성을 잃은 자, 곧 죽음의 문을 엶과 같다고.

"크아아아!"

어보미네이션들이 석주(石柱)를 휘두르고 독을 흩뿌렸다. 이에 3인 1조의 방패병을 붙여 그 공격을 막게 하고 그들 사이의 투창병에게 쇠사슬을 던지게 했다. 각각 팔, 다리, 몸통, 뚫린 내장을 비집고 관통시켜 꿰고 바닥에 아예 박아 버렸다.

어보미네이션의 특징은 강하지만 섬세하지 못하며 느리다는 거다. 또한, 놀라우리만큼 탐욕적이라는 것. 얼굴의 입과는 달리 복부의 입은 무엇이라도 쑤셔 넣어 주면 그대로 씹고 소화하려 든다. 그러니 한데 뒤엉키면 저들끼리 씹고 뜯고 난리가 나게 된다.

"이런 터무니없는 일이!"

뒤편에서 이를 보던 헤로스가 다급히 마법으로 빛을 불렀다. 하지만 채 완성되지도 않은 광구(光球)에 아군이랄 수 있는 키메라들이 더욱 괴로워하자 다급히 취소했다.

❖ ❖ ❖

붉은 백골 병사들이 저들을 도륙한다. 대동소이한 현상이 전열에 걸쳐 동시다발적으로 이루어졌다. 각 열에서 근소한 차를 이루고 일어나는 격돌, 그 하나하나를 모두 완벽하게 통제하는 것이다.

그러나 여기서 끝이 아니다.

[연사.]

열화강혼을 해제. 중진에서 대기 중이던 궁병에게 사용했다.

붉게 물든 백골 궁병들의 시위가 더욱 강하고 빠르게 흔들렸다.

"으아악!"

"크아아악!"

곳곳에서 죽어 나갔다. 강화된 방패병이 전열을 고착화하면 투창병이 투척하여 적을 관통한다. 벌어진 틈을 보병이 벌리고 부장이나 기수가 보이면 이를 목표 사격했다.

한 몸과도 같은 유기적인 움직임에 적들이 무참하게 썰렸다.

그야말로 파죽지세.

전장을 아우르는 나의 눈은 적들의 죽음이 4천을 넘어섰음을 확인했다. 실로 무식하게 돌격해 준 저들 탓에 확실하게 승기를 잡은 것이다.

하지만 반전은 있었다.

"비…… 켜라……!"

통상 3~4미터인 어보미네이션. 반면 7미터짜리 괴수인 갈리옥이 엉겨 붙은 휘하 몬스터들을 들고 무기처럼 휘두른 까닭이다.

실로 가공할 힘.

투석기로 돌을 쏘아 던지듯 어보미네이션 더미들이 투하되자 곳곳의 병사들이 납작하게 찌그러졌다. 떨어진 몬스터 역시 무사하지는 못했으나 이 때문에 전열이 흐트러진 것.

여기에 렉케샤의 무기가 폭발음을 일으켰고 버티던 방패병들이 하나씩 녹아 버리기 시작했다. 버틸 수 있고 밀어낼 수는 있으나, 전체 체력이 급감한 까닭에 [맹렬의 익스플로전랜스]의 폭발력에 휘말린 것이다.

펑펑! 터지매 폭삭 주저앉으며 방패병들이 녹아든다. 불도마뱀의 불길과 꼬리치기. 변종 서치들의 공격까지 이어지니 방패병 없는 백골 병사들은 속수무책인 셈.

뒤이어 막심이 가세했다.

"[질풍]!"

굉음 사이로 한 줄기 선풍이 일었다. 그를 중심으로 일백기의 기마병이 종횡무진으로 활동하며 궁병들을 깨부쉈다! 비록 2분이 채 못 가긴 했으나 그 짧은 시간에 중진까지 파고들었다가 쏜살보다 빨리 빠져나갔으니 실로 놀라운 스킬이었다.

'제법이군.'

수적 열세 속에서 분투하였으나 현재는 군진과 병단의 다양성을 상실한 상황. 이쪽의 800과 저쪽의 5천을 바꾸긴 했으나, 이대론 승산이 없었다.

그렇다면 어찌해야 할까.

스으윽.

자리에서 일어나

뚜둑. 뚜둑.

목을 좌우로 꺾는다. 백골마에 오른 나는 최후로 각개 전투를 명한 뒤 대기 중인 백골기마병 500을 불러들였다.

[모여라.]

난전에 전망은 필요 없다. 기세의 싸움이며 전장은 흐름에 지배된다.

'우선은 하나.'

나는 폭주하고 있는 갈리옥을 응시했다.

마상의 창을 들고 환혼력을 모아 던졌다.

유연하게 젖혀진 어깨가 놀라운 탄력으로 뻗어 나간다. 곧 수염이 휘날리며 늙은 장수의 손을 떠나간 마상창이 유성처럼 꽂혔다.

"끄아아!"

쩌적! 쩍!

박혀 듦과 동시에 몸체의 절반이 꽝꽝 얼어 가며 전체로 확산되어 갔다. 이에, 갈리옥이 스스로 자신의 좌반신을 부수고 버둥거리는 수하 어보미네이션을 주물러 부서진 몸에 덕지덕지 붙였다.

그 모습에 혀가 절로 끌끌 차 진다.

[인간으로서 죽고 싶다 했던가?]

그런 것치고는 생에 대한 갈망과 복수심이 너무 과하지 않는가.

손을 뻗자 백골 기병이 창을 바친다.

이를 쥐고 갈리옥을 가리켰다.

[질주.]

지휘 스킬을 사용하여 단숨에 나아갔다.

뿌연 안개가 좌악 깔리며 구름 위를 질주하는 듯 바닥에 성에가 끼기 시작했다. 넘치는 환혼력을 본격 가동하니 나를 비롯한 후위의 500기마대가 전부 얼음마에 올라 질주하는 양상이다.

"……막…… 아…… 막아……! 막아라……!"

절규하다시피 휘하 몬스터에게 지시를 내리는 갈리옥. 피하려다가 렉케샤나 막심이 너무도 멀리 있음을 알고는 퍼렇게 얼어붙은 몸. 꾸물럭거리며 융합하는 신체로 땅거죽을 확 들어 보였다.

정면의 몬스터들을 후려치며 앞으로 나아갔다. 땅거죽이 융단처럼 일어나 몰아쳐 오는 것에 정면으로 창을 겨눈다. 혈력과 마력, 기력이 오묘하게 진동하며 파동을 일으켰다. 그 미세하고 찌릿한 진동이 창날에 어리니 푸른 기류가 응어리지며 회전을 시작했다.

이윽고 찾아온 적막감. 모두가 정적으로 머문 듯 고요한 가운데 단 하나의 선이 정면에 길게 뻗어 나간다.

[훼이얀 창술(Lv49)].

반사적으로 따르는 육체.

[나선참(螺線斬)].

기왓장을 부순 양 겹겹이 밀려오던 지각을 완벽하게 관통하는 창격. 고요한 정적을 얼음장 깨지는 듯한 맑은 소음이 산산이 부쉈다.

뒤이어 푸른 기류가 선을 비틀고 돌려 버렸다.

차르르르거리며 꽁꽁 얼어 버린 지각들을 꿰뚫고 얼음마가 질주했다. 이윽고 단 일합에 갈리옥의 신체를 무참히 난도질하며 부숴 버렸다.

[살육과 복수를 품고 전장에 들어선 이상, 인간이기를 스스로 포기한 것이다.]

어보미네이션들의 시체를 뚫고 이십여 미터를 나아가다 멈추어서는 다시 기수를 돌렸다.

다음은 렉케샤. 창으로 환혼력이 깃들었다.

[그대의 의지는 어떠한가.]

당겨진 어깨로부터 시작하여 유성처럼 날아든 창은 정확히 변종 서치 가운데에 자리한 렉케샤를 향한다.

까드득!

"우습게 보지 마라!"

이를 갈더니만 마주 랜스를 힘차게 던지는 렉케샤.

환혼력과 [맹렬의 익스플로전 랜스]가 격돌하며 거센 폭발이 일었다. 그 충돌로 랜스가 산산이 부서졌다.

그리고 나의 창은 절반이 남아 렉케샤의 불도마뱀을 관통했다.

❖ ❖ ❖

- 우와!

- 봤냐? 저거 봤어?

저 멀리서 벽을 타고 조심조심 가는 이들이 있었다. 수는

13명. 소리가 울릴 때마다 자라처럼 움츠리고 다시금 쪼그려서 내달리는 보병들 사이로 수군수군대는 이들은 바로, 내게도 익숙한 플레이어들이었다.

"저건 진짜 사기다! 저걸 어떻게 잡어."

"박력…… 최고네요."

"렙280짜리 보스몹이 한 방이야. 그야말로 쓸고 다니잖아."

화랑의 말에 빈센트가 고개를 저었다.

"확실히 이건 싸워 이기라고 있는 퀘스트가 아네요. 보스몹이 압도적이니 저래서야 혼자서 1만 군사는 다 때려잡겠는데…… 맞다. 형, 그거 알아요?"

"뭐가?"

"저 할배몹이 소드 마스터란 거."

"스피어가 아니라?

"네."

"……그런데 창으로 저만큼씩 쓸고 다니는 거냐?"

'헐~' 하며 혀를 내두르는 화랑이었다.

"대장군쯤 되니 다른 무기를 다루는 건 이해가 가지만, 주력도 아닌데 저 정도면 대체 어쩌란 거냐."

"그래서 양동작전으로 퓰라 공격하려고 슬쩍 빠져나온 거잖아요."

"퓰라보다 할배가 무섭니 어쩌니 하긴 했지만 믿지 않았는데…… 쩝. 그나저나 퀘스트 창에 '에일락 반테스의 격퇴' 랑 '〈땅의 가호〉의 회수' 가 있는 걸 보면 공략법이 있긴 있는 거 같은데 왜 이렇게 어려운 거냐?"

그러자 스칼렛이 답했다.

"당연해요. 이건 우리가 시작한 퀘스트가 아니니까요."

화랑이 이맛살을 찌푸렸다가 대범한 척 말했다.

"아~ 그 사람 말이군요?"

"하긴, 저 아이템들도 제임스 형이 얻은 것이니 그 형한테 맞추어 난이도가 책정되지 않았나 생각할밖에 없죠."

"거, 없는 사람 얘긴 그만하자. 하도 많이 등장해서 아예 우리 파티에 같이 있는 것처럼 느껴질 정도라니까."

어깨를 으쓱해 보이는 화랑을 보며 빈센트가 묘하게 웃는다.

"히~ 형, 여자 경험 없죠? 데이트한 적은?"

"가, 갑자기 그게 무, 무슨 소리야?"

"괜히 센 척하고 눈앞에서 있는 척해 봐야 스칼렛 누나한테는 안 먹힌다구요. 우선 호흡부터 맞추고 공감대부터 이어 나가야죠. 그리고 장점은 스치듯이 보여야지 대놓고 부풀리면 오히려 싸 보여요. 놓아두되 리드할 때 자연스럽게 책임져 주는 것이 포~인~트~"

말을 하는 동안 둘은 자연스럽게 뒤처졌다.

"이, 인마. 내 나이가 몇인데 아, 아직 여자가 없었겠어? 그리고 쪼그만 게 말이야. 넌 경험 있냐?"

"훗."

"……뭐, 뭐야, 너! 그 가소롭다는 듯한 비웃음은?! 설마 경험 있는 거냐?"

"누나들한테 얼마나 귀여움받는다구요~"

"뭐, 뭐야?!"

입을 막고 두 볼에 빵빵하게 공기를 넣고 있는 빈센트의 모습에 화랑이 버럭 소리를 질렀다. 그러자 가장 앞서 가던 젊은 기사가 인상을 확 찌푸리며 뒤를 보았다.

"지금 이 분위기에 웃음이 나오느냐! 호센 형님을 비롯한 모든 이들이 피 흘리며 분투하는데 웃음이 나오느냔 말이다. 아무리 여행자들이라지만 지킬 건 지켜라."

단숨에 각 잡혀 대답하는 그들.

"넵! 부대장님."

"[혹사하는 자의 육체]를 호센 형님께 배운 이가 저토록 가벼운 이라니. 너 역시도 [현명한 자의 분노]를 이었으니만큼 그 사명과 책임을 다해야 할 거다. 나이가 어리다고 해도 자신의 몫을 다해야 한다. 알겠나?"

"옙!"

정말 못마땅한 눈으로 보던 금발의 청년 기사, 베르타는 한숨을 길게 내쉬었다. 그때 스칼렛이 말했다.

"그보다, 부대장님. 굳이 기척을 줄일 필요가 없을 것 같습니다."

"왜지?"

"일행이 저만큼 소란을 떨었는데도 에일락 반테스가 반응을 하지 않고 있습니다. 오히려 관심을 보이려는 언데드까지 전장에 투입하고 있고요. 아무래도 보헨 샤온드의 유품이 전혀 효과 없지는 않았던 것 같습니다."

뒤에 있던 병사가 호응했다.

"맞습니다. 조금 전 저 여행자의 소리를 듣고 돌아보았다가 우리를 발견하고서도 그가 외면하는 것을 저도 보았습니다."

연이은 설명에 먼지구름 사이를 보던 베르타가 고개를 끄덕였다.

"정말이군. 설마, 너희가 이 모두를 계산하고 그런 소란을 떨었……."

화랑이 눈을 크게 뜨고 빈센트는 어깨를 으쓱해 보였다. 이를 본 그가 스칼렛에게 말했다.

"……을 리가 없지. 네 탁월한 통찰력이구나. 내, 전쟁을 마치는 대로 [칼의 소리]와 연계되는 나의 비전. [칼의 울음]을 전수해 주마."

"감사합니다."

척, 예를 갖추며 답하는 그녀를 본 화랑이 중얼거렸다.

"아…… 이젠, 별것이 다 들이대네."

"에헤이~ 형은 참 질투를 쪼잔하게 하네요."

"뭐, 인마?"

◈ ◈ ◈

'후후.'

과연 보스 몬스터랄까. 앉아서 제 몸처럼 군사를 지휘하고 눈과 귀를 열면 전장 전체를 아우를 수 있었다. 은밀히 숨어 퓰라의 비처에 잠입하려는 저들의 대화 소리까지 또렷하게 들릴 정도이니 누가 상대되겠는가.

'그렇다면 나도 시간을 좀 끌 필요가 있겠는데.'

나는 저들의 이동속도를 보고 부딪치는 병력을 조절했다. 일부러 지휘를 흩트려 드센 곳은 적당히 밀려 주고 미는 곳은 엉망으로 당해 주었다. 어느 한 쪽도 밀리지 않으며 팽팽하게. 가만히 두어도 완전히 공멸할 수 있을 정도로.

그렇게 균형을 맞춘 뒤 자연스럽게 렉케샤에게 창을 겨누었다.

푸른 빛 일렁이는 창끝을 본 렉케샤가 놀라더니만 무언가를 떨어뜨렸다. 그리고는 주춤 물러서더니 아래를 보고는 자신의 두 손을 덜덜 떨었다.

"으으……!"

그가 보는 것은 작은 돌칼.

돌칼에서부터 아지랑이처럼 투명한 실이 피어올랐다.

그와 함께 안개를 헤쳐 나가는 것처럼, 거리를 좁혀 나갈수록 렉케샤의 혼란과 기억이 스쳐 지나갔다.

"크으으……."

그것은 레허돈 마을에 침입한 몬스터 무리. 그들에게 끌려간 마을 사람들을 찾고자 나섰던 자경 대장 스론의 기억이었다.

키메라에게 붙잡혀 산 채로 실험당하는 장면은 공포에 질린 채 옆의 동료를 떠밀며 홀로 도망치는 그로 이어졌다. 온갖 함정에 몸으로 부딪치며 달리고 또 달리는 그. 그러던 중

잘려 나간 팔은 4구역 쓰레기장에 흘러들어 간다.

그런 몸으로 탈출에 성공할 리 있겠는가. 만신창이가 된 몸으로 다시 실험실에 끌려 온 스론. 그러나 실험실에서 그를 반기는 것은 이미 잘려서 목만 남은 동료의 텅 빈 눈동자였다. 공포에 질린 스론은 죽은 그들의 눈동자가 움직이는 환상을 목격한다.

노려보는 것만 같았다. 원망하는 것만 같았다. 그런 그들에게 변명하고 또 변명하다가 마침내 의식이 끊어졌다.

그리고 눈을 뜬 그는 변종 키메라인 렉케샤가 되어 있었다.

"더 이상은…… 도망치지 않겠다!"

이벤트를 마친 몬스터의 강화련가. 근육이 팽창하며 맹렬한 투기가 치솟았다.

그가 날카로운 이빨을 드러냈다.

뿌드득!

손부터 시작해서 온몸에 이르기까지 부르르 떨더니만 이내 부서질 듯 갈며 '두렵지 않다. 두렵지 않다'를 되뇌었다.

그리고 버럭 소리를 질렀다.

"내 의지대로 살고 물러서지 않을 것이다!"

손과 발에서 날카로운 발톱이 뻗어 나왔다.

"나를 일깨운 것이 이들이고 나를 이렇게 만든 것이 퓰라란 말이다. 너 역시도 놈이 살렸고 집 지키는 개가 되어 있지 않더냐! 조종당하는 너보다 자유의지가 있는 내가 천 배는 낫다! 에일락 반테스. 내 의지를 물었는가? 너를 죽이고 퓰라도 죽인다! 흑마법사 놈들을 모조리 다 찢어 죽여 버리겠다!"

우습지도 않은 소리에 가볍게 응수했다.

[다 짖었는가?]

"이이-!"

사방에서 혼잡하게 싸우던 변종 서치들이 우르르 몰려들었다. 저들의 살의가 모여들며 생존한 모든 키메라의 눈이 나를 보았다.

"저놈만 죽인다! 놈만 죽이면 이 전쟁은 우리의 승리다!"

카앙!

날카로운 울음과 함께 그의 명령이 변종 서치들을 움직였다.

백골 병사들의 칼에 베이고 창에 찔리건 말건 달려들며 기마병들의 뒤, 양옆, 정면에서 물고 늘어졌다. 죄다 눈이 허옇게 돌아가고 게거품을 흘리며 미쳐 달려들었다.

목숨 내놓은 저돌성! 광기의 충돌!

쾅!

변종 서치들의 살이 터지고 발톱이 부러졌다. 이빨이 조각조각 날리며 꿰뚫린다. 엎어져 짓밟히는 것도 부지기수. 그러나 그만큼 백골 기마들도 부서졌다. 관절이 어긋나고 말의 다리가 빠드러져 휘청거렸으며 날카로운 이빨이 두개골을 짓씹고 상체와 하체가 따로 땅을 뒹굴었다.

허나, 끈질긴 생명력을 자랑하는 키메라와 언데드들이 아니겠는가.

변종 서치들은 목이 잘리고 심장이 터지기 전까지 움직였다. 떨어져 나간 사지는 동료의 것을 맞대면 근육이 얼추 이어진다. 이가 부서지면 잇몸으로 물고 던졌다. 죽더라도 몸으로 짓누르고 시체로 무덤을 만들었다.

백골 병사들은 완전히 부서지거나 지지대를 잃지 않는 한 멈추지 않았다. 날아간 두개골이 구르다 변종 서치의 발목을 문다. 동강 난 팔이 돌며 칼을 휘둘렀다. 저들이 멈추는 것은 말 그대로 백골이 진토가 될 때. 그리고 뮤테르의 빛으로 마력이 정화될 때일 뿐. 헤로스를 비롯한 마법사들이 틈을 봐서 정화하기는 하지만 키메라들과 섞이지 말아야 할뿐더러 워낙 마법사들의 수가 적어 한계가 있었다.

그 한 치 앞도 내다볼 수 없는 난전의 도중 오직 나만이 압도적인 힘으로 돌파에 돌파를 거듭해 나갈 따름이다.

그때.

육중한 울림과 함께 전면을 덮쳐 오는 것이 있었다.

얼어붙은 불도마뱀.

쾅!

깨부수자 마치 풍선을 터뜨려 물이 쏟아지는 것처럼 주홍색의 뜨끈한 것이 나의 몸을 적셨다. 매캐한 냄새와 함께 타고 있던 백골마가 녹아내렸다.

관성으로 빈 몸이 앞으로 떨어지는 순간.

"찢어져라!"

날카로운 손톱이 매섭게 들이닥쳤다. 시야 바깥에서 정수리를 찍어 오는 공격인 것.

그러나 조금도 위험하지 않았다.

급박한 순간?

아니다. 격이 다른 이에게 있어 삶과 죽음을 포함한 전장의 모든 것은 선택의 일환일 뿐이다.

거미줄처럼 뻗어 나가는 선들이 보였다. 바로 소드 마스터의 경지에 오른 영웅이 가진 투로. 그 선들 안에는 회피와 방어, 제압, 반격, 공격, 필살의 수가 모두 있다.

찰나를 볼 수 있다. 찰나를 움직인다. 그 결과.

'공간을 지배한다.'

슬쩍 몸이 낮춰졌다. 창을 거머쥔 오른손을 아래로 내림과 동시에 기둥을 세우듯 콱 박아 넣었다. 곧 렉케샤의 발톱이 수직으로 하강하여 창을 부수는 순간.

창끝에 걸려 잠시 멈칫하는 찰나,

번쩍!

검로가 그려졌다.

검과 함께 쪼개졌던 시간이 다시금 흐르기 시작했다.

퍼석거리며 창이 부서진다. 나의 정수리에 박힐 듯하던 그의 손톱이 쪼개졌다.

팔꿈치부터 절단된 렉케샤의 팔이 바닥에서부터 펄떡펄떡 뛰었다.

"끄아아아악!"

렉케샤의 발악적인 꼬리치기가 옆구리로 날아들었다. 피하고 막을 것 없이 그대로 맞부딪쳤다. 3,300이라는 압도적인 힘을 실어 강하게 후려치자 렉케샤의 몸이 찌르르 울리더니만 팽이처럼 핑그르르 역회전했다.

확연하게 드러난 빈틈.

일장을 날리니 렉케샤의 몸체가 쩍 얼어붙고는 가랑잎처럼 날아, 대기 중인 경장 보병들 사이에 처박혔다.

충격으로 산산이 부서지는 시신.

이를 본 저들의 목젖이 꿀꺽 넘어가며 침을 애써 삼키는 모습이 보였다. 하지만 긴장한 가운데에서도 전의가 흐트러지지 않았다.

중앙에서 지팡이를 겨누고 있던 헤로스가 침중하게 말했다.

"과연 제국이 인정한 명장답소. 압도적인 열세 속에서 상황을 이렇게까지 반전시킬 줄이야. 허나, 말했듯이 산 자에게는 산 자의 도리가, 죽은 자에게는 죽은 자의 진리가 있는 법! 그란시아의 수호기사로서의 명예를 생각하여 마지막으로 권하리다. 지금이라도 그 충의의 검을 바로 쥐어 빛의 인도를 따르지 않겠소?"

[네가 죽는다면 과연 죽은 자의 진리를 따를지 궁금하구나.]

"나는 물론 섭리를 따를 것이오."

[과연 그러한지 지켜보겠다.]

끝까지 수염을 쓰다듬으며 헛소리를 하는 그에게 창을 쥐고 환혼력을 모아 던졌다.

"애석하구려!"

그러자 재빠르게 품에서 무언가를 꺼내 던지는 그. 당연하게도 창이 이를 관통하는데 그 순간, 금빛 광채가 번쩍였다.

느닷없이 터져 나간 섬광!

헌데, 공동을 대낮처럼 밝힌 그 섬광이 고통을 모르던 백골병사들을 몸부림치게 하였다. 모든 것을 압도하던 에일락 반테스의 몸마저도 이상을 느끼고 눈앞이 이지러져 보일 지경.

[으음!]

화끈하다. 그리고 시원하다는 상반된 감각이 동시에 몸을 어지럽혔다. 이어 두 눈이 뽑혀 나가기라도 했는지 시야가 확보되지 않았다. 실제 왼손으로 눈두덩을 만지니 안구가 녹아내렸을까 잡히지가 않았다. 감각도 아귀가 맞지 않는 양 심하게 어긋나는 상황.

[크흐흐…… 과연.]

준비하고 있던 것일까? 일제돌격과 앞의 전쟁은 함정으로 끌어들이기 위한 미끼였을까.

부지불식간에 당한 일격이 심각한 타격을 입힌 것이다. 의도하지 않았다면 있을 수 없으리만큼 치명적으로.

[믿고 있는 것이 있었군.]

퓰라에 의해 강화된 몸이 일으킨 기현상과 극심한 통증이 저 황금빛의 정체를 알려 주었다.

[대성자의 빛인가?]

"맞소. 퓰라와 그대가 함께한다는 정보를 접하고 준비한 비책. 타락하지 않았다면 그저 햇살에 불과했을 것이나 지금의 그대에게는 치명적일 게요. 온몸이 불타며 녹아내리는 것 같을 것이지."

에일락 반테스의 기억이 알려 주는 아이템.

태양석이라고도 불리는 그것은 일종의 사리라 할 수 있었다. 빛의 신 뮤테르를 따르는 성자 급의 인물이 죽으면, 그 시신을 태워 남은 사리를 신성력과 마법으로 가공하여 만든 대언데드 전용무기였다.

사악함을 정화하고 가진 자를 강건하게 하며 신력을 증폭시키는 보물로서 그 자체로도 막대한 성력을 담고 있다. 귀하고 중하기에 대신전에나 하나씩 안치되어 있다는 물건이었다.

“동료가 된 이들 때문에 사용하지 못했고, 실상 1만 병력이면 가능하리라 생각했었는데…… 이쪽의 불찰이었던 것 같소.”

대의를 위해 참고 있었다는 듯 들리지만, 그것만이 전부는 아니었다.

[대성자의 빛이 부족하기도 했을 것이고.]

“그대 하나 쓰러뜨릴 정도는 된다오.”

시대를 막론하고 성자라 불릴 만한 인물이 흔할 리 있겠는가. 성자가 드문 만큼 그들의 죽음으로 나오는 대성자의 빛 역시도 희귀한 것이 사실이다.

위험에 대비하여 가져오기는 했지만, 함부로 사용할 정도의 양은 되지 않는 것이다.

“이제 영면에 드시구려. 전리품으로 그대의 검과 갑주는 거둬들여 폐하께 바치겠소이다.”

순간 뒤편에서 급속도로 다가오는 예기가 있었다.

기잉-!

이명과 함께 바람보다 빨리 다가온 그것이 무차별 공격을 퍼붓는다. [질풍]을 사용한 막심과 기마병들이었다.

‘말이 많다 했더니.’

저들이 올 때까지 시간을 끌던 것이었었다.

시야가 확보된다면 문제가 아니었겠지만, 현재의 육신은

대성자의 빛에 의해 모든 감각이 흔들리는 상황. 제대로 대처하기가 실로 쉽지 않았다.

'허나!'

상관없다.

발을 구르며 환혼력을 일으켰다. 땅거죽을 타고 뻗어 나간 환혼력이 급속히 치솟으며 두터운 얼음벽을 형성. 사방을 보호하는 푸른 빙벽을 완성했다.

카각! 스칵!

간발의 차로 빙벽을 스치는 공격들. 막심의 것으로 보이는 핼버드와 기병들의 창이 벽을 부수려 들었다. 쾅쾅 두드리는 진동에 빙벽이 균열을 일으키자 나는 몸을 회전하며 수평으로 검로를 그렸다.

빙벽을 썩둑 자른 검기가 뻗어 나가며 저들을 갈랐다.

"으아악!"

"검을 조심해라!"

그란디움 발베란이 그리는 깊고 넓은 검로가 4명을 절단냈다. 이에, 순식간에 바람처럼 저들이 물러난다. 그렇게 보이지 않는 눈과 흔들리는 감각을 되찾고자 내가 노력하는 사이, 저들도 철저한 준비를 마치고 있었다.

"[바람의 숨결]."

"[미약한 자의 기도]."

"[빛의 방패]."

"[타오르는 자의 손길]."

"[여명의 안식]."

휘황찬란하게 마력이 내려오고 머물렀다. 기분 나쁜 빛들이 저들의 무기와 갑주에 스며든다. 키메라와 함께 있기에 제대로 발휘할 수 없었던 대언데드용 신성 마법이 폭포수처럼 내렸다. 여기저기서 들리는 영창은 헤로스와 채 열도 안 되는 마법사들이 한다기에는 너무도 많은 상황.

마법을 쓰는 일반적인 병사가 있을 리 있겠는가. 더군다나 신성 마법을 말이다. 이는, 한 가지를 말해 준다. 대기 중이던 저들이 경장 보병이 아니라.

[뮤테르의 전투사제들이었군.]

너머로 눈두덩을 어루만지던 나는 묘하게도 고통 속에서 점차 확장되어 가는 지혜를 느낄 수가 있었다. 뜨거움이 시원함으로 사라지는 이 묘한 느낌은 처음 정화의 빛을 받았을 때와 매우 흡사했다.

"맞다. 에일락 반테스."

말발굽 소리와 함께 전신에 뼛가루와 동료의 피로 칠갑이 된 막심이 어른거렸다.

"설마, 평지에서의 9천 병력이 단 2천에 의해 패하리라고는 생각지도 못했다. 1차전은 확실한 나의 패배이지. 그러나 이제 네 뒤를 받쳐 줄 군사는 없다."

그는 달그락거리는 백골 병사의 두개골을 가루로 만들며 말했다.

"1천의 전투사제와 30의 기마. 네가 지키려던 퓰라 역시도 별동대가 침투를 완료한 상황이다. 과연 얼마나 버틸 수 있을지 기대되는구나."

[이쪽이 주공이었다?]

그가 오만하고 냉소적으로 말했다.

"하하! 한낱 변종 키메라 따위와 제국의 영광이 어찌 함께 할 수 있겠는가! 대장장이 호센이나 돌격한 병사들 역시 고작 평민에 용병일 뿐이니 관계없다. 모든 것은 폐하와 태양신의 이름으로 숭고히 기억될지니 그들은 그것만으로도 삼생의 영광일 것이다!"

[후후…….]

나는 상태창을 다시 불러보았다. 어른어른거리던 상태창이 점차 또렷해졌다. 곧 화끈함이 완전히 사라지고 시원함이 가득해지자 정확히 창이 보였다.

이름 : 에일락 반테스 Lv410
직업 : 혹한과 죽음의 기사 신분 : 언데드 총사령관
칭호 : 타락한 구국의 영웅 경지 : 소드 마스터
생명력 : 84,000 환혼력 : 90,000(?)
명성 : 48,480
* 환혼력 : 혈력, 기력, 마력의 충돌로 발생시킨 공진력으로서 에일락 반테스가 깨닫고 그를 불패의 명장으로 만든 힘. 달리 혼을 얼리는 극한의 마력이라 불린다.
힘 : 3,330 민첩 : 4,000 지혜 : 2,000(?) 평정 : 900
위압 : 800 통솔 : 2,500 투지 : 3,000
스킬 : 기본 검술(master) 그란시아 왕실검술(master)

엘마디온식 비검술(master)
기본 격투술(master) 갈메란 격투술(Lv39)
지휘 (master) 가혹한 지휘(master)
창술(master) 훼이얀 창술(Lv49) 지도(master)
기마술(master)
무기 : 그란디움 발베란(국보)
갑주 : 에벤티움 화엔타인(보물)

명성이 소폭 상승했고 환혼력과 지혜가 상태창을 보는 내내 상승하고 있었다. 지금까지 사용했음에도 불구하고 82,000이던 환혼력이 외려 상승한 것. 손가락으로 눈을 만져 보니 없어졌던 안구가 자리해 있었고 나의 오른손에서는 더욱 밝은 빛을 보이는 성륜과 더욱 멀어진 겁륜이 있었다.

'대성자의 빛 같은 물건이 더 있다면 겁륜을 안전하게 뽑아낼 수 있겠군.'

뜻하지 않게 얻은 단서였다. 뮤테르의 힘과 그의 신도가 남긴 힘이니 잘 융합한 것일 터다. 한 가지 애석한 점은 성륜에게 먹히지 않고 균형을 유지하고 있는 정화의 빛과는 달리 대성자의 빛은 성륜에게 제대로 소화된다는 점이었다.

그리고 간혹 새어 나오는 빛을 겁륜조차도 쩝쩝 먹어 댄다.

하지만 이 모든 현상이 전해 주는 사실은 바로 하나.

신성 마법이 이어질수록 나의 환혼력은 끝이 없다는 사실이었다.

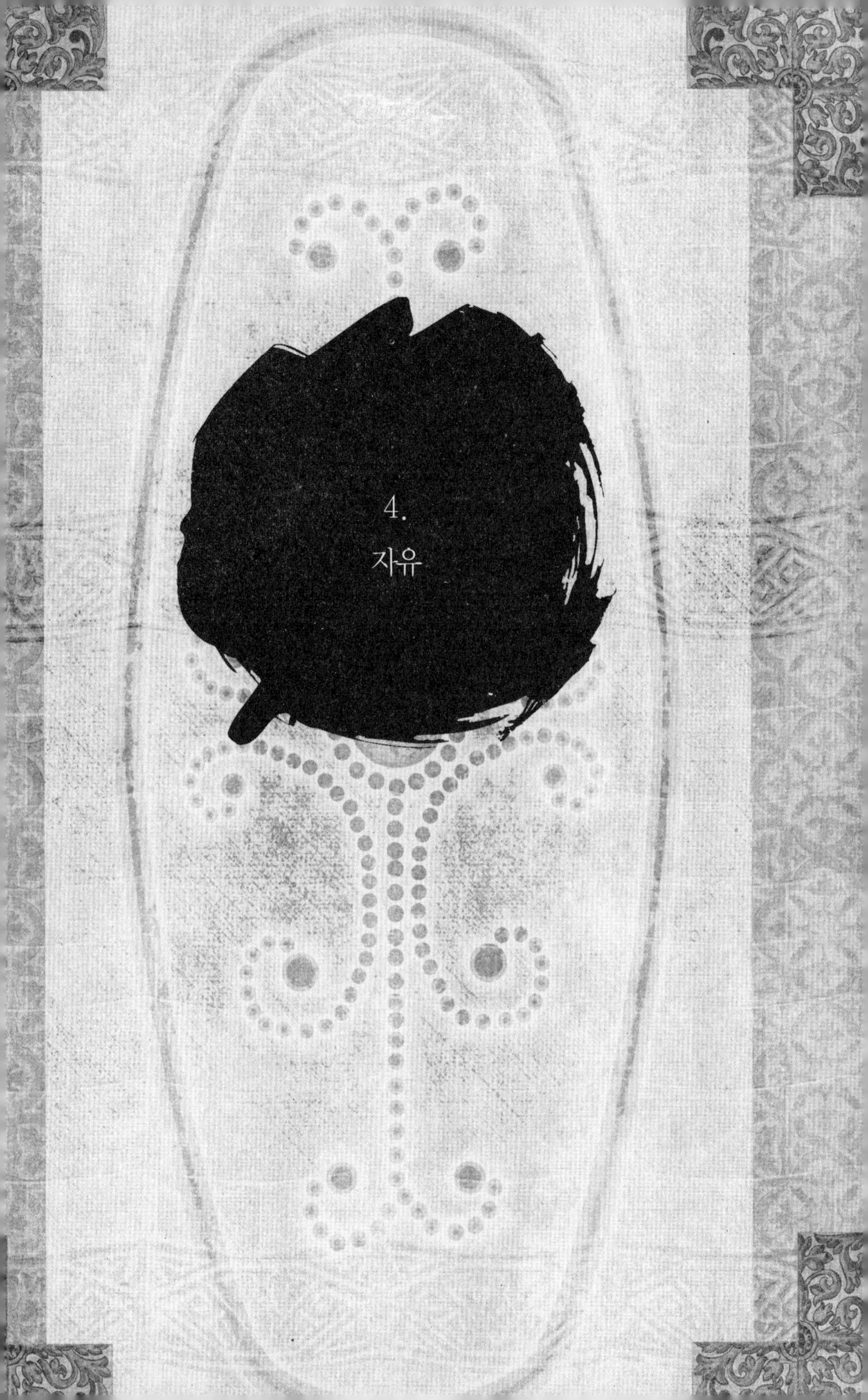

4.
자유

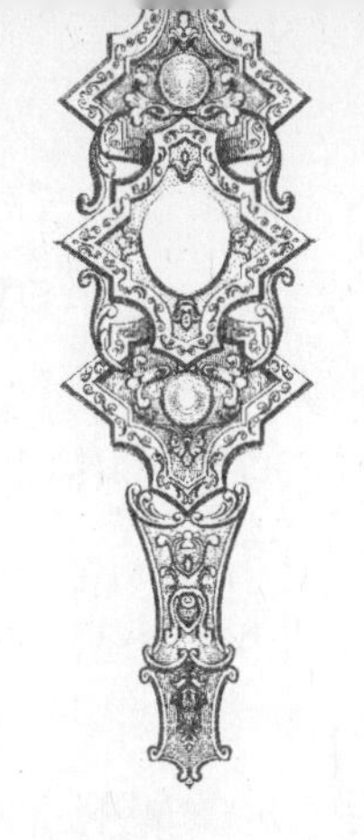

긴장이 고조되어 폭파 직전에 이른 그때였다.

- 나의 충직한 계약자여, 저들의 피와 혼을 모을 혈주와 혼주를 내리노라. 그 피는 집착이니 누운 자를 일으킬 것이요, 그 혼은 아집이니 맺힌 자를 속박하리라.

퓰라의 목소리가 뇌리를 메웠다. 그리고 공동 뒤편에서 유색 투명한 두 개의 구슬이 날아들었다.

천장 가까이 떠올라 있는 두 개의 구슬.

요요한 빛을 띠는 그것을 보노라니 유치함과 한심함에 절로 혀를 차게 되었다.

'신진권이 퓰라를 차지했다더니.'

잔뜩 겉멋이 든 대사였다. 혈주와 혼주를 통해 즐비한 시체와 영혼들을 이용한 군대를 만들라는 뜻을 모르는 바는 아니지만, 이건 가히 극 중 대사 같은 과장됨이 물씬 느껴지지 않는가.

그러나 이를 한심하게 여기는 것은 나뿐인 것 같았다.

"뭐야? 시간제한 퀘스트?"

"토벌대 전멸 전까지 퓰라를 저지하란 말이군요."

"헹~ 걱정 붙들어 두라고요~"

본격적인 퀘스트의 시작이라 판단한 스칼렛 일행이 비처로 쏜살같이 들어간 것이다.

'어찌 됐건. 이제 끝이 슬슬 보이는군.'

비로소 클라이맥스가 시작됐다.

❖ ❖ ❖

1천 대 1의 전쟁.

그 시작은 마력의 세찬 폭우였다.

가능하며 상상할 수 있는 모든 범위에서 공격이 쏟아졌다. 가까운 거리에서는 창칼이, 원거리에서는 빛살의 포격이 이어졌다. 점(點)과 선(線)이 아닌 면(面)으로 덮치는 공세.

가히 공간 전체가 압착이 되는 듯했다.

명멸하는 빛 어디에도 검로는 없었다. 초식과 투로가 무효함인 것.

제아무리 소드 마스터라도 이 공세를 피하는 것은 무리였다.

'그렇다면.'

해법은 지극한 단순함에 있게 된다.

힘에는 힘으로!

[그란시아 왕실검술(master)].

스킬을 마스터하면 능력치의 향상이 전부인 플레이어와는 달리 new century의 주민은 '극의' 라는 것이 생기게 된다. 그것은 한낱 게임에 불과한 플레이어와 실제 하는 삶 자체인 이들의 차이다.

나는 남김없이 송두리째 힘을 끌어 올렸다. 차가운 혈관을 타고 환혼력이 전신으로 방출된다. 이는 곧 몸을 보하는 갑옷이 되고 검에 어려 그 길이를 더해 갔다. 바닥이 쩍쩍 얼어붙으며 저들의 몸에 허연 서리가 응어리졌다.

[극의(極意)].

양손으로 거머쥔 검극이 천장을 향하니 천장을 꿰뚫을 듯 시린 광채가 솟구쳤다. 이것은 생전의 에일락 반테스조차 한 번의 사용으로 탈진시키는 극의. 그란시아 왕국의 비전이자 에일락 반테스가 완성시켜 '거신의 낙인' 이라 일컬어진 기술.

[발테리아스].

그그긍-!

시린 청광(淸光)이 정면을 깨부쉈다. 공간에 균열이 일며 그 절단면으로 뾰족한 얼음이 우박처럼 쏟아진다. 그리고 수직으로 쪼개지는 결을 따라 그란디움 발베란이 환상처럼 내리꽂힌다.

"막지 마라!"

"피해!"

"크아아악!"

대기가 베어 빙벽이 되어 떨어지고 아래 자리한 전투사제들이 얼음 포말이 되어 흩날린다. 공동 전체를 쩌르릉 울리며 퍼져 나간 환혼력이 극한의 한기로 저들을 얼렸다. 죽은 저들의 피와 희끄무레한 혼이 쭉 빨려 천정에 응어리진다.

80을 참살하고 이백을 묶었으니 이 얼마나 가공할 일격이랴.

허나, 여기서 끝이 아니다.

사방으로 뻗어 낸 환혼력으로 떨어진 검들을 쥐었다. 둥실 떠오른 80개의 각종 무기를 회전시킨다. 란티놀 제국의 동맹국으로서 그란시아를 침입했다가 에일락 반테스의 반격에 외려 멸망한 엘마디온 왕국 비검술의 극의.

[블레이드 토네이도].

스릉—! 스릉—!

날카로운 검소성을 일으키며 점점 빠르게 검이 비행했다. 과도하게 응축된 환혼력이 검신에 균열을 일으키고, 그 균열 사이로 유리조각처럼 날카로우며 보석처럼 영롱한 얼음의 결정이 휘몰아쳤다.

검의 폭풍이 발테리아스를 통해 파탄 난 진형을 재차 헤집었다.

범인이라면 오금이 저리고 기가 눌릴 것이다. 그러나 지나치리만큼 압도적인 공격 앞에서도 저들은 역공을 가해 왔다.

"거센 바람과 폭우는 오래가지 못한다! 후위를 공격해라!"

"거리를 유지해! 쉴 틈을 주지 마!"

"곧 마력에 한계가 올 거다!"

막심의 기마대가 미풍과 함께 고속 이동했고, 헤로스가 대성자의 빛과 지팡이를 들어 바닥을 쿵! 하니 찧었다. 대성자의 빛은 그 자체만으로도 힘을 증폭시키는 효능이 있기에 헤로스의 마력이 더욱 배가되었다.

"오라! [질주하는 전광]이여! 대적자의 심장을 꿰뚫을지라."

금빛 신성 마법 사이로 백열하는 번개가 응어리지더니 그의 지팡이 끝에서 놀라운 폭발을 일으켰다. 곧, 그는 심판자가 되어 준엄하게 선언한다.

"[전광의 마포(魔砲)]!"

지팡이 끝으로 거대한 환영이 어렸다.

꽈릉!

굉음을 동반한 거센 포격!

막았음에도 몸뚱이가 휘청이며 찌릿찌릿했다.

그 사이로 신성 사제들의 찬트가 이어진다.

"두려워 말라. 그 영광이 세세토록 영원할지니 시작과 끝이 빛의 존귀 안에 있음이라."

"그 [영광된 희생]과 [고결한 복음]이 현현할지니."

"거짓되고 [그릇된 이에게 고통]을. 미혹된 이는 [절규의 환성]이 두 귀를 메우리라!"

"그 절망과 희망의 복음! [환희의 찬가]를 들라!"

둘에서 넷, 넷에서 여덟으로 황금빛이 파도쳤다. 무리지어 부를지니 은은한 황금빛은 저들의 성구와 찬가들과 함께 어우러지며 공명했다.

빛이 더욱 증폭된다. 이윽고 일심으로 이룬 저들의 기도는 곧 기적을 불렀다.

음과 음이 어우러지는 하모니가 나의 고막을 찢어발길 듯이 파고들었다. 피를 들끓게 하며 에일락 반테스의 '자살'을 끝없이 되새기고 피가 역류하며 고통을 극대화한다.

"물이 바다 덮음과 같이!"

설피 정신이 흔들리는 사이 침투한 신성 마법들.

몰아치던 검의 폭풍이 잠잠해졌다. 블레이드 토네이도에 담긴 3만의 환혼력이 900여 명의 찬가에 그 기세를 잃었다.

"그 영광, 영원할지라!"

꽁꽁 얼어붙었던 이들이 다시 움직였다. 척척하게 젖은 몸도 강렬한 빛에 건조되어 온전해진다. 죽음에서 돌아온 그들이 용맹한 걸음을 옮겼다.

"가라! 빛의 성도들이여!"

"불손한 자여! 그 [거센 말발굽] 아래 이마를 찧어라!"

휘장을 두르며 막심의 기마대가 신의 전사들로 탈바꿈했다.

질풍처럼 종횡무진하는 그들!

찰나를 보며 찰나에 움직이는 나의 움직임을 봉쇄하며 저들의 창이 살을 태웠다. 그리고 이에 집중한 사이 헤로스의 마법이 재차 옆구리를 두드렸다.

꽝!

바닥에 깊은 고랑을 만들며 떠밀려 나갔다. 강화된 에일락 반테스의 몸이 묵직한 충격에 신음했다.

나는 포격에 떠밀려 가는 몸을 곧추세우며 다시금 검을 들었다.

[발테리아스].

고통 속에서 폭주하는 환혼력을 가득 담아 신성 마법의 해일을 베어 넘겼다. 이어, 육신이 삐걱일 정도로 무리하여 연격을 날렸다.

콰창!

스스로 블레이드 토네이도를 깨부순다. 잠잠해지는 검의 폭풍이 일그러지며 그 파편이 팔방으로 흩날렸다. 쏟아지는 우박과 검편. 늙은 육신으로 푸른 피가 흐르고 저들의 비명이 메아리친다.

그러나 적은 아직도 많고 많았다.

"폐하의 권위에 그대의 명예를 바쳐라!"

우렁우렁한 막심의 고함!

기마대가 찰그락거리는 금속 사이로 파공성을 동반한 채 질주했다.

스킬의 반동으로 멈칫한 몸이 연거푸 베였다. 균열이 간 환혼력의 막을 부수며 막심의 핼버드가 나의 관자놀이를 후려쳤다.

깡-!

목이 왼쪽으로 90도 꺾였다. 산 자였다면 이 일격으로도 정신을 잃었으리라.

그러나 나는 죽음의 기사다.

턱!

경직 상태가 풀리자 몸통을 가르려는 핼버드를 왼손으로

움켜쥐었다. 환혼력을 일으키자 삽시간에 핼버드가 꽝꽝 얼고 막심의 팔까지 성에가 꼈다.

"[질풍]."

이에, 막심이 핼버드를 놓고 주먹을 뻗었다.

기류가 소용돌이치고 그의 몸이 쾌속 질주하며 연거푸 바람의 포탄을 쏘아 보냈다. 가공할 속도로 대기를 때려 날려 보낸 것.

나는 언데드의 이점을 살려.

우둑!

꺾인 목을 바로 돌리고, 일검에 삼십 개의 바람을 베어 넘겼다. 그리고 막심까지 베려다 등 뒤의 섬뜩함을 느끼고 훌쩍 뛰어올랐다.

파츠츳!

발밑으로 아슬아슬하게 포격이 스쳐 간다. 헤로스의 위협적인 마포였다. 실로 소낙비처럼 퍼붓는 맹렬한 파상공세다.

"일제공격!"

체공하는 때를 노렸음일까.

퍼퍼펑!

도약한 몸을 따라 연거푸 폭음이 터져 나왔다.

황금과 순백의 빛살들을 피해 나는 재차 뛰어올랐다. 환혼력을 응용한 공중도약이다. 대기 중의 수분을 얼리고 이를 발판 삼아 공중에 잠시나마 얼음의 대지를 형성한 것이다.

"어딜 도망치느냐!"

생성된 빙판 밑으로 한 마리의 사자가 솟구쳐 올랐다.

사자 문신의 활성화로 괴력을 발휘하는 막심이다.

그의 주먹을 쳐 내고 중단의 공격을 팔꿈치로 막았다. 이어, 몸을 돌려 반보 전진.

드러난 막심의 명치를 끊어 쳤다.

"[육체의 불굴]!"

그는 피하지 않았다. 꽉 힘을 주어 퉁겨 낸 뒤 무릎을 쳐올린 것.

훌륭한 체술이다.

하지만 에일락 반테스 역시 기본 격투술을 마스터하고 갈메란 격투술마저 높은 경지까지 익힌 달인이다.

힘을 받아들이고 탄력을 통해 되돌리며 손을 떨쳤다. 찌르르 떨리며 격렬한 파동이 막심의 육체를 두드렸다. 그와 동시에 서로 싸우고 있는 빙판을 쪼개 버렸다. 공중도약을 하는 나와는 달리 당장 균형을 잃은 막심이 땅에 깊은 족적을 남기며 착지했다.

으득!

"에일락 반테스!"

이를 악문 막심이 주인 잃은 창을 쥐더니만 용수철처럼 튀어 오르며 창을 던졌다.

사방에 검을 휘두르며 마법을 베어 내던 나는 턱 하니 그 창을 낚아챈 뒤, 환혼력을 가득 담아 돌려주었다.

[나선참].

곤두박질치며 박아 넣는 창. 추락하는 내 속도에 못 미친 마법들이 위에서 펑펑 터지는 사이 막심이 몸을 굴려 피했다.

나는 그 빈자리에 창을 찌르고 환혼력을 가득 퍼뜨렸다.

찡-!

맑은 울림!

푸른 기류가 일순간 일대를 아우른다.

파열된 대지로 동심원을 타고 뻗어 나간 환혼력이 삽시간에 수많은 이들의 몸을 타고 석순 같은 동상이 되어 버렸다. 여기에, 다시금 찬트를 부르며 저들을 녹이기에 앞서 나는 손으로 깊이 창을 때려 박았다.

낭창하게 휘어진 창이 세찬 충격파로 대나무 쪼개지듯 갈라졌다.

호수 수면에 바위가 떨어진 양 깊은 울림과 함께 빙판에 금이 쩍쩍 갔다. 얼어붙은 사제와 병사들이 부서져 내렸다.

"이놈!"

휘날리는 얼음 가루로 백금발이 된 막심의 일갈.

착지한 나와 그의 무기. 핼버드와 그란디움 발베란이 서로 겨누었다.

전의와 살기의 충돌.

잠시, 정적이 흘렀다.

[300을 베었다.]

"아직 700이 남았다!"

으르렁거리는 그에게 내가 차갑게 웃어 보였다.

막심의 눈썹이 꿈틀거렸다.

- 후우…… 하아…… 후우…… 하아…….

어깨를 들썩이며 숨을 몰아쉬는 병사들.

격렬하게 움직였건만 저들 모두의 입에서는 허연 입김이 나오고 있었다. 흐르는 땀조차 서리처럼 얼어붙는 판국. 다소 질렸다는 이도 몇이 보였지만 아직은 냉기와 뜨거운 살의가 가득한 전장이었다.

서로의 빈틈을 노리는 잠시간의 소강상태.

그러나 이제 끝을 낼 때가 다가온다. 퓰라의 비처에서 들리는 소리 때문이다.

– 발악해 보아라, 버러지들아. 크하하하하!

격한 충격음과 동시에 퉁겨져 나오는 침투조!

스칼렛 일행에게 썩 유리하지는 않은 것으로 보였다. 나는 명멸하는 신성 마법 사이로 천명했다.

[끝을 내 볼까.]

일그러진 성륜과 겁륜을 통해 소화되는 힘들. 망가진 육체가 수복되고 정신은 맑음을 넘어 공(空)의 경지에 이르게 되었다.

아직 절반이 넘게 남은 병력이다. 그러나 뜨거운 몸에서 흐르던 붉은 피는 환혼력으로 차갑게 식어 얼어붙었고 저들의 입에서는 허연 입김이 뿜어져 나오고 있었다. 가쁜 숨. 몰아쉬는 호흡. 다소 지친 모습이 역력한 그들에게 가볍게 말해본다.

[발테리아스].

푸른색 창창한 기운이 쭉 뻗고 검극이 천장에 우뚝 솟구친다.

"서, 설마……!"

"또?!"

[블레이드 토네이도].

왼손을 뻗자 부러졌으나 예리하기 그지없는 병장기들이 와류를 형성하며 떠올랐다.

이제 십만을 넘어가는 환혼력이 썰물처럼 빠져나가고 환혼력이 흐르는 것을 넘어 두 눈으로 줄기줄기 방출될 정도다.

"저 괴물은 마력이 무한하단 말인가!"

"이런 터무니없는 일이!"

"막아야 합니다!"

성구를 읊는 이들이 있고 다시금 전투를 준비하는 이들도 있었다. 그러나 저들 모두에게 드리운 불안의 그림자는 매한가지인 상황. 망가진 육체를 수복하며 처음과 다를 바 없이 막대한 환혼력으로 두 가지 스킬을 동시에 사용하는 나를 보며 헤로스가 막심에게 외쳤다.

"장군!"

막심이 자신의 허리띠를 끊어 내고 움켜쥐었다.

벨트의 버클은 놀랍게도 또 다른 대성자의 빛이었다.

"이것까지 쓰게 만들다니!"

헤로스가 가진 것 하나. 그가 가진 것 하나가 어우러지며 황금수가 뚝뚝 떨어질 정도로 성력이 응어리졌다. 그리고 이는 곧 줄기줄기 뿜어지는 나의 환혼력과 닿자 격렬하게 반응하며 사위를 가득 메우는 빛의 향연을 일으켰다. 인간에게는 은은하다는 상식을 넘어 눈이 멀어 버릴 것 같은 강렬한 빛.

어찌나 지나쳤는지 남아 있던 언데드와 키메라가 깔끔히

녹아내리고 저 위에서 피와 혼을 모으던 혈주와 혼주가 슬쩍 닿은 여파만으로 데구루루 떨어질 정도였다. 그 사이로 탄식 섞인 막심과 헤로스의 말이 들려왔다.

"퓰라를 상대할 비장의 수였는데…… 설마, 과거의 망령을 상대로 모두 소진하게 될 줄이야."

"자료와 예상을 지나치게 뛰어넘는 위용이었습니다. 아직 불안할 정도로 말이지요."

확실히 대성자의 빛이 지나치긴 했나 보다. 성륜과 겁륜이 서로 맹렬하게 가동하며 빛살들을 씹어 먹고 난리가 났으니까. 통통하게 살이 오르고 일그러짐이 펴지며 서로 맞물리는 성장을 시작했다. 덕분에 나의 지혜는 공을 넘어 허(虛)에 이르고 있었다. 이보다 더한 지혜는 있을 수 없다 싶을 정도랄까.

찰나에 이른 초극의 각성 상태였다.

모든 정보가 다 보였다. 전장은 물론 이곳에 알게 모르게 뻗어 있는 강유나의 눈들. 저 퓰라의 비처에서 사투를 벌이고 하나둘 죽어 가는 스칼렛 일행들까지.

끝으로 이 지나친 성력에 '녹아내려야 할 에일락 반테스의 몸'과 '일그러진 성륜으로 재생성되며 강화되는 몸'이 new century의 세계관에 배치되며 돌연변이적인 현상을 일으키고 있다는 사실까지도 알 수 있었다.

그 결과.

나는 퓰라의 지배와 통제의 끈에서 벗어나게 되었다.

검을 들었다.

[융합].

왼손과 오른손을 합쳐 쥐었다.

“처음과 같은 지근거리는 아니지만, 현재의 이 성력이면 충분할 것이다. 혹, 살아남는다 할지라도 막대한 피해를 보았을 테니 회복된 힘으로 최후 공세를 가하면 될…… 헉!”

“아니, 왜 그러십니까…… 이, 이건?!!”

“아아……!”

입을 떡하니 벌리고 망연자실한 저들. 아무런 말조차 하지 못하는 이들 사이로 두 개의 극의가 합쳐진 검력이 휩쓸고 지나갔다.

탄식 같은 허망한 탄성 이후.

깡그리 부서져 버리는 그들이다.

저들의 ‘한 수’가 대성자의 빛만 아니었다면, 이토록 허무하게 끝나지는 않았으리라.

나는 이어서 그란디움 발베란을 던졌다.

거력을 품은 검. 푸른 빛 청청하고 아득하기까지 한 검의 비행에 공동 전체가 빙굴로 화하며 소리조차 얼려 버렸다.

그리고 고고하게 날아간 검은 동굴 내벽을 깨부순 뒤, 〈땅의 가호〉를 들고 있는 퓰라의 심장에 박혔다.

– ……!

떡 벌어지는 입과 눈. 경악 그 자체인 낯.

느닷없는 일격에 딱딱하게 고개를 뒤로 돌리던 퓰라는 멍하니 나를 보다 스러져 버렸다.

‘이만하면 미션 클리어인가.’

생존자는 플레이어들과 부장, 베르타를 비롯한 소수의 NPC들.

그 이외의 언데드 몬스터들은 내 휘하의 군대가 전부다.

전리품은 피를 통해 시체를 일으키고 혼을 입혀 이지를 가능케 하는 혈주와 혼주일지니.

[훗.]

제대로 한 방 먹이지 않았는가.

나가자마자 아메바가 한 소리 할 것이 눈에 선하게 그려지지만 말이다.

'뭐.'

해 볼 테면 해 보라지.

〈그의 추적 : 양혁수 #3〉

한 자루의 검.

그것은 가히 신의 심판과도 같이 퓰라의 심장을 꿰뚫었다. 모든 공격을 무위로 만들며 결사대를 절망케 하던 마력 방패를 간단히 꿰뚫고 일격에 퓰라를 한 줌 얼음 가루로 만든 것이다.

검의 주인은 물을 필요도 없었다. 예기와 한기만으로도 절로 몸을 움츠리게 하는 그것은 노장군의 것이었으니까.

순백의 검신. 그 중심을 타고 흐르는 푸른 기류가 청룡을 연상케 했다.

'아주, 죽어라, 죽어라 하는구나.'

몸이 움직이지 않았다.

상태창 한편에 떠오르는 메시지들은 '공포, 혼란, 마비'. 퓰라가 스러지며 발생한 파괴력의 여파만으로도 체력이 빈사

상태에 이르렀고, 아래에서부터 스멀스멀 타고 오르는 한기 탓에 두 발이 꽁꽁 얼어붙은 까닭이다.

아무리 레벨이 깡패라지만, 이건 해도 해도 너무하다 싶었다.

'깨라고 있는 퀘스트 아니냐?'

화랑의 속내로 욕설이 절로 나왔다.

고요함.

그 사이로 발걸음이 울렸다.

'망했다!'

그의 검이 여기에 꽂혀 있다.

그가 오고 있다!

무려 1만의 군사였다.

파죽지세로 풀라의 던전을 꿰뚫으며 위풍당당하게 들어선 그들의 전투력은 몸소 경험하지 않았던가. 게임에 있어 도우미에 불과한 NPC가 아니라 정말 신의와 신념에 찬 군사고 기사였다. 그들의 충의에 사뭇 감화까지 될 뻔까지 했었다.

헌데, 그런 이들이 막지 못했다니. 고작 이 정도의 시간조차 끌지 못했다니!

'움직여라…….'

화랑은 채 쥐어지지조차 않는 손가락에 힘을 주고 부르르 떨었다.

저벅. 저벅.

천천히 정직하게 들려오는 발걸음.

그러나 이를 듣는 이들은 오금이 저리고 심장이 멎을 것 같은 무게를 느꼈다. 군사들 사이에서는 감정이 고취되어 미처 알지 못했던 무게감이다.

그때, 맞은편에 있던 빈센트가 눈짓으로 깜빡, 깜빡이고 좌우로 눈을 굴렸다. 연거푸 3번을 반복하는 것에 화랑이 다급히 시스템 창을 불러 체감도를 낮추었다.

현금 결제를 마침과 동시에 떠오르는 창은 파티를 위한 대화창이었다.

- 빈센트 : 휘유. 아슬아슬하게 들어왔네요. 하여간 굼뜨다니까.

- 스칼렛 : 더 늦었으면 곤란할 뻔했어요.

- 화랑 : 하하. 미안, 미안요~

제임스를 통해 체감도와 시스템 간의 상호관계를 실험하며 알아낸 사실.

그것은 바로 체감도가 10% 이하에서 일치하며 파티 관계이고 서로의 거리가 5m 내일 때 대화창으로 의견을 나눌 수 있다는 것이었다.

빈센트의 아이디어로 '만약의 사태'에 쓰자고 수신호까지 맞추었었다. 하면서 '별걸 다하네!' 싶었지만, 사태가 이 지경에 이르니 참으로 준비하길 잘했다는 생각이 절로 들었다.

- 화랑 : 그나저나 상황이 이젠 걷잡을 수가 없군요. 이제 어떻게 해야 할까요?

말문을 여는 화랑인데 빈센트와 스칼렛이 눈빛을 주고받더니 먼저 고개를 끄덕였다.

- 스칼렛 : 우선 조금 더 낮춰요.

- 화랑 : 얼마나요?

누가 먼저랄 것 없이 동시에 떠오르는 메시지.

- 빈센트 : 1%

- 스칼렛 : 1%

그는 눈에 아주 약간의 습기가 차는 듯한 착각을 느꼈다.

- 화랑 : 지금…… 10%인데도?

- 빈센트 : 더 낮춰야 호감도 보정을 제대로 받잖아요. 그리고 형~ 이 퀘스트는 누나를 위해서도 꼭 성공해야 해요!

화랑은 겉으론 웃고 속으론 눈물을 삼키며 다시 결제했다. 이거 한 번 조정할 때마다 드는 비용이 20만 원이다. 그러나 어쩌랴. 스칼렛이 자세한 이유는 설명하지 않았지만 '땅의 가호' 퀘스트가 자신에게 너무도 중요하다고 간곡히 부탁했던 것을.

여기서 점수를 따야 했다. 그래야 더욱 친해지고 나아가 직접 얼굴을 볼 수 있지 않겠는가.

'부자 되라, Z&F 개놈들아.'

몰래 긁은 카드명세가 날아오면 삼촌한테 맞아 죽는 소소함이 옵션으로 딸려 오긴 하지만, 약한 모습을 보일 순 없었다. 본래 여자 앞에서 남자는 곧 죽어도 고개 빳빳이 들어야 한다.

이건 최소한의 자존심이다!

[5초 후, 체감도를 1%로 조정합니다. 움직임을 멈추어 주세요.]

깔끔한 목소리가 끝나고 스륵스륵 몸에서 투명한 몸이 떨어져 나왔다.

영육이 분리되는 듯한 움직임이다.

'우우…….'

저층에서 고층으로 옮긴 듯, 시야가 멀어지고 아득해졌다. 목장갑을 세 겹은 낀 듯한 둔한 감각이 전신을 감싼다랄까. 정말이지, 가상현실 게임이라는 장점을 완벽하게 없애는 체감 지수가 아닐 수 없었다.

'이런 걸 처음 알아낸 그 녀석은 변태가 틀림없어.'

확신에 찬 화랑의 고갯짓을 스칼렛이 준비 완료로 해석했다.

– 스칼렛 : 다시 경험하는 거지만, 이 상태는 익숙해지지가 않는군요.

– 빈센트 : 제임스 형은 이걸로 어떻게 레벨을 올렸을까요?

– 화랑 : 올렸다 내렸다 했겠지, 뭐. 퀘스트 받을 땐 내리고 사냥할 땐 올리고.

– 빈센트 : 히히~

'나는 네가 하는 생각을 다 알고 있다' 는 듯한 빈센트의 웃음. 괜히 찔리는 화랑이다.

– 화랑 : 그, 그보다…… 이제 어쩐다냐? 난 짱구를 굴려도 답이 안 나오는데.

급히 화제 전환을 해 보지만, 사실 정확한 안건이었다. 당면한 가장 큰 문제이지 않은가. 최강 보스마저 일격에 죽이는 보스 몬스터를 과연 어찌해야 한단 말인가.

- 스칼렛 : 알다시피 이번 퀘스트에는 처음부터 지금까지 공통점들이 있어요.

- 빈센트 : 어쩌면 new century를 관통하는 대명제일지도 모르고요. 그거 맞죠?

- 스칼렛 : 그래. 제임스 씨는 이 부분에 대해 간파했던 것 같아.

- 빈센트 : 참 의문이네요. 이 게임은.

- 화랑 : ……저기, 무슨 고민인지 나도 같이 공유 좀 하면 안 될까?

이 파티는 다 좋은데, 무슨 말인지 도통 못 알아먹을 경우가 참으로 많았다. 처음에는 발끈하기도 하고 눈치껏 때려 맞추려고도 해 봤지만, 이제는 깨끗이 인정하기로 했다. 그리고 이를 통해 그들은 정말 가까운 사이가 되었다.

서로 이해하는 과정에 들어서게 되었으니까.

- 빈센트 : 아~ 별것 아니에요. 불친절한 관계부터 체감도 시스템과의 상관관계. 지금까지 일어나는 퀘스트의 진행. 그리고 현재 우리의 위치랑 제임스 형의 행보에 대해 연관을 지으면 정말 쉽게 아는 거죠. 바로 new century에서 우리는 여행자라는 사실이요.

- 스칼렛 : '여행자'로 시작하는 플레이어가 아니라 '여행자일 수밖에 없다'는 사실.

- 화랑 : ……그 둘에 차이가 있는 건가요?

- 스칼렛 : 매우 큰 차이가 있어요.

- 빈센트 : 접근 방식에의 차이가 있죠. 또, 그것을 통해

서 가설을 확장시키면 얻을 수 있는 결론이 바로, 누나가 말한 매우매우매우~ 큰 차이예요. 제임스 형이 우리보다 고수면서 랭킹에 나오지 않는 것도 이를 통해 알 수 있죠.

화랑은 내심 고개를 저을 수밖에 없었다. 대체 그게 무슨 상관이고 또 어떻게 이어진다는 소리인지 이해가 도통 가지 않은 것이다. 어차피 여행자로 가상현실 게임을 플레이하고 있고 또 지금까지 잘 해 나가고 있지 않았던가.

헌데, 여기서 랭킹이 왜 거론되는지.

– 화랑 : 제임스는 또 왜?

이 이름자는 왜 토론만 하면 거듭나오는지!

– 빈센트 : 영리목적이 아니라는 것. 과학적으로 실현 불가능한 가상현실 게임의 존재.

– 화랑 : 그런데? 그 정도는 예전부터 알고 있던 거 아니었어?

– 스칼렛 : 부끄럽게도…… 알고는 있었지만, 미처 깨닫지는 못했었어요. 그러다 이런 대규모 퀘스트를 경험하며 비로소 실감할 수 있었지요.

– 화랑 : 아, 아니…… 그렇다고 사과하실 것까지야…….

그가 황망히 말했다. 하지만 저들의 화제는 이미 다른 곳으로 번져 있었다.

– 빈센트 : 어쩌면 그 형이 힌트를 준 거 같아요. 그러면 퍼즐이 제법 잘 맞잖아요?

– 화랑 : 대체 왜 또 제임스가 나오는 거냐?

– 빈센트 : 아직도 모르겠어요? 제임스 형만 아니었다면

우리도 '이런 콘셉트의 게임인가 보다.' 했겠지만 그 형을 통해서 드러난 가설은요. new century의 주인은 Z&F가 아닐지도 모른다는 사실이란 거예요.

'그냥 싸우고 경험치 얻어서 레벨업 하면 되지, 뭘 이리도 어렵게…….'

대화에 끼기보다는 그 결실만 공유하는 편이 속 편하지는 않을까 싶었다.

- 스칼렛 : new century를 위한 gate가 Z&F일 뿐. 이를 우회할 수도 있을 것이라는 가설이지요. 그 가능성을 제임스 씨가 보여 주었어요. 물론 다소 지나칠 수 있지만, 여기에 맞추어 보면 퀘스트를 넘기고 행방이 묘연한 '그'에 대해 다소나마 알 수 있게 됩니다.

- 빈센트 : 만약 그렇다면, 이건 정말로 획기적인 일이라구요! 정말이지, 초반부터 그 제임스 형을 몰랐다면 발상조차 불가능했겠지만 말이죠.

화랑이 소심하게 말했다.

- 화랑 : 저기…… 토론도 좋지만 말이야. 저놈은 어째?

눈짓으로 열심히 가리킨 방향.

뻥 뚫린 벽 너머로 수많은 시체의 빙상(氷像)이 보였다. 시산혈해는 분명 아니었지만, 가히 무저갱을 연상케 하는 적막감과 고요함이 사람을 미치게 할 지경.

어스름한 푸른 불꽃과 빙벽을 배경으로 펼쳐진 이 기괴한 조각품들은 그 자체로 놀랍도록 이색적이며 무시무시한, 한편의 지옥도였다.

차분히 걸어오는 그와의 거리가 좁혀질수록 자신을 비롯한 모든 일행의 몸이 한 겹, 한 겹 얼어 갔다.

– 빈센트 : 어쩌긴요. 할 것 다 했는데요, 뭐. 까짓 죽어도 아프지도 않을 테고요~

– 스칼렛 : 해석한 메시지가 맞기를 바랄밖에요.

– 화랑 : 예? 뭔 메시지요?

– 빈센트 : 그건…….

그때였다.

그들 사이에 있는 문자창이 우그러지고 일렁이더니 싸늘하게 빙결되는 것이 아닌가.

[에일락 반테스 : 재미있는 짓을 하는군.]

– ……!!!

1% 체감도임에도 머리칼이 곤두서는 것 같았다. 화랑으로서는 어처구니가 없을 따름.

'뭔 몬스터가 파티 문자창에 껴들어?!'

놀라움은 거기서 끝이 아니었다.

[호오. 이런 방식이었던 건가?]

에일락 반테스가 허공에 손을 뻗고 끌어당겼다. 그러자 떠올랐던 그의 정신이, 시스템을 통해 분리되었던 체감도가 상승하기 시작했다. 놀람이 극에 달해 공황 상태에 이를 지경이다.

'이건 사기야! 로그아웃! 로그아웃을 신청한다!'

먼 나라 방송을 보는 것 같던 광경이 점차 실감 나기 시작했다.

무겁도록 적막한 기운이 두 어깨로 느껴진다. 두 눈을 마주하는 순간, 숨을 턱턱 막히게 하는 태산 같은 위엄이 온몸을 짓눌렀다.

그것은 진정한 공포의 카리스마! 에일락 반테스가 쌓아 온 업적과 피의 무게였다.

[융켈의 가호라…… 제법이야.]

백미백염의 에일락 반테스는 냉소를 보이더니 자신의 검을 회수하고 손을 뻗었다. 곧 퓰라의 비처 뒤쪽에서 황금빛을 뿜어내는 붉은 유리병이 날아왔다.

그는 이를 얼어붙은 화랑의 머리에 떨어뜨렸다.

똑. 똑.

방울지어 닿자.

치익-!

화끈한 불길이 몸을 타고 흘렀다. 그것은 놀랍도록 뜨거웠지만 조금도 고통스럽지 않은 화끈함이었다. 그리고 그 결과는 실로 놀라웠다.

[연금술사 마엔호프의 걸작 : 〈카임의 황금정수〉를 두 방울 흡수했습니다.]

[모든 상태 이상이 회복됩니다.]

[체력이 완전히 회복되었습니다.]

[황금 정수로 신체가 고양됩니다.]

[2분간 화속성에 대한 피해를 보지 않습니다.]

[5분간 빙속성 공격에 대한 저항력 +500%.]

[화염의 고대 정령, 카임의 열기가 당신의 피를 뜨겁게 달

굽니다. (힘 +20)]

[화염의 고대 정령, 카임의 열기가 당신의 피를 정화합니다. (민첩 +20)]

[화염의 고대 정령, 카임의 열기가 당신의 분노(忿怒)를 살라 먹습니다. (지혜 +10)]

연거푸 떠오르는 메시지들. 포션 하나로 인해 얼어붙었던 신체와 위축되었던 정신이 정상을 되찾았다. 어느새 몸을 돌려 빈센트의 머리에 포션을 따르는 그.

정말 여유 있고 느긋한 몸짓이다.

무방비 상태의 텅 빈 등. 그 너머에 구르고 있는 〈땅의 가호〉가 화랑을 유혹했다.

하지만 화랑은 차마 공격할 엄두를 내지 못했다. 빈센트와 스칼렛과는 다른 그만의 뛰어남. 바로 동물적인 승부사의 감각이 무의미함을 강하게 경고한 까닭이다.

덤비면……

죽는다!

머릿속이 복잡했다. 분명히 게임인데, 그리고 시스템으로 바꾼 체감도인데 한낱 몬스터가 플레이어의 동의도 받지 않고 제멋대로 조종했다. 이건 정말이지 심각한 일.

평범한 머리의 그이지만, 한 가지는 확실하게 알 수 있었다.

new century. 이것은 그냥 놀랍기만 한 게임이 아니라는 사실을.

'뭐야…… 이거.'

심경이 복잡했다. 열지 말아야 할 것을 연 두려움. 알지 말아야 할 것을 안 불안감. 막연하게나마, 지금까지 알고 있던 상식이 무너져야 함을 자각한 공포감.

그리고 알 수 미지에 들어섰다는 묘한 두근거림까지!

[정의와 악의. 섭리와 도리 따위는 죽음 앞에서 실존할 수 없다. 죽음이라는 미지. 그 공포를 통해 헛된 철학이 정의로 승화하고 그것은 곧 가치가 되어 일생을 좌우하지. 나의 삶이 그러했었고 이들의 삶이 그러했다.]

나직이 말한 에일락 반테스는 아직 죽지 않은, 지금이라도 살릴 수 있는 병사들을 부숴 버렸다. 스칼렛에게 스킬을 전수한다 어쩐다 하던 부대장 베르타를 비롯한 모든 NPC가 죽어 나자빠졌다.

남은 것은 오직 그들뿐.

[그러나 지금은 죽음으로부터 부정당해 다시금 이 땅에 돌아왔지. 그 허무와 어둠을 경험했고 이제 죽음은 나에게 있어 지식과 기억에 불과하게 되었다. 그런 측면에서 너희, 융켈의 여행자들과 나는 비슷하다. '부정당한 나' 와 '거짓된 삶과 죽음에 얽매인 너희' 는 다르지만 같으니까.]

'살려 준다는 뜻인가?'

체감도 변화로 돈을 쓴 게 나름 제값을 하는가 싶은 그때.

에일락 반테스가 찬물을 끼얹었다.

[허나, 같지만 다르기도 하지. 그러니 너희에게 선택의 기회를 주겠다.]

화랑은 슬쩍 빈센트와 스칼렛을 보았다. 저 알 수 없는 소리에 그들은 어찌 반응할 것인가.

'……젠장.'

아무런 대답도 눈짓도 없었다. 무언가를 골똘히 생각하고 있을 뿐.

하는 수 없었다. 목마른 놈이 우물 판다는 말이 있듯이, 급한 녀석이 물을밖에.

"저, 무슨 기회입니까?"

[인간으로서 명예롭게 죽을 기회.]

그가 싸늘하게 웃었다.

[인간으로서 진정한 자유를 누릴 기회.]

*** 에일락 반테스의 제안**

〈삶과 죽음〉

타락한 영웅 에일락 반테스. 죽음에서 돌아온 그는 자신을 속박하던 계약자, 퓰라마저 죽이고 진정한 자유의 몸이 되었습니다. 모든 것을 부정하며 배반하는 그. 새로이 자신의 군대를 일으키고 사상 유례없는 혼란을 일으키려는 타락자!

그가 여행자들에게 제안합니다. 그들이 죽어도 다시 부활할 수 있음을 간파하고 손을 내밀었습니다. 진정한 불사의 군대의 일원이 될 것을.

당신은 스스로 삶과 죽음을 선택할 수 있습니다.

당신은 위기를 알려 위기 극복의 기회를 선사하는 희망의 선구자가 될 수도, 작은 욕심에 눈이 어두워 배신한 반인류적인 패배자로 영원히 기록될 수도 있습니다.

그러나 주의하십시오.

그는 부정하고 배신하며 계약자마저 살육한 이.

그의 제안과 말이 진실이라는 증거는 어디에도 없습니다.

(1) [인간으로서 명예롭게 죽을 기회]

보상 : 죽음 (Lv-3)

명성 +1,000, 칭호 : 희망의 선구자

* 칭호 효과 : 란티놀 제국의 모든 NPC호감도 +30,

: 상점 이용 시 20% 할인.

: 어떤 귀족도 이유 없이 무시할 수 없다.

(2) [인간으로서 진정한 자유를 누릴 기회]

보상 : 〈땅의 가호〉

명성 -5,000, 칭호 : 타락한 변절자, 모든 스킬 초기화

모든 new century의 NPC들과의 호감도 -100(성향 : 적대)

란티놀 제국의 공적 : 현상금 사냥꾼.

추적자들의 공격을 받습니다.

* 칭호 효과 : 스킬 : 약탈, 협박, 강탈 습득

: 합법적인 모든 상점을 이용할 수 없다.

: 신전을 이용할 수 없다.

: 악명 생성. 악명 수치에 따라 공포심을 유발한다.

말이 나오지 않았다. 아니, 퀘스트 창이 정말이지 할 말이

없게 만들었다. 약속을 어기고 자시고도 없이 무조건 안 좋은 것들뿐이지 않는가.

게다가 가장 중요한 것은.

'그나마조차도 줄지 안 줄지 모른다는 거잖아!'

그의 말이 거짓인지도 모른다고 쓰여 있으니 이를 어찌하랴.

이건, 보고 말 것도 없다.

죄다 엉터리뿐인 보상. 페널티는 잔뜩!

생각하고 말 것도 없이 당연히 1번인 것이다.

화랑은 힘차게 감자를 먹였다.

"죽여라."

등장부터 말 한 마디, 한 마디를 무게감 있게 하더니만 거짓말쟁이에 이런 얼토당토않은 제안이라니…… 난센스도 이런 난센스가 없을 따름!

당당히 뻗은 가운뎃손가락이 오늘따라 유난히 꼿꼿했다. 빈틈없어 보이는 노장군에게 한 방 먹일 수 있다는 생각이 그를 기쁘게 한 것이다.

그런데 대답은 침착했다.

[공통된 뜻인가?]

"물론이……."

"무울~론!"

명쾌하게 답하고 일행을 보려는 그를 빈센트가 가로막는다.

"물론 장군님을 따라야죠! 하하하. 다들 같은 생각이죠?"

"엥? 인마, 그게 무슨…… 어?"

무슨 소리냐며 되물으려던 화랑. 그러다 멈칫했다. 정말 생각지도 못한 광경을 보게 된 때문이다. 빈센트가 스칼렛의 눈치를 보고, 그녀는 처음 보는 표정으로 정말 혼란스러워하고 있는 것.

지금까지 어떤 고민과 어려움에도 결코 도도함을 잊지 않았던 그녀가, 정말로 초조해하고 있었다. 눈동자가 좌우로 빠르게 움직이고 손가락을 떨기까지 한다.

'대체 게임 퀘스트에 왜 저렇게 몰입을 한 거지?'

그에게 빈센트가 몰래 입 모양으로 말했다.

'에임미 아이아우오?'

뭔 소린가 싶은 화랑에게 언뜻 스치는 기억과 조금 전의 얄팍한 깨달음.

그것은 new century가 보통의 게임이 아니라는 사실이었다.

무언가 있다 싶던 그의 뇌리를 스치는 충격적인 기억이 하나 더 있었다.

그것은 바로 조금 전의 이 보스 몬스터가 '자신의 체감도를 강제로 조종했다' 는 것.

갑자기 머리칼이 곤두서는 것 같았다. 이는, 여기서 죽으면……!

'정말로 죽는다?!'

죽을 만큼의 고통을 당하면 사람은 정말로 '죽을 수도 있다'.

〈카임의 황금정수〉를 통해 고양되고 이완된 정신이 바짝 조여졌다. 무언가 그녀는 자신이 알지 못하는 사실을 더 알고 저리도 고민하는 것일 터다.

"제가 원래 한 유머 합니다. 당연히 장군님 부하가 돼야죠. 하하하하핫!"

뻗었던 가운뎃손가락을 슬그머니 접었다. 어색한 웃음으로 진담이 배어 나온다. 자신이 얼마나 미친 짓을 했는지 새삼 일깨워졌다.

[공통된 뜻인가?]

냉소하는 물음에 애써 태연함을 가장하며 답했다.

"물론입죠!"

"넵!"

"……예."

[환영한다.]

퀘스트 달성음이 울리며 한바탕 상태창에서 난리가 났다. 크고 화통하게 웃는 에일락 반테스의 웃음. 이어, 일행은 구멍 난 퓰라의 비처에서 쫓겨나 적막한 공동으로 떨어졌다.

옆으로 〈땅의 가호〉가 함께 나뒹굴었다.

화랑은 두어 바퀴 구르다 벌떡 일어서서는 저편을 보았다.

"……."

이 게임은 게임이 아니었다. 분명히 뭔가 비밀이 있으며 지금 그 단면에 제대로 접해 있는 것이다.

"나 말이지…… 한국에 갈 생각인데, 같이 갈 사람?"

"가서 어쩌려구요?"

"……Z&F인지 뭔지, 신진권인지 하는 자식인지 붙들고 제대로 따져 볼 생각이야. 이대론 도저히 못 넘어가겠어. 칼부림이라도 내야 할 것 같아. 진짜."

빈센트가 한숨을 푹 내쉬며 말하던 때였다.

"그래 봐야 우리 같은 사람들이……."

"저도 같이 가죠."

"에? 누나?"

곧 화랑이 본 것은 혼란에서 벗어나 냉철함을 되찾은 평소의 스칼렛이었다.

그녀가 입술을 질끈 깨물며 말했다.

"제가 〈땅의 가호〉를 원했던 이유가, 그곳에 있거든요. 함께 가요."

빈센트가 어깨를 으쓱거렸다.

"에이~ 그럼, 저도 어쩔 수 없죠. 까짓 외국여행 좀 해 볼까요?"

"안내는 내게 맡겨."

일행이 피식 웃었다. 하지만 그 웃음 한구석에 서늘한 칼을 품었음은 누구보다도 서로가 잘 알고 있었다.

'이 망할 게임. 낱낱이 파헤쳐서 망가뜨려 주마.'

화랑은 뒤로 주먹을 꽉 쥐어 보였다.

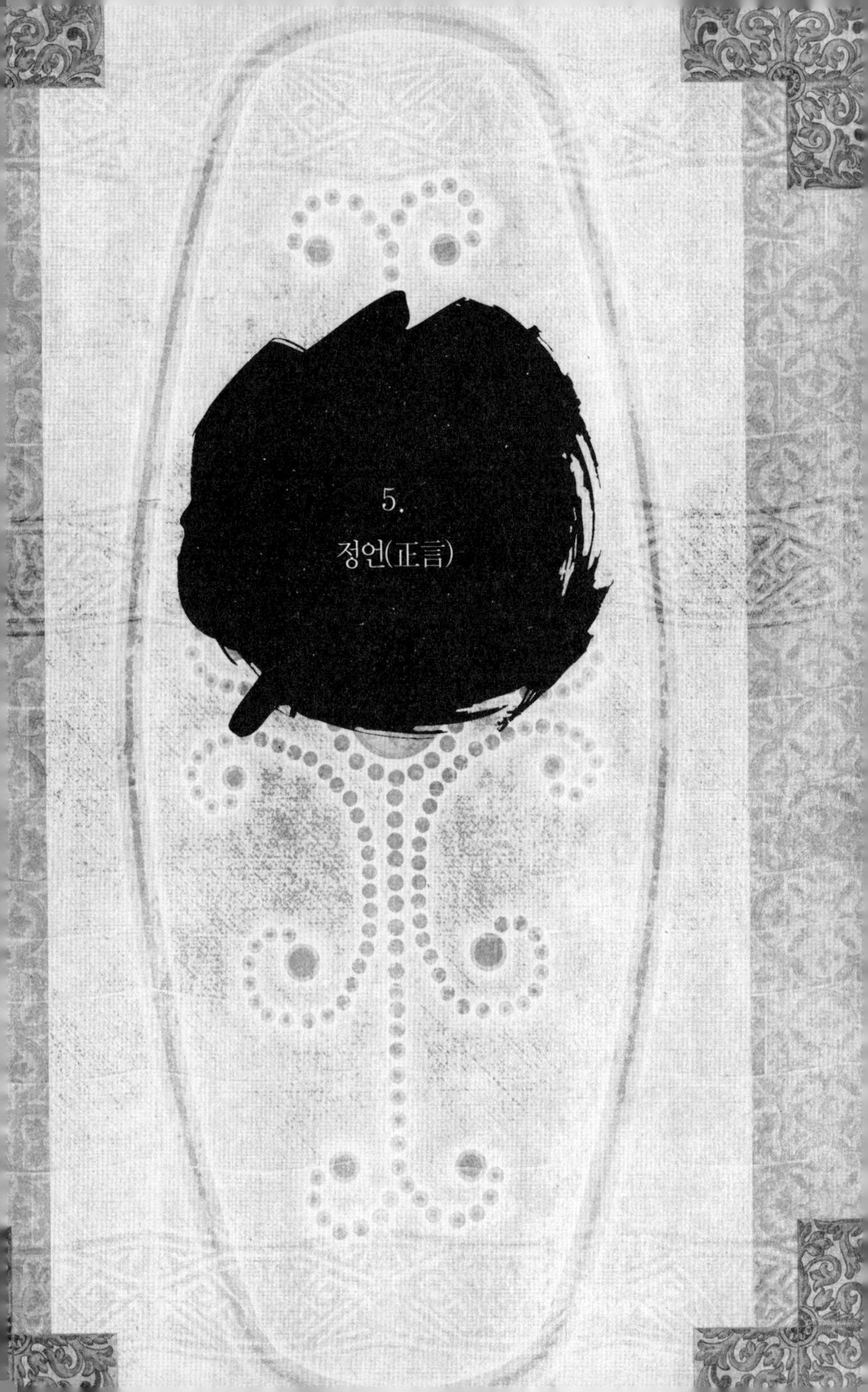

5.

정언(正言)

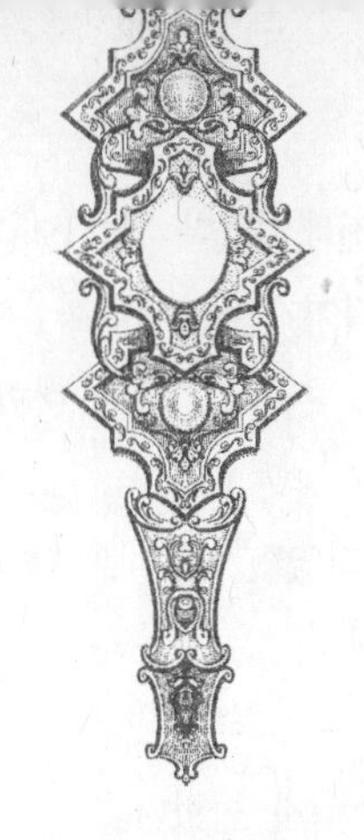

부유하던 정신이 육체에 안착했다. 호흡을 통해 영혼과 육체의 간극을 좁히고 흐르는 피가 잠든 육신을 일깨웠다. 그러나 미묘하게 달랐다. 몬스터 플레이어를 경험하기 전과 후의 내게는 분명한 차이가 있었던 것이다.

육신은 그대로였지만 나의 혼은 더욱 깊고 크게 변모해 있었다. 에일락 반테스의 인생을 겪으며 성숙하고 성장한 까닭이다. 강렬한 그 삶의 기억이 깊숙이 각인되어 실제의 몸마저 이상 변화를 일으키는 것.

'서로 빙의당하는 셈이다.'

나는 강유나의 몸짓과 말이 모두 유혹적이고 뇌쇄적이던 이유가 서큐버스를 플레이한 때문이라는 사실을 알 수 있었다.

몬스터로 접속하는 순간, 그는 현실과 new century의 경계에 놓이는 것과 진배없었다. 인간이라기엔 이질적이고 몬스터라 하기엔 인간적이게 될 테니까. 나야, 우연과 필연의 조화로 에일락 반테스 자체가 되어 버렸으니 논외지만 말이다.

"인간형 보스 몬스터였던 게 정말 다행이군."

새삼 안도하던 그때.

철컥.

총알이 장전되는 소리가 들렸다.

"……이게 무슨 뜻이지요?"

놀랄 수밖에 없을 것이다.

눈을 뜨자마자 본 것이 내 미간을 겨누는 총이라면, 방아쇠를 당길 만반의 준비를 한 여자이면 말이다.

"약속했던 뜨거운 밤이 이거였나요? 이건 죽어 버릴 정도로 화끈한 거 같은데요?"

"동생, 그거 알아?"

"어떤 걸요?"

환한 미소를 지으며 그녀가 윙크를 해 보인다.

"너무~ 지나치게 해 줬다는 거~ 보는 내가 숨이 막혀서 흥분할 정도로 말이야."

총구를 가까이 대며 다가온 강유나가 내 와이셔츠 단추를 풀며 뜨거운 숨을 하악 내쉬었다. 혀로 입술을 살짝 핥더니 점점 다가와 목에 입맞춤하며 올라왔다. 부드럽고 촉촉하게 스치는 혀. 슬쩍 귓불을 어루만지더니 후~ 하고 바람을 불어 달아오른 열기를 식힌다.

꿀꺽. 침이 삼켜지고.

그 매혹적인 입술이 살짝 열리며 하얀 치아가 내비칠 때였다.

쾅!

세차게 문이 열리더니 무섭게 들이닥치는 이가 있었다. 흰 정장에 콧수염이 인상적인 중년인. 지팡이를 찧을 때마다 마력이 뻗어 나간다.

신진권 사장이었다.

"이상현!"

이를 악물고 한 글자, 한 글자 정확하게 끊어서 말하는 그. 글자 하나하나에 살기와 박력을 담아 내뱉었다.

"죽을 각오는 됐겠지?"

강유나가 내 얼굴을 가슴에 꼭 껴안으며 대꾸했다.

"그만둬! 접속을 마친 직후라 절대적으로 안정을 취해야 해."

보호하려는 그녀.

향긋한 향기와 포근함이 느껴지는 살 내음이 깊이 나를 감쌌다. 처음 접하는 분홍색의 기류가 얇은 막을 이루며 얼굴을 두르니 바깥의 소리 대신에 인위적인 평온함이 감각을 지배했다.

나는 마력을 통해 청각을 증폭하여 저들의 대화를 엿듣고자 했다. 비록, 에일락 반테스에게는 비할 수 없는 육체였으나 엄연히 그의 경험을 공유하는바, 신체를 부분적으로 강화하는 방법쯤이야 우습지도 않다.

콸콸 흐르는 혈류. 쿵쿵 뛰고 저마다 숨 쉬는 신체 기관들. 하나씩 지워 나가며 바깥의 소리를 움켜쥐었다. 곧, 저들의 대화가 들려왔다.

"지금 뭐하자는 거야? 연구실에 와서 행패를 부리다니?"

착착 감기는 요염한 목소리에 한기가 어렸다. 나로서는 처음 듣는 강유나의 살기를 품은 목소리.

"너도 봤을 텐데. 저놈이 퓰라를 죽였다. 그것도 모자라 플레이어들을 시스템과 분리하고 자신에게 귀속시켰지. 통제를 벗어난 것도 모자라 new century의 절대적인 계약관계까지 비틀었단 말이다."

"흥! 분신을 믿고 남발하던 계약이 무너지니 가슴이 철렁한가 봐?"

신진권 사장이 나직이 말했다.

"맞다. 네 적극적인 방해 덕분에 감시조차 못 하게 되어 긴장하고 있는 상태지. 솔직히 나는 놈이 어떤 식으로 간섭했고 플레이어들의 상태를 초기화시켰는지, 고작 퓰라에게 있어 소환 몬스터인 에일락 반테스가 어떻게 배반할 수 있었는지 아무것도 모르고 있다. 넌, 알고 있나?"

강유나가 통쾌하다는 듯 크게 웃었다.

"물론~ 내가 제거한 건 네 감시였지 내 감시는 아니었으니까."

"그렇다면 그가 일으킨 어떤 행동이 현실의 스칼렛을 완치시켰다는 것도 알고 있겠군."

"말했잖아. 난 지켜봤다고~"

냉소적으로 크게 비웃던 강유나가 비음 섞인 목소리로 말을 이었다.

"내 생각엔~ 네가 화난 건 다른 거 같은데~"

"무슨 말이지?"

"예를 들면, 눈독 들이고 있던 미녀 컬렉션이 도망쳐서?"

"……계속 그런 식으로 나올 건가?"

지팡이를 찧으며 마력을 일으키는 그. 문이 덜컥 열리며 또 다른 신진권 사장들이 연이어 들어와 그녀를 압박했다. 하지만 그녀는 놀라지 않았다.

외려 차갑게 말한다.

"잊었나 본데."

연구실 전체를 아우르는 강렬함에 강유나의 풍만한 가슴이 숨쉬기 힘들 만큼 나를 압박했다. 살짝 열리는 시야로 그녀의 왼손이 슬쩍 움직이는 것이 보인다.

"여긴 내가 만든 세계야. 내가 곧 신이란 거, 까먹었나 봐?"

하늘이 열리는 듯 매섭게 바람이 불었고 펄럭이는 책장이 번개처럼 마력을 잘라 버렸다.

가벼운 손짓에 벼락이 내리꽂히고 수많은 신진권 사장들이 나가떨어졌다. 하지만 그 무섭던 번개를 세로로 갈라 버리는 이가 있었다.

"알지. 잘 알고말고. 게다가……."

처음 등장했던 신진권 사장이었다.

"아직은 반쪽짜리에 불과하다는 것까지. 환상을 바로 볼 수 있는 나에게는 소용이 없다."

"움직이지도 못하고 간신히 버티는 주제에 뭘 어쩌려고?"

지팡이를 탁 치는 신진권 사장.

"너 역시도 잊었나 보군."

그 뒤로 다시금 열 명이 넘는 그들이 들어와 자리를 메웠다.

"이쪽은 끝이 없다는 걸 말이야."

"흥!"

코웃음 치는 강유나. 잠시 대치하던 그들의 긴장감은 길게 한숨을 내쉬는 신진권 사장 덕분에 다소 풀리게 되었다.

그는 지팡이를 거두고 의자에 앉았다.

"이봐. 놈은 우리의 계산을 벗어나고 있어. 네 식사를 방해한 것은 미안하지만, 놈은 네 식량으로만 보기엔 매우 위험하고 우리의 패로 삼기엔 지나치게 위협적이란 말이야. 이를 모를 리 없을 텐데, 왜 그를 곁에 두려는 거지? 놈이 아니어도 얼마든지 우리는 목적을 달성할 수 있는데 말이다."

"알고 싶으면 이리 와서 내 손을 잡아 보는 건 어때? 3분이라도 버티면 내가 황홀한 밤을 선사해 줄 테니까."

그가 피식 웃었다.

"사양하지. 정기를 빨리고 네 노리개가 되고 싶은 마음은 없으니까……?"

신진권 사장은 멈칫하더니만 지팡이를 딱딱 손가락으로 때렸다.

"가만, 가만…… 그랬던 거였나? 보면 볼수록 신기한 몸이

로군. 이 나를 능가하는 몸에다 네 매혹보다 우월한 신체라니 말이야."

"파악이 너무 느린 거 아냐?"

"너도 여자이긴 했던 거로군."

"이쪽에서 달아오르기 전에 픽픽 꺼진 병신이 누구더라?"

신진권 사장은 억눌린 웃음을 흘렸다.

"크큭. 맞아, 내 실수군. 이 몸에 불가능한 일을 다른 인간이 해내리라고는 상상도 못 했으니 말이야. 확실히 아직 완전한 인간으로의 길은 먼 것 같다. 그나저나 그놈…… 더더욱 마음에 안 들어졌어. 감히 내 것에 손을 대다니!"

"뭐?"

기가 찬다는 듯 웃는 강유나.

"사실 너무 일찍 달성할까 봐 템포를 늦췄었지만, 더 있다간 너를 빼앗길 것 같으니 이제는 이쪽도 진심으로 전력을 다하도록 하지. 우선 샘플을 얻어 보도록 할까?"

쿵!

그의 지팡이가 바닥을 찍었다.

십 수 명의 신진권 사장이 동시에 마력을 사용했다. 급격히 증가한 마력에 강유나의 막이 흔들리며 틈을 보였다. 그 사이로 그의 목소리가 비집고 들어와 또렷하게 들렸다. 확장된 청각 때문에 천둥처럼 크게!

"일을 저지르고 여자 뒤에서 숨어 있는 거냐! 행동에 책임을 져야 하지 않겠나!"

고막이 터질 정도인지라 절로 몸이 움찔했다. 곧, 강유나가 더욱 깊이 안으며 다시금 분홍색 막을 보강했다.

"지금 진짜로 해 보겠다는 거야?!"

"적의 약함을 나의 강함으로 친다, 기본 중의 기본 아니겠나."

"후유증으로 정신없을 때를 노려 놓고도 남자답고 당당하다는 거야? 넌?"

"본래 현명함과 교활함은 같은 의미지."

말을 마친 그가 다시금 마력을 폭발적으로 터뜨렸다. 바야흐로 그들의 2차전이 시작되려는 것이다.

여기까지 듣던 나는 슬쩍 손을 들어 보였다.

⊠ ⊠ ⊠

"아아…… 사장님이시군요.."

신호라도 된 양 뚝 멈추는 그들.

손을 뻗어 강유나의 보라색 머리칼을 쓰다듬었다. 확실히, 지금 상황으로 볼 때 그녀는 아군이 맞았다. 예쁜 칼이라 이쪽 역시 베일 위험이 있긴 하지만 말이다.

"그런데 어느 분을 보고 말을 해야 할지 모르겠습니다?"

이제 정신을 차린 듯 고개를 좌우로 흔들며 웃었다. 그도 그럴 것이 좌, 우, 정면, 그 너머에까지 전면에 하나 가득 똑같은 그들이 노려보고 있는 까닭이다. 흡사 거울의 방에서 비친 수많은 동일인물을 보는 느낌이다.

더욱 질리는 것은 그 뒤로도 꾸역꾸역 신진권 사장들이 들어오고 있다는 사실이었다. 듣고 생각했던 것과 실제로 마주했을 때의 느낌은 정말로 차이가 컸다.

"꽤 여유가 있군. 그녀를 믿고 그러나?"

나는 어깨를 으쓱해 보였다.

"스스로 떳떳한데 움츠러들 이유가 없습니다. 상당히 화가 난 것 같은데, 왜 그러십니까?"

"동맹상태이고 계약을 맺은 이가 뒤를 쳤는데 웃음이 나올까."

그는 입가를 비틀어 웃더니만 지팡이를 핑그르르 돌렸다.

"그것도 아주 치명적으로 찔렀는데 말이지."

"글쎄요. 제가 아는 계약은 '동반자로서 조사와 관찰만 하는 것' 입니다만, 뭐가, 잘못되었는지요?"

"아니, 정확하다. 지금 문젯거리가 되는 것은 그 동반자가 배신했다는 거니까!"

회전하는 지팡이가 흩뿌리는 마력이 그의 목소리를 우렁우렁하게 만들었다.

"오해가 있군요. 제가 사장님을 죽이기라도 한 것처럼 말하는데, 에일락 반테스가 자신을 속박하던 퓰라를 제거한 것에 불과하지, 절대로 배신한 것이 없습니다."

"웃기는군. 죽였지만 배신은 하지 않았다? 그럼, 넌 누구냐. 그가 했지만 너는 하지 않았다 이건가?"

실망스럽다는 듯 비웃는 그에게 다시 부언했다.

"거듭 말하지만, 제가 제거한 것은 속박하던 퓰라이지 신진권 사장님이 아닙니다."

"죽였지만 죽이지 않았다?"

"당신은 죽여도 죽지 않으니까요. 그것이 에일락 반테스로서 충실했던 저의 전력을 다한 도움이고 말입니다."

나의 빈정거림에 그가 멈칫했고 긴장하며 지켜보던 강유나가 대소했다. 이쪽에서 계약을 위반하지 않았으니 그에게도 명분이 사라진 이유였다.

하지만 그는 녹록지 않았다.

광분해서 날뛰지 않고 자기 자신을 다스렸다.

"그래…… 그렇게 나오시겠다? 후후."

신진권 사장은 의자에 몸을 기대고 천천히 손가락으로 지팡이를 두드렸다.

"나는 잘못과 오판을 인정한다."

그는 느린 어조로 분명하게 말했다.

"이쪽의 잘못도 있었으니 계약을 다시 맺도록 하지."

이어, 뒤편의 있던 그가 말했다.

"나는 인정할 수 없다."

또 다른 그가 손을 우두둑 꺾어 보였다.

"분명한 것은 네가 기회를 틈타 잘못을 저질렀다는 것이고."

콧수염을 쓰다듬으며 다른 그가 말했다.

"동반자를 죽였다는 것!"

"덕분에 넌 계획에 막대한 피해를 주었다."

한 명은 가슴을 두드렸다.

"아프더군. 칼이 심장을 찌르는 고통은."

뒤쪽 문이 열리며 긴 칼을 든 신진권 사장이 들어왔다.

"말했지? 죽을 각오는 됐냐고 말이다."

"네 행동에 책임을 져라."

연이어 일어나는 사태에 강유나와 나는 하나처럼 입을 다물 수밖에 없었다.

실로 어처구니없는 일.

"이건 뭡니까?"

그가 지팡이를 까딱까딱거렸다.

"발전형인 나는 과오를 인정하지만, 과거형인 저들은 인정할 수가 없지. 자신을 돌아보는 것은 성숙한 인간만이 가능하지 않던가?"

어쩔 수 없고 안타깝다는 듯 혀를 내두르는 발전형 신진권 사장.

앞서며 나선 저들을 보았다.

"행동에 책임을 진다면, 당신들은 어쩔 겁니까? 이 얄팍한 수단에 어떤 책임을 질 거지요?"

"나?"

"나?"

"나?"

수많은 신진권 사장들이 동시에 말하며 서로 보았다. 그러더니 씨익 웃는다.

"너를 죽이고."

"나도 책임지고."

"죽어 주지."

별것 아니라는 표정으로 말했다.

"목숨은 목숨으로."

"충분하지?"

그리고 일제히 달려들었다.

똑같은 사람들이 가득했다.

좌우, 정면, 도약하는 이까지 해서 밀려오는 이들. 그들 너머에서 한가로이 피식 웃고 있는 신진권 사장. 입을 가리고 놀라며 어찌해야 할지, 당황스러워하는 강유나까지.

실로, 의심할 여지가 없는 급박한 상황이다.

"목숨이라."

그러나 억눌린 웃음이 새어 나오는 것을 어찌할까. 중절모를 눌러쓰며 나도 모르게 웃어 버렸다. new century나 현실이나 비슷한 이 상황이 참으로 우스웠다.

상황이 흡사하다. 그렇다면 해법 역시 비슷할 것이다.

"동생, 그는 위험해! 나와 같이 싸우자. 응?"

"글쎄요. 여자 뒤에 숨어서는 체면이 말이 아니거든요. 게다가, 지금 이 상황."

소리치며 도우려는 강유나를 슬쩍 만류하며 나직이 말했다.

"재미있군요."

땅을 박차자 순식간에 가까워졌다. 신진권 사장들 하나하나는 무술의 달인이나 마찬가지였기에 군더더기 없었고, 목숨을 아끼지 않기에 망설임이 없었다.

그러나 고작 인간의 수준일 뿐이다.

치열하나 란티놀 제국의 군사에 비할 수 없고, 저돌적이나 몬스터만큼 흉맹하지도 않았다. 이건 그냥 장난이다.

성큼 내딛으며 자세를 낮추고 양팔을 좌우로 떨쳤다.

"커흑!"

"커억!"

비슷한 신음을 내며 튕겨 나가는 둘. 인간 탄환이 되어 뒤편에 떨어지니 곧 병목현상이 일었다. 그사이 정면에서 뻗어 오는 주먹을 맞잡고 빙글 돌려 던졌다. 손목의 작은 동선에 들썩인 신진권 사장. 종잇장처럼 가볍게 들려서는 무거운 인간 철퇴가 되어 원을 그린다.

정신을 차리고 허공에서 팔 관절 공격 기술을 걸려는 찰나에 슬쩍 놓았다. 기술을 걸려던 그로서는 그저 원심력에 의해 훌쩍 날아갈 따름.

턱턱 부딪쳤다. 볼링 핀 튕겨 나가고 도미노 쓰러지듯 쭉쭉 나가떨어져 버린다. 마무리로 훌쩍 뛰어서 덮쳐 오던 신진권 사장의 발길질을 제치며 그 얼굴을 쥐고 그대로 바닥에 처박았다.

콰직!

터지고 부서지는 기괴한 소리. 손 가득 느껴지는 이물감을 가볍게 털며 묻는다.

"도대체."

팔과 다리를 떨다가 축 늘어지는 그.

시선을 던지자 흠칫 놀라는 무리 너머에서 그가 모습을 드러냈다.

"나를 이토록 얕보는 이유가 뭡니까?"

지팡이를 들고 앉아 있는 신진권 사장에게 물었다.

그는 치아를 드러내며 웃었다. 뒤이은 대답은 엉뚱한 곳에서 들려왔다.

"엄청난 힘이군."

한계 이상의 충격에 이리저리 꺾인 관절. 비척비척 일어난 그가 힘겹게 내뱉었다.

"일격이면 최소 중상이다."

"반면, 반응속도는 고작 반 배에 불과하지."

"그렇다면……."

쿨럭 핏덩이를 뱉어내며 가쁘게 숨을 몰아쉰다. 그러더니만 품에서 일제히 권총을 뽑아드는 것이 아닌가. 나 역시 마음과 자세를 고쳐 잡는데……

이변이 일어났다.

탕!

"……?!"

일제히 자신의 관자놀이에 겨누더니 방아쇠를 당긴 것.

삽시간에 한 무리의 신진권 사장들이 쓰러지고 뒤이어 문이 벌컥 열렸다.

"다시 해 보지."

척척 발을 내딛고 다시 가득 메우는 30명의 그들. 이번에는 처음과 같은 무작위 돌격이 아니라 2인씩 뭉쳐서 달려들었다. 관수로 찔러 오는 이가 있고 하단을 쓸어 오는 이가 있으며 뒤를 점해 목등뼈를 찍는 이. 기다리다 생기는 빈틈을 채워 넣는 이까지.

'정교해졌다.'

삽시간에 보완된 움직임.

나아가는 척하다 텀블링하며 껑충 뛰었다. 언뜻 비치는 강유나의 반짝이는 눈과 흥미롭다는 신진권 사장의 눈이 교차했다. 지팡이를 딱딱 치며 중얼거리는 그의 입에서 단어가 흘러나왔다.

"네가 설쳐 대는 만큼 한없이 업그레이드를 해 나가지."

후위를 덮쳐 오는 이를 밟고는 앞으로 도약했다.

발을 차고 무릎을 굽혔다 튕기며 탄력으로 후려쳤다. 내려서며 밀어치고 끊어치자 튕겨서 훌쩍 날아가는 이들.

허나, 처음과는 달리 이번에는 앞선 동료의 몸이 무기화된다는 것을 알고는 피해 버렸다.

틈을 보던 셋이 움직여 착지 순간에 공격해 온다.

"넌."

"죽을 수밖에 없다!"

옆구리와 발목, 관자놀이를 노리니 자세를 낮추며 힘을 주었다. 바늘로 찌르는 것 같은 작은 충격을 받는다. 나는 무시하며 주먹을 사정없이 뻗었다.

양손을 십자로 교차하며 막는 신진권 사장.

빠걱!

그가 몸을 기억자로 구부리며 나동그라졌다. 흠칫, 서로 보며 멈춘 그들이 중얼거렸다.

"그야말로 철권(鐵拳)."

"믿기 어려울 정도로 단단하군."

"그렇다면……."

철컥.

탕!

다시 죽어 나자빠지는 그들.

그 뒤로 벌컥 문이 열리더니만 또다시 30명이 들어왔다. 각자 검을 들고 있는 채로 말이다.

이번엔 검술이었다.

미끄러지듯이 달려들어서는 깔끔하게 횡으로 긋고 몸을 돌리며 올려쳐 왔다. 자세를 낮춰 피한 나는 아래에서부터 솟구쳐 오는 칼날을 손뼉 치듯 잡아 뚝 꺾고 그대로 팔꿈치로 턱을 후려쳤다.

침몰하듯 쓰러지는 그.

지켜보고 있던 저들의 입에서 그린 듯한 냉소가 피어올랐다.

"효과가 있어."

손바닥이 아릿하다. 저들은 똑똑 떨어지는 핏방울을 보고 웃고 있었다.

"다시 해 보지."

그들이 재차 달려들었다.

"정말 끝이 없군요. 아는 사람들한테 지겹단 얘기, 많이 듣지 않습니까?"

"슬슬 두려워지나 보지?"

"글쎄요…… 과연 이번에도 업그레이드할 수 있을지 궁금해지는군요."

"후후. 입만 살았구나!"

"네 몸은 잘 연구해 주겠다!"

씨잉-!

칼바람이 섬뜩하게 허공을 잘라 벤다. 여기저기서 그어 온 까닭에 훌쩍 날린 중절모가 단숨에 8토막으로 썰릴 지경. 널브러진 시체를 발로 차올리고 몸을 날리며 피했으나 간격이 워낙 차이가 나는지라 상대하기가 마땅치 않았다.

그러자 문득 떠오르는 기억이 있었다. 처음, 강유나와 마주했을 때 그녀가 시뮬레이션하던 공략법이다. 그것과 이 상황이 너무도 일치한 것이다.

'결과가 어땠던가.'

다섯이 달려들고 분투했으나 결국 죽으면서 끝이 났었다.

"큭."

검이 살갗을 훑었다. 아찔하게 스쳐 가자 섬뜩함에 털이 곤두섰다.

어찌해야 할까. 적의 수는 끝이 없다. 더불어, 계속하여 수정하고 보완하며 나를 상대하기 위한 최적의 움직임을 경험적으로 산출해 내는 마당이다.

'대책 없이 나왔으면, 그저 죽었겠구나.'

하긴, 어떻게든 피하려 들었던 호굴(虎窟)인데 이 정도 위험이야 당연한 터다. 그러나 두렵거나 하지는 않았다.

다 예상한 대로였으니까.

◈ ◈ ◈

new century에서 에일락 반테스로서 지혜의 극에 치달았던 그때.

나는 퓰라를 죽이고자 마음먹고 칼을 던지는 순간, 지금의 상황까지 모두 예상했었다. 신진권 사장의 행동과 강유나를 비롯한 저들의 속성에 대한 분석까지.

'모든 것이 내 예상대로다.'

극도의 지혜에 대해 새삼 감탄이 절로 나왔다. 이건, 가히 예언의 수준이 아닌가.

예측했던 위험은 둘이었다.

하나는 나간 직후이고 두 번째가 바로 지금이다.

총구를 겨누고 애무하던 강유나.

'조금이라도 이상 징후를 보였다면 바로 머리통이 날아갔을 거야.'

이성을 유지했으니 망정이지, 아니었으면 방아쇠를 당겼으리라.

이후의 행동 역시, 설피 보면 나를 감싸며 보호하려는 듯 비칠 수 있다. 그러나 이는 필요에 의한 것이며 자신의 이익을 위한 것에 불과하다. 서로의 목적과 방향이 같기에 동료가 맞기는 하지만, 신뢰할 수는 없는 정도임을 잊어선 곤란하다.

'내가 그녀의 도구이듯, 그녀 역시 나의 예쁜 칼일 뿐이

니까.'

여기에 신진권 사장과의 대화로 안 그녀의 식사라는 말. 그리고 서큐버스라는 단서가 있다.

정기를 빨린다는 것과 내게 전혀 피해가 없는 것으로 보건대, 그녀가 먹이로 삼는 것은 마력이 분명했다. 나의 지혜는 고정된 상태이기에 그 피해가 전혀 없었을 뿐이지만 말이다.

첫 만남부터 끈적끈적했던 것과 호의는 나의 고갈되지 않는 마력에서부터 비롯된 것이 분명하다.

게다가.

'내 귀를 막고 연기를 했었지.'

보호하는 척, 감싸며 분홍색의 기류로 소리를 차단했다. 자신의 매력과 향기로 혼미하게 만든 채 가녀리고 나를 무조건 위하는 척, 연기했었다.

물론, 실제로 그녀는 신진권 사장을 막았고 나를 보호하려 하기는 했다.

그렇다면 그 모든 것. 아울러, 그녀의 나를 향한 마음이 거짓일까?

아니다. 분명 진실이다. 다만 내가 주의해야 하는 것은 순서다.

'그녀는 나를 위하고 아끼며 사랑하고 있다.'

단, 잊지 말자. '필요하기에' 사랑하고 절실한 도구로서 사랑한다는 사실을.

중요한 것은 태도와 의도다. 강유나의 행동은 방향과 목적이 들어맞아 긍정적인 면이 두드러졌을 뿐, 진실은 다른 것이다.

여기에,

'신진권.'

성륜의 지팡이를 쥐고 어쩔 수 없고 피치 못 하는 양 연기하지만, 이 역시 나름대로 그럴듯한 이유와 변론일 뿐이다. 발전형이건 과거형이건 신진권이라는 인간이고 그들이 공동운명체임은 분명하지 않던가.

그는 욕망한다. 이질적이도록 탐욕스럽게.

뭐,

'상관없다.'

준비책은 충분하니까.

이제, 그 일부를 풀어 보려 한다.

'상태창.'

제임스 Lv62(곤바로스의 사도 : 진리탐구자)

힘 : 690

혈력 :0

민첩 : 49 기력 :0

지혜 : [30] 마력 : [3]

위엄 : 2 환혼력 : [1]

평정 : [30]

위압 : [30]

통솔 : [30]

투지 : [30]

대성자의 빛을 삼킴으로써 일그러진 성륜과 겁륜이 일부나마 제대로 재생했다. 덕분에 [5]의 저주를 다소 해결하여 30이나마 확보하게 되었다.

여기서 중요한 것은 지혜 [30]과 마력 [3]은 고갈되지 않는 고정 수치라는 사실. 이를 통해서 나는 습득 스킬인 쇼크웨이브를 무한 연사할 수 있게 되었다.

'나를 이용하고 싶은가?'

좋다.

단.

'전부를 잃을 각오를 해라!'

그만한 각오조차 없다면 감히 나를 건드릴 엄두가 나지 못하게 만들겠다.

그 뇌에 확실하게 각인시켜 주마.

❖ ❖ ❖

손을 내뻗으며 입술조차 흔들리지 않을 정도로 말했다.

마법의 단어.

"쇼크웨이브."

보라색 기류가 핏줄을 타고 손어림에서 응어리졌다.

팡!

터져 나간 기압이 날아드는 칼날을 둥글게 휘었고.

"이, 이건!"

경악한 신진권 사장의 머리는 물론.

쩡!

한계치 이상으로 휘어진 날마저 그대로 부러져 버렸다.

여기서 끝이 아니었다. 하나뿐이 아니다. 에일락 반테스와 싸우던 막심이 바람의 포탄을 때려 갈기듯, 연거푸 손을 내뻗자 삽시간에 광풍이 일며 전면을 쑥대밭으로 만들었다.

"뭐, 뭐냐!"

"자…… 장풍?!"

"끄아악!"

텅텅 날아가 벽면에 박힌 이들. 거듭 스킬을 사용하자 짓눌리며 떨더니만 축 늘어져 버렸다.

이번에는 남아 있던 다섯이 서로 보더니만 품에서 총을 빼들었다.

철컥, 방아쇠를 당기더니 내게 겨누었다.

이를 탕! 하고 쏘는 순간, 나 역시 쇼크웨이브를 사용.

3m를 날려 보내는 스킬답게 방향이 뒤바뀐 총알이 그대로 저들을 관통했다. 쇼크웨이브의 여력이 휴지 조각처럼 몸뚱이를 날려 보냈다.

"이, 이건……!"

인의 장막이 벗겨진 그곳에서, 신진권 사장의 사뭇 다른 표정이 보였다.

딱딱하게 굳어서 눈을 부릅뜨고 있는 그.

강유나는 뒤편에는 책과 총을 들고 얼떨떨해하고 있다.

나는 쌓인 시체들과 물건들을 날려 입구를 막았다. 탈출로를 봉쇄하며 느긋한 자세로 앉아 있는, 지팡이를 든 신진권 사장에게 물었다.

"이번엔 업그레이드가 없습니까?"

딱딱하게 굳은 낯으로 그가 나직이 말했다.

"너…… 사이코키네시스였나?"

어깨를 으쓱거려 보인 뒤 나는 말없이 그에게로 다가갔다.

그는 손바닥이 하얘지도록 지팡이를 꽉 쥐더니만 내게 겨누었다. 하지만 지팡이 끝이 떨리고 있었다. 잘 아는 까닭이다.

승산이 없다는 사실을.

게다가 그는 자살할 수도 없었다.

"그 지팡이, 제가 힘을 주면 부러질까요, 안 부러질까요. 궁금하지 않습니까?"

계약하게 하고 수많은 이들을 복종시키는 주체인 성륜. 그의 확실한 무기이기도 하지만, 나 같이 통하지 않는 상대에게는 약점에 불과할 따름이다. 게다가 이용택 관장의 경우를 통해 성륜과 겁륜이 재생되긴 하지만 얼마든지 부러뜨릴 수 있음을.

성륜이건 겁륜이건 재로 만들어 흡수할 수 있음을 나는 잘 알고 있었다.

그런데 들려오는 그의 대답은 내 예상 답안과 사뭇 달랐다.

"설마, 탄환조차 튕겨 낼 정도의 염동력자일 줄은 생각지도 못했다. 그런데 대체 어떻게 돌연변이에 불과한 네가 그런 육체까지 가진 거지? 그러고 보니, 스칼렛…… 그녀의 치료도 그렇군!"

나는 선뜻 이해할 수 없었다. 그러나 나는 '알고 있는 것처럼' 태연자약한 모습을 계속 연기했다.

"글쎄요, 무슨 말인지 못 알아듣겠군요."

말은 의문형이지만 말투와 태도는 '이제라도 알아서 기특하군요.' 하듯이 빈정거린다.

"……내가, 이 신진권이가 오늘 제대로 번롱당하는구나!"

신진권 사장이 분기탱천했다. 성내고 탄식하며 쾅쾅 주먹을 내려쳤다. 이어, 이를 갈더니만 지팡이로 자신의 손을 찧어 피를 내었다. 그러자 그에게서 서른 명과 맞먹을 정도…… 아니, 그 이상의 마력이 뿜어져 나왔다.

과연, 진신(眞身)다운 위용.

그가 바닥을 쾅! 찧고는 선언했다.

"맹세하거니와, 이블린 윈슬릿의 치료 방법! 돌연변이체의 회복 방법! 이 두 가지의 진실을 알려 준다면 우리는 너에게 어떤 피해도, 그 어떤 위해도 가하지 않을 것이며 진정한 동반자이자 협력자로서 '최선'을 다하겠다. 이 계약은 언령의 성륜, [페이엔탈]의 명(命)이 다할 때까지 이어질 것이다."

확 일어난 마력이 그의 몸을 깊숙이 거치며 내게로 뻗어 나왔다. 연구실 전체가 피비린내 나고 그의 마력에 휘감겨 혼미케 만들 정도다.

이를 가만히 보고 있노라니.

"어휴. 하여간 남자들이란~"

내 귀로 강유나가 책을 차르륵 펼치는 소리가 들렸다.

휘황찬란한 빛이 번뜩이고 시신들과 피로 가득한 좁은 연구실의 바닥과 벽이 저들을 삼켰다. 그리고 어느덧 우리는 뜨거운 김이 모락모락 나고 형형색색의 꽃잎이 둥실 떠 있는 온천에 있었다. 서로의 열기를 식힐 만한 선선한 기운. 시각은 물론 발바닥에 촉감에 이르기까지 모두가 몸을 이완시켰다.

나는 그 사이로 빙긋이 웃는 강유나를 보며 내심 놀랐다.

그녀가.

"이번에는 저쪽도 진심인 것 같으니까 받아들이는 건 어떨까? 저 치가 저 정도의 조건을 거는 건 나조차도 본 적이 없어."

상기된 얼굴로 슬쩍 다가와 귀에 속삭이는 그녀가.

"게다가 알다시피 재는 끝도 없잖아. 동생이 늙어 죽을 때까지 잡아도 계속 어디선가 나올걸? 그러니까~"

붉은 혀로 입술을 촉촉이 적시는 그녀가.

"어떻게 그 몸으로 능력을 사용하는지 알려주는 건 어때?"

짙고 끈적끈적하며 갈구하는 눈빛으로…… 노골적이리만큼 살의를 내비쳤기 때문이다. 갖고 싶어 하는 욕망의 열망까지도.

'뭐지?'

왜 new century와 연관시키지 않고 현실의 초능력자. 있는지 없는지도 모르는 그것과 결부시켜서 묻는 것일까. 내가 알지 못하는 어떤 이유가 있음이 분명했다.

나는 저들의 장단에 잠시 어울려 주기로 했다.

"누나는 다 지켜본 걸로 아는데요?"

"동생, 느꼈었어?"

"시선이 워낙 뜨거워서 말이죠."

"헤엣~ 부끄러운데?"

말하며 안겨 오는 강유나를 슬쩍 밀어내자 그녀는 고개를 돌리며 눈을 가늘게 떴다. 면도날 같은 예리한 눈빛이었다.

짝!

손뼉을 쳤다. 삽시간에 배경이 또 바뀌었다.

해안가 절벽에서 마주하고 있었다. 갈매기 날고 바다 내음 물씬 풍기는 그 밑으로는 흰 파도가 부서지며 출렁이고 있다.

바람에 휘날리는 그녀의 보라색 머리칼. 나 역시도 중절모가 없는 터라 길게 설정해 둔 머리칼이 휘날렸다. 그곳에서 나는 가식적인 화려함이 싹 사라진, 차분한 미소를 짓는 강유나와 더없이 진지한 신진권 사장을 볼 수 있었다.

무엇이 이들의 태도를 바꾸게 한 것일까. 돌연변이와 초능력. 강유나와 신진권 사이에 어떤 관계와 사건이 있기에 저리도 정색하는지 나는 알 수 없었다.

단지, 조금 나아진 머리가 이 상황에서는 아는 척하고 있어야 함을 강하게 알려 올 뿐이다. 그 판단에 따라 나는 대수롭지 않게 미소를 짓고 저들을 지켜보았다.

"제가 보기에는 사장님 못지않게 누나도 궁금해하는 것 같군요."

"맞아."

희고 매끄러운 손가락이 올라가자 드세던 해풍이 잠잠해

진다.

"대화에 앞서 물어볼게. 혹시 몬스터 플레이를 경험하며 이전과 달라진 것. 정신적 변화와 육체적 정체의 괴리감을 느꼈어?"

엄지와 검지를 이용해 조금을 표시하며.

"미치는 것과 제정신을 유지하는 것 이외에 다른 무언가가 있나 보군요."

되묻자, 그녀가 고개를 끄덕였다.

"동생은 나조차 알 수 없는 능력으로 그 반동을 최소화하긴 한 것 같지만, 후유증은 반드시 드러나게 돼. 어떤 바보들이 착각한 것처럼 인간이 평생 뇌의 능력을 10%도 사용하지 못했으면 여력이 되겠지만, 실제는 그렇지 않잖아?"

그녀는 미소를 지었다.

"그래서 한정된 용량에 얹어지는 인간으로 살아온 정보와 몬스터로 살아온 정보. 그 근본부터 다른 이질감은 결국 뇌에 심각한 손상을 입히고 이로써 육체마저도 변이를 일으키게 해버려. 이렇게 되면 셋 중 하나가 돼."

영혼의 성장을 통해 미묘하게 불일치하던 차이에 관한 이야기. 이를 고려했고 겁륜의 효과 탓에 캐릭터와 동기화하는 나에게는 별다른 피해가 없었던 부분이지만 강유나와 신진권 사장에게는 심각한 사건인 듯했다.

예상하건대 레벨 차가 너무 극심하게 날 경우는 무조건 죽을 것이다. 내가 에일락 반테스의 능력을 모두 가져오지 못하고 육체가 감당할 정도, 그것도 보통의 몸이 아닌 제임스의 육체가 감당할 정도만 가져온 것이 이 정도였으니까.

'그렇다면.'

몬스터 플레이를 마치고도 현재 생존해 있는 강유나와 두 경호원은 그다지 높은 능력을 갖추고 있지는 않다는 단서를 얻을 수 있다.

'패는 내가 쥐고 있어.'

그렇다면 여유 있게 행동하는 것이 옳다.

"그런데 누나, 지금까지의 인상과는 너무 달라서 제가 어색할 정돈데요?"

"어떤 건데?"

"음~ 유혹적이지가 않아요. 기분 좋게 가슴이 뛴다거나 흥분이 되지 않는다랄까?"

피식.

"이런 게 정상적인 거 아니겠니? 사실은 나도 지금이 편해."

"하긴, 그러네요. 그런데 아깐 왜 그랬던 건가요?"

지나치게 유혹적이며 끈적끈적했던 애무를 물으니 그녀의 한쪽 입꼬리가 올라갔다.

"효과적이니까."

조소(嘲笑)다.

"네?"

"남자건 여자건 적당히 만져 주고 웃어 주면 다 솔직해졌으니까 놀아 준 거야. 그거면 충분했거든."

"그럼, 이런 날씨 좋아해요?"

"맞아. 난 흐리고 바람 부는 바다가 좋아."

현혹하기 위한 배경이 아니라 스스로 편한 배경으로 만들었다는 그녀.

나는 이제야 강유나라는 여자와 처음으로 대화를 하는 셈이었다.

"영혼과 육체의 괴리로 말미암은 증상은 어찌 되나요?"

"하나는 과도한 정보의 괴리 때문인 죽음. 둘은 뇌 손상을 통한 반동으로 이디엇 서번트가 되는 것이고, 마지막은……."

예상대로의 답변이 나오는 상황. 여기에 새로운 단서마저 나왔다.

이디엇 서번트. 서번트 신드롬. 천재 증후군이라고도 하는 것으로서 장애를 가지고 있음에도 특정 분야에서는 대조되리만큼의 재능을 보이는 증세를 일컫는다.

그런데 이것과 이 두 사람의 반응에 무슨 연관이 있는 것일까.

"나나 그녀와 같은 돌연변이체가 되는 거다."

신진권 사장이 강유나의 말을 자르며 끼어들었다.

언뜻 무표정해 보이지만 조급함을 참고 있는 모습으로 지팡이를 따악! 때렸다.

"일반적으로 2천 명의 환자 중 1명꼴로 나타나는 것이 이디엇 서번트지만 몬스터 플레이 적응자는 생존자의 99%가 된다. 흥미롭지 않은가?"

뇌리로 무언가가 스치고 사라졌다. 연관성이 있고 내가 가진 조각들로 퍼즐을 맞출 수 있을 법한데 맞춰지지 않는 듯한 느낌이다. 현재의 지혜로는 중요하다, 라는 촉만 감지했을 뿐 방아쇠로 작용할 단서를 더 쥐어야 한다는 한계이기도 했다.

그러나 신진권 사장이 친절하게 설명해 줄 사람이랴. 지금 자연스럽게 나오는 이야기들도 내 반응을 통해 확인하려는 의도임을 나는 알 수 있었다. 이 때문에 물어볼 수 없었다.

지금은 저들이 안달하게 하고 내가 가진 자로서 여유를 보여야 하는 상황이니까.

그래야 자체 복사되는 아메바와의 협상에서 우위를 차지할 수 있다.

"사장님은 그들을 지배하고 있는 것이고요?"

"훌륭한 표본들이지 않나. 덕분에 꿈도 희망도 없는 지원자들이나 못생긴 것들을 얼마든지 경이로운 천재로 만들어 줄 수가 있게 됐지. 너도 생각이 있나?"

"그 좋은 걸 사장님은 왜 직접 하지 않으시는지?"

"이런, 이런~ 아무리 맛있는 사료라지만 사육하는 개새끼나 먹는 것을 어찌 사람이 먹을까."

"그런 사료까지 손수 만드신 걸로 보아 상당한 애견가이신 것 같군요. 몇 마리쯤 키우십니까?"

"500마리는 키우고 있지. 분양해 줄까?"

"사양하죠."

신진권 사장은 크나큰 인심을 써서 관용을 베풀어 주고 있다는 듯한 행동에 이어 나를 내려보았다.

"그런데 내 제안에 대한 답은 언제 할 거지? 나를 기다리게 해서 좋을 것은 없을 텐데?"

친히 내 발을 핥을 영광을 주겠노라 하며 무시하는 태도였다. 참으로 구역질 나는 그의 오만함에 숨을 길게 내뱉으며 손가락 관절을 풀었다.

"대관절 알 수가 없군요. 내가 그리도 만만해 보입니까?"

말장난을 통해 보건대, 확실히 그와 나의 위치는 재확립할 필요가 있었다.

"작은 호기심 때문에 잠시 놓아준 것일 뿐, 당신이 나를 죽이려 들었다는 것을 잊지 않았습니다. 이만큼 참고 있으면 그쪽에서도 예의를 갖추는 것이 정상이라고 보는데…… 지금 칼자루를 누가 쥐고 있는지 진정 모르나 보군요."

"더 지껄여 봐라."

"하-!"

기막힐 노릇.

"목숨보다 귀하게 여기는 그 지팡이를 실제로 부러뜨렸다가, 혹여 내 궁금증을 풀어 줄 new century로의 접속에 타격이 있을 성싶어 압박만 한 겁니다. 나 역시 이쯤에서 절충안을 보려고 한 것일 뿐이지요. 그런데…… 아무래도, 더욱 확실한 실력 행사가 있어야 할 것 같군요. 생각보다 머리가 나쁘신 것 같습니다."

"칼자루를 쥐어? 너야말로 건방 떨지 마라. 고작 희귀 돌연변이 주제에 감히 이 나를 봐준다고? 계약의 주체도 아닌 한낱 인간이. 고작 염동력이라는 카드 하나를 쥐고 까부는 애송이가?"

그가 치아를 드러내며 웃었다.

"변이 능력자가 세상에 너 하나뿐인 줄 아나 본데, 좁은 땅덩이에서 혼자 잘나고 혼자만 유일한 줄 알던 많고 많은 능력자가 모두 내게 일패도지했다. new century와 부를 수 없는 자들과의 접촉을 통해 변이한 이들 역시도 내 손에 진작 해체되고 분석되었지. 너야말로 내가 이리도 배려하고 관용을 베풀었음에도 그리도 오만방자하게 굴다니, 그 무모함이 진정 나를 분노케 하는구나!"

마력을 가일층 끌어 올리며 압박해 오는 그가 강유나를 무섭게 노려보다가 힘을 불끈 주었다.

"이번에도 나를 막는다면 정말로 끝이다. 너 역시 알고자 하는 애송이의 비밀. 내가 해체하여 공유해 주마. 그러니 잠자코 지켜보고나 있어라."

땅을 박차며 그가 폭발적으로 달려들었다. 농도 짙은 마력이 벽처럼 둘러싸고 내 몸을 찍어눌러 오는 상태. 그가 지팡이를 창처럼 찔렀다. 어떤 분신들보다도 날카롭게!

심장을 찔러 오는 지팡이 끝을 합장하듯이 맞잡자 그가 그 상태로 코웃음 쳤다.

"봐라. 기장(氣帳)을 통한 선점. 이를 통한 충돌과 통제키 위해 과민하리만큼 증폭되는 감각! 그것이 네 능력의 강점이자 약점이고 한계다. 이를 나의 역장으로 강제한다면 염동력은 확실하게 제약되어 지금처럼 사용할 수가 없게 되는 것이지. 그리고 네가 경험했듯이……."

쨍그랑-!

해안가 절벽 모퉁이가 유리처럼 깨져나가더니만 다시금 검을 든 신진권 사장 무리가 들이닥쳤다. 어느새 입구를 막았던 시신들이 깨끗이 치워진 것이다.

그 사이로 신진권 사장이 냉소했다.

"이쪽은 끝이 없다. 이래도 봐준다는 소리를 지껄이느냐!"

"어째 말이 많다 했더니만, 문을 열 때를 기다리고 있던 거군요. 그런데 왜 진작 끝을 보지 않고 계속 이해시키려 드는 겁니까?"

"변이체들은 극단적으로 발달하고 유전자가 뒤틀린 만큼 쉽게 미쳐서 제풀에 죽어 버리거든. 내가 왜 그 능력들을 적용하지 않았겠나. 안정성이 결여되어 있어 그런 거다."

"그렇군요."

답하며 양손으로 막고 있던 지팡이를 슬쩍 한 손으로 쥐었다. 그러자 그가 내 손과 표정을 번갈아 보더니만 눈을 부릅뜨고 전신 근육이 덜덜 떨릴 정도로 힘을 꽉 주었다. 어떻게든 찌르려고 사력을 다하는 그.

반면, 가볍게 한 손으로 쥔 채 나는, 남은 오른손으로 뺨을 긁었다.

"어떻게든 대답을 유도하려는 것은 이 지팡이, 그러니까……."

왼손에 힘을 주었다. 지팡이와 함께 조금씩 떠오르는 그의 몸.

이를 악문 신진권 사장의 동공이 좌우로 흔들렸다.

믿을 수 없다는 그에게 마지막 쐐기를 박는다.

"언령의 성륜이라는 [페이엔탈]의 계약 효과를 이용하려는 것이고 말입니다?"

"뭐…… 뭣이?! 계약자가 아니고서는 듣지도, 부를 수도 없는 자의 이름을 네가 어찌……?!"

"그러게 말입니다."

매우 놀라는 그. 어느덧 나를 포위하고 있던 무리가 본신의 위험을 보고는 일제히 달려들었다. 이에, 오른손을 뻗자 하나씩 펑펑 나가떨어진다. 그뿐만 아니라 쇼크웨이브를 연이어 사용하여 다시금 깨진 강유나의 환상 바깥으로 멀찍이 밀어냈다.

빗자루로 낙엽 쓸어버리듯 청소해 버린 무리.

마지막으로 본신마저 3미터 뒤로 밀어낸 뒤 그의 성륜, 페이엔탈의 양 끝을 잡았다. 이를 본 신진권 사장이 침을 꿀꺽 삼키고 손을 바르르 떨었다.

"네, 네가 아무리 나의 예측을 버, 벗어났다고는 하지만 성륜은 부술 수 없을 것이다. 그것이 고작 지팡이로 보이고 쉬이 부러질 듯 보일지라도 모름지기 부를 수 없는 존재들. 륜은 그들과 동격의 존재이거나 가호가 없다면 결단코 부서지지 않으니까! 그러니……?!"

낭창하게 휘어지던 지팡이가 보라색으로 짙게 물들더니만 몸부림치며 모골이 송연해지는 낯선 공포감을 불러일으켰다. 갑자기 내가 쥐고 있는 것이 매끈한 지팡이가 아닌 다시없을 괴물이고 독아를 번뜩이는 뱀으로 보일 정도였다.

"그, 그만하고 이리 내놔라…… 헉!"

찌지직-!

나뭇결 쪼개지는 소리가 언뜻 들렸다. 그러자 신진권 사장이 마른침을 다시 꿀떡 삼키더니만 이를 악물고 다가왔다. 정말이지 사생결단이라도 하려는 양, 백척간두에 달린 목숨이 절로 떠오를 정도의 무게감이다.

여기서 압박을 멈출까 하는 생각이 들었다. 이만하면 알아듣지 않았을까 싶었던 것이다. 하지만 그가 나의 능력이 염동력이라는 오해를 했기에 망정이지, new century의 스킬이고 이를 막을 방도까지 알았다면 상황은 달라졌을 것이다.

'기회는 지금뿐.'

나는 힘을 더 주었다.

또각!

일부가 끊어졌다. 섬뜩한 비명이 뇌리에서 메아리쳤다. 신진권 사장의 낯이 하얗게 질려 귀신처럼 보일 지경이다.

그는 정말이지 눈 한 번 깜빡이지 않고 나를 노려보았다. 핏발이 선 살기 어린 시선!

정말 끝을 보고 이제 돌이킬 수 없다고 느껴질 정도다.

그리고 그가 정말이지 망설이고 억누르던 최후통첩을 내뱉었다.

"우리…… 대화로 풀지."

"……."

"내, 경청할 몸과 마음의 준비가 되었네."

"……."

"대화함세."

"……."

……이 자식을 그냥.

할 말이 없어서 보고만 있기를 몇 초일까.

강유나를 보았다. 그녀는 손가락을 좌우로 흔들더니만 가볍게 손을 올려 바위 감옥을 생성. 신진권 사장을 가뒀다.

"에휴. 정말이지 저런 것도 파트너라고……."

그녀가 한숨을 폭 내쉬었다.

찡긋.

강유나가 윙크했다.

"확실히, 사람의 진짜 모습은 위기를 겪어야 알 수 있다는 게 맞는 것 같아. 믿고 있는 성륜이 무너지니 저런 모습을 보일 줄은 상상도 못 했거든. 실망이라니까~"

손을 내밀어 권하자 땅이 융기했다. 돌 탁자에 의자들이 생겨나고 받침대 없이 촛불이 떠다니며 주위를 밝혔다.

머리칼 휘날리도록 해풍이 불지만 흔들림 없이 타오르는 촛불.

그 너머에서 팔꿈치를 탁자에 대고 손에 턱을 괴는 강유나의 눈빛이 인상 깊었다.

"이제 돌연변이에 대해 들을 수 있을까요?"

"물론이야. 사실 크게 숨기거나 어려울 것도 없거든."

바위 감옥을 가리키며 '쟤가 오버한 거야~' 한 그녀. 귀곡성처럼 흐느끼는 바람에 기대어 노래하듯 이야기했다.

"스칼렛. 그녀의 이름이 이블린 윈슬릿이지. 현실의 그녀를 완치시킨 것에 대해 우리가 놀라는 이유는 그녀가 알비노인 때문이야. 사실 그녀는 비교한 결함이 있을 뿐이지 이상이 생기거나 다친 게 아니니까. 선천적인 장애는 단지 다른 일반인들과 비교한 때문에 장애인으로 분류할 뿐이지 실제로 병자인 건 아니잖아?"

"외눈박이의 세계에서 두 눈을 가진 사람이 장애인인 것처럼 말이죠."

"맞아. 그런데 동생은 그녀의 멜라닌 결핍이라는 당연한 결함을 치료한 거야. 그것도 new century의 아바타를 통해서 말이지. 더군다나 내 눈을 딱 그 순간에만 감쪽같이 가려 버리면서."

마지막 부분에서는 말을 낮추는 그녀가.

"다 보셨다면서요?"

"아메바 약 좀 올리려고 아는 척한 거지~ 동생이 그렇게 확 막았는데 어떻게 봤겠어?"

눈처럼 하얀 치아를 보이며 작게 웃었다.

"동생도 new century가 단순한 게임이 아닌 또 하나의 세계인 건 알고 있지? 우리는 현실과 다른 그쪽의 다양한 기능과 가능성에 진작부터 관심을 보이고 있었어. 그중 대표적인 것이 바로 상태 이상 회복 물약이야. 이를 현실에서 사용할 수만 있다면 말 그대로 만병통치약일 테니까. 하지만 결과는……."

"실패였겠군요."

"응. 정확히 모든 성분을 알아내어 구현했지만 모두 실패였어."

몬스터 플레이를 경험하기 전 내가 가졌던 '착각'과 일치하는 부분이었다.

"동생은 그 이유가 뭔지 알지?"

물론이다.

"현실은 그 자체가 이데아니까요."

"역시. 우린 꽤 고생했는데, 동생은 한 번에 딱 알았다는 거네? 샘나는걸~"

피식 웃은 그녀가 고개를 머리칼을 쓸어 넘겼다.

"맞아. 반면, 게임은 이데아와 new century가 연계 공존하는 세상이지. 그곳은 신이 실존하는 곳이거든."

어깨를 으쓱해 보이는 강유나였다.

상태 이상 회복 물약의 만병통치. 이에 대한 오해는 회복시킨다는 것에 대한 잘못된 접근으로부터 시작된 착각이었다.

회복(回復)이란 돌이키거나 원래의 상태를 되찾는다는 뜻이다. 그렇다면 회복이 성립하기 위해서는 돌아가야 할 원래의 모습이 있어야 한다는 전제조건이 붙게 된다.

허면, 무엇이 원래이고 무엇이 나의 진짜 모습인 걸까?

유리창에 돌을 던지면 깨진다는 사실을 우리는 알고 있다. 종이에 불을 붙이면 타고 재만 남는다는 사실을 우리는 잘 알고 있다. 이러한 사물에의 이치와 진리는 당연하다.

그리고 이것은 인간의 신체에도 똑같이 적용된다.

칼에 베이고 찔리면 피가 나고 손상 정도에 따라 죽는다는 사실을 우리는 '알고' 있다.

감기 바이러스. 치명적인 에이즈. 암세포의 전이 등이 일어나면 병들고 쇠약해짐은 '당연한 것' 이다. 삶과 죽음. 이 모든 것은 필연이며 진리인 것.

세월에 따라 탱탱하던 피부가 푸석해지고 주름이 생기는 것. 먹으면 그만큼 배설하는 등에 대한 생리적인 현상처럼 사고가 나고, 다치며 병 드는 것은 당연한 현실이다.

"신이 실존한다……."

현실은 순간이 진리일 뿐. 과거와 분리되며 그 어디에도 회복하며 기댈 이상향은 없었다.

이에 대해 간략하며 의미를 나눌 수 있는 단어가 바로 이데아였다.

'이거야, 원.'

플라톤의 이데아론에 따르면, 이데아는 세계 밖의 세상이며 모든 사물의 원인이자 본질이다. 단지 현실 세계로 오면서 레테의 강을 건너게 되고 이데아 세계에 대한 기억을 잃어 떠올리지 못한다고 주장했던 그곳.

물론, 실제로 그러하다는 것은 아니었다. 단지 new century에는 신이라는 존재가 모든 정보와 상태를 관리하는 이데아가 존재하는 반면, 현실 세계에는 그것이 작동하지 않는다는 사실을 서로 직시한 것일 뿐이다.

그러므로

'스칼렛을 강화시켜 주었지.'

나는 그녀를 회복시킨 것이 아니다. 단지 다리에 새겨진 펠마돈의 비서. [파멸]이라는 이름의 권한에 잠시 도달했던 극한의 지혜로 제어하여 경계를 파괴했다. 이후 new century

의 아바타와 현실 세계의 이블린 윈슬릿을 동기화시킨 뒤 강화시켰을 뿐이다.

그녀의 알비노는 치료되지 않았다. 단지 속성 저항 능력이 강해져 보통의 사람들처럼 다닐 수 있게 된 것일 뿐이다.

'새삼 이제 이해가 되는군.'

분명 나는 유추했었고 알고 있는 이야기였다. 그럼에도 그녀의 이야기를 통해 알아 가고 있다니, 본래의 나로서는 꿈도 못 꿀 30의 지혜지만 그조차도 강유나와 신진권 사장, 또 여러 천재가 활동하는 이 무대에 오를 자격이 없다는 반증일 것이다.

"분명히 회복 물약을 완벽하게 재현했는데 무언가가 달랐어. new century와 현실이 다른 세계인 것도 이유가 될 수 있겠지만, 우리는 그곳과 현실의 신이 다르다는 것. 혹은 우리가 사는 세계에는 신이 부재하고 있기 때문이지 않을까 싶어."

이어지는 그녀의 말에 상념을 멈춘 내가 가볍게. 마치 알고 있지만 물어본다는 투로 말했다.

"현실 세계에는 성륜과 겁륜 같은 존재가 없었나 봐요?"

"있지만 없다랄까? 기적은 있었지만, 실존은 없었지."

나는 이와 비슷한 대화를 예전에도 한 적이 있었다.

"기는 있으나 내공은 없다?"

"그렇게 말할 수도 있겠는걸? 같은 의미야. 신은 있지만, 우리가 찾는 신은 없었거든. 애석하게도……."

방향이 다르나 그 도달점은 하나로 귀결되는 것일까. 이용택 관장의 것과 다르지만 비슷한 그녀의 말이 무겁게 짓눌러 왔다.

나와 그녀 사이에 잠시 머무는 침묵의 시간.

이를 깨트린 것은 작은 두드림이었다.

똑똑……

바위 감옥 너머에서 들려온 소리. 그리고 작은 헛기침.

"내게도 기회를 줄 수 있겠는가?"

나는 성륜 지팡이를 탁자 위에 올렸다. '어떻게 할까?' 라고 묻는 듯 어깨를 으쓱거리는 강유나. 그녀에게 고개를 끄덕였다.

틈 없던 바위벽에 금이 쭉 가더니 네모난 문이 열렸다. 그 너머에서 나온 신진권 사장은 작게 고개를 숙인 뒤 자리에 조용히 앉았다. 지금까지와는 사뭇 다른 조심스러운 태도였다.

"고맙네. 조금 전 대화하던 부분을 잇자면 이렇지. 우리는 현실 세계의 신과 그 흔적을 찾지 못했어. 대신 이능에 대한 가능성을 그나마 발견한 것이 돌연변이 유전자를 통해 발생한 장애 초능력자들이었네. 자네와는 아주 많이 다른 초능력자들을."

"어떻게 다릅니까?"

"전 세계를 샅샅이 돌며 총 73명의 초능력자를 보았네. 그 중 42명이 국가에 소속되어 있었고 30명은 사실을 숨기고 지내었지. 그러나 100%로 이들은 모두 문제가 있었네. 9명은 공황장애가 있거나 다중인격 등의 정신질환을 앓았고 남은 초능력자들 역시 신체적으로 굉장한 결함이 있었던 걸세. 모두가 알비노와 같은 유전적인 요소로 일어난 희귀병들이었고 이는 초능력의 크기가 클수록 정도도 비례했네.”

신진권 사장은 떠보거나 시험하려는 기색 없이 신뢰감 있는 차분한 어조로 말을 이었다. 그 모습을 보며 나는 그가 위험인물임을 다시금 새길 수 있었다.

자신의 목적과 상황에 따라 얼마든지 낮추고 숙일 수 있는 인물이니까.

‘과연…… 인물은 인물이란 말이지.’

살아남기 위해 한겨울에 오다 노부나가의 신발을 가슴에 품어 데우고 댓돌에 내려놓을 정도로 영악했던 도요토미 히데요시처럼 말이다. 그는 난세를 경영한 간웅으로 평가받지 않던가.

물론 쓰기 나름이지만 말이다.

이상현과 달리 에일락 반테스는 저런 이들조차 모두 다루었던 인물. 비록 그만한 지혜를 발휘할 순 없지만 적어도 그 경험과 안목은 얻은 나다.

절대 호락호락하지는 않을 것이다.

“우리는 그들 하나하나를 모두 제압하고 연구했지. 그 결과…… 예리함을 너무 추구한 나머지 내구성이 바닥인 검과 같다랄까. 한 가지의 능력이 극대화된 만큼 반대되는 성향의 것이 퇴화하고 모자란 것으로 분석됐네. 우리는 여기서 결핍과 보상이라는 관계를 유추하고 실험을 시작했어. 표본은 기존 초능력자들의 유전적 정보들. 대상은 융켈과의 계약을 통해 얼마든지 복사할 수 있는 나의 육체였네.”

중간에 스산한 바람이 모이더니 여인이 되었다. 탁자에 김이 모락모락 피어오르는 차를 내려놓는 하녀. 딸그락거리는 찻잔과 그윽한 향이 해풍 몰아치는 이 분위기와 참으로 언밸런스하게 배치됐다.

"알다시피 나의 목표는 완전한 인간일세. 이를 위해서는 인간에게 가능하고 또, 갖출 수 있는 모든 능력을 완벽하게 다루는 것도 포함되지. 그러나 반복되는 실험을 통해 알 수 있었던 것은 인간의 그릇이 정해져 있다는 거였네. 20개씩 다섯을 담건, 90에 10을 담아 100을 채우건, 모든 인간은 100이라는 수량만 담아낼 수 있다는 것이었지."

그 말을 통해 나는 신진권 사장이 왜 그리도 흥분했었는지를 알 수 있었다.

"자네가 가진 힘. 사이코키네시스의 경우 총탄을 밀어낼 정도의 힘이면 가히 육체가 붕괴하지 않는 한도 내에서의 최고 출력이었네. 실제로 나의 몸은 그만한 힘을 쓸 수 있었지만, 그 반동조차 견디지 못해 뼈가 조각조각 부서졌었어. 사이코키네시스의 위력 때문이 아니라 육체를 구성하는 뼈가 수수깡처럼 약해진 때문일세."

"그뿐만 아니라 두 가지 이상의 능력을 담을 때는 능력 자체가 급격히 감소했어. 그런데 동생, 그거 알아? 그렇게 우리가 모든 초능력을 똑같은 비율로 균형을 맞춰서 모두 갖게 하니까 어떤 결론이 나왔는지?"

모든 힘과 감각이 균형 상태를 이룬다. 이는 특별함이 사라진다는 뜻.

"평범해졌겠군요."

고개를 끄덕이고 만면에 미소를 짓는 강유나였다.

"정답이야."

"또, 우리는 초능력을 모두 감당할 수 있는 DNA 구조를 찾으려고도 해 봤네. 그랬더니 인간이 아닌 다른 존재가 되었다가 바로 죽어 버리더군. 마치 new century의 몬스터들과도 같은 생물이 되었지만 알 수 없는 이유로 죽는 걸세. 그것이 우리가 발견한 알 수 없는 현실 세계의 기적이자 성륜조차 해명할 수 없는 기적이었네. 그뿐만 아니라."

그가 강유나를 가리켰다.

"그녀와 같은 몬스터 플레이어들의 DNA 역시도 현실 세계에서는 존재할 수 없다는 걸세. 분명히 저렇게 살아 숨 쉬는데 인위적인 조작을 통해서는 절대로 죽어 버리는 거야. 오로지 몬스터 플레이용 캡슐을 사용해야만 생존하고 그나마 인간일 수 있지. 여기서 유추할 수 있는 것은……."

흩어져 있던 퍼즐이 들어맞는 것을 느꼈다.

"new century와 현실 세계의 신. 그들의 체계는 분명히 다르다?"

긍정하는 신진권 사장. 그리고

"그 중간자이자 유일한 접점으로 존재하는 것이 바로."

강유나의 마무리였다.

"악마, 융켈이라는 거야."

돌고 돌아 다시 시작으로 돌아온 결론이다.

"또한, 현실 세계의 신과 융켈은 둘 다 부재중이란 거군요.

아니…….”

융켈은 몰라도 '신'이 어떤 상태인지는 확신할 수가 없겠지만 말이다. 여기서 중요한 것은 바로 그것 부재건 방관이건 간에.

“그는 없는 것과 진배없다는 사실에 집중해야겠네요.”

그 순간.

에일락 반테스의 감이 내게 묘한 이질감을 알려 왔다. 분명 감정이 격해졌고 진실을 말하는 그인데 무언가 숨기는 것이 있다고 전해 온 까닭이다.

말한 내용 그 어디에도 거짓이 없건만 왜 이런 이질감이 느껴지는 것일까.

나는 잠시 신진권 사장의 눈을 직시한 뒤 물었다.

“융켈과의 접촉이 언제 끊어졌습니까?”

“알 수 없네. 나의 기억에는 분신이건 본신이건 모두에게 적용되는 공백이 존재하는 까닭이지. 단, 그 공백 이후 강유나라는 훌륭한 파트너를 얻게 되었다는 것은 분명한 사실일세.”

그의 대답.

나의 경험과 에일락 반테스의 안목이 한 치의 가감 없는 진실임을 확인시켜 주었다. 분명, 그는 거짓을 말하지 않고 있었다.

그런데 왜 이질감이 느껴지는 걸까.

'내 착각인가?'

알 수 없는 감을 잠시 미루어 두며 우선, 믿겠노라 답했다.

그가 감사를 표하며 말을 이었다.

"우리는 현재의 인류가 진화의 결과물이고 이상을 향해 나아가고 있음을 믿었네. 그리고 내가 추구하고 바라는 완전한 인간을 수정했지. 극대화된 능력이 아니라 육체의 한계 안에서 인간에게 허락된 모든 가능성을 구현하는 존재로 말이야. 그런데 자네가 우리의 모든 연구. 그 불가능의 벽을 깨부순 걸세!"

쇼크웨이브를 난사하던 때를 떠올린 것일까. 잠시 격앙되었던 신진권 사장은 숨을 골랐다.

들썩였던 몸이 가라앉았지만, 그 눈은 더욱 뜨거워져 있었다.

대답을 갈망하는 눈빛은 강유나 역시도 마찬가지였다. 그녀 역시도 뇌쇄적인 아름다움이 도가 지나쳐 대화할 상대조차 찾기 어렵다는 부작용이 있는 까닭이리라.

"글쎄요. 이 지팡이를 통해 놀라운 힘을 발휘하시던 분이 그리 말하니 놀라울 따름이군요."

"바로 그 점일세. 이용택이라는 자의 무력이 뛰어나긴 하지만 그는 분명히 성륜의 계약자이지. 자네가 알지 모르지만, 각각의 륜들은 현실 세계에는 없는 new century의 힘들을 갖고 있네. 그 힘이 더해지면 인간의 한계를 초월하는 것은 실로 당연한 일이 되지. 이용택의 무력 역시 그러하네. 허나, 자네는 달라."

……이용택 관장이 평범하다니. 성륜이라는 존재 때문에 정말이지 착각하는 부분으로 보인다. 턱까지 차올랐던 헛웃음

을 간신히, 가벼운 미소로 승화시켰다.

"제가 말입니까?"

신진권 사장은 주먹을 꽉 쥐었다.

"완벽하게 평범한 과거. 그러나 자금 추적을 통해 드러난 어마어마한 재산. 단서를 통해 본질을 꿰뚫어 버리는 통찰력. 이 모든 변화의 시발(始發)은 부모의 사망 이후였지. 자네는 그전까지, 주위는 물론 세상 모두를 완벽하게 속였네. 그러다 심적인 변화 이후 본격적으로 움직였어. 그리고 그 행보는 실로 놀랍기 그지없었네."

이 사람이 조금 전까지만 해도 나를 죽이려 들었던 사람이 맞을까에 대해 의심이 될 정도였다. 정말이지 그는 완벽하게 다른 모습을 보이고 있었다.

"단시간에 수백 배로 재산을 늘렸으며 겁륜과 성륜의 계약자를 지근거리에 두며 관찰했네. 아울러 new century를 플레이하며 우리의 그물조차 벗어났지. 거듭 말하지만, 자네에게는 륜이 없네! 그러한 보통의 인간이 나를 누를 정도의 전투력을 발휘하고 가공할 초능력마저 가졌어. 게다가 성륜마저 손상을 입혔지. 이는 현존하는 자네의 격이 륜과 최소한 동급 이상이라는 것을 뜻하네. 자네는 성향이 있는 이능이 아닌 완전무결의 인간. 빈틈없는 강함을 보인 걸세!"

탁자를 쾅 내려치는 신진권 사장.

그때, 문득 스쳐 가는 생각이 있었다.

지금의 나는 신진권 사장의 말도 안 되는 오해를 받고 있다.

내가 성륜의 이름을 듣게 된 것은 펠마돈의 비서를 얻게 되면서부터의 일이었다. 각각의 륜보다는 융켈의 격이 높았고 융켈보다는 신의 격이 높았으니까. 내가 가진 펠마돈의 비서는 융켈의 권한의 일부였고 말이다.

'가만…….'

일전에 각종 륜들을 내가 태우고 흡수할 수 있었던 까닭은 태진이가 불태운 것도 있지만, 계약 이전, 각성하기 전의 륜들이었던 때문이다. 각성 전의 륜들은 그저 오래된 골동품에 불과할 뿐이니까.

반면 이용택 관장은 어떠한가. 그는 말을 걸어오는 성륜은 물론, 겁륜의 계약자를 때려잡고 빼앗기까지 했다. 아울러 겁륜을 기절시키며 원 계약마저 무효화시켜 건네지 않았던가.

그렇다면, 도대체 그는……?

'뭐지?'

무언가 어떤 '존재'라고 의심이 될 정도다. 그러나 그게 말도 안 되는 일인 것이, 그의 강함은 모두가 요령이라는 이름의 비전을 통한 것이고 후천적으로 습득할 수 있다는 사실이었다.

실제로 그의 가르침을 전해받은 이한나와 한 줄기나마 얻은 강하성 소장은 평범 이상의 힘을 발휘하고 있었으니까.

경이적인 지혜의 때, 그를 떠올리며 얻은 결론이 그러했다.

누구라도 그의 밑에서 수련 받고 철저하게 요령을 단련한다면 그처럼 강해질 수 있다고. 그러나 감히 그 누구도 그와 같은 마음가짐으로 단련하지 못할 뿐이라고 말이다.

'그런데 신진권 사장은 왜 인간의 그릇이 한정되어 있다고 하는 걸까.'

이용택 관장을 떠올리다 든 의문이었다.

나는 신진권 사장이라는 이의 말도 듣고 있다. 아울러 이용택 관장이라는 이가 실존함을 잘 알고 있다. 수치로 말할 수 없던 나의 지혜는 이용택 관장의 강함이 후천적인 노력을 통해 달성할 수 있다고 결론을 내렸었다.

'그렇다면.'

도출되는 답은 신진권 사장이 틀렸다는 것이 된다.

그의 분석은 분명히 옳다. 그러나 체계적이고 후천적인 노력을 통해 그릇은 넓혀질 수 있다. 그럼에도 수많은 분신을 통해 목숨 바쳐 노력하는 신진권 사장의 그릇은 '100으로 고정' 되어 있었다.

"으음!"

과연 그가 잘못 수련하기 때문일까, 아니면 융켈의 농간일까. 자기 복사를 통해 얻을 수 있는 경지의 제약일까.

'그가 부단히도 new century를 알리려는 이유가 여기에 있을지도 모르겠군. 융켈과의 계약을 잘 이행할수록 한계치가 늘어나는 식으로 말이지.'

만약 그렇다면 조금 전부터 느껴진 미진함에 대한 이유가 충분히 됐다. 이질감의 정체는 훗날을 기약하며 잠시 숙인 그의 심산에 대한 경고라고.

'와신상담(臥薪嘗膽)일지도.'

물론, 추측일 뿐이다. 아직은 모르는 일.

나는 이러한 의문을 한구석에 접어 두었다.

이 단서는 언제고 쓰일 날이 올 것이다.

❖ ❖ ❖

그들이 바라는 답변에 앞서 나는 진실이라는 이름의 질문을 던졌다.

"저의 능력이 본래의 것이 아닌 new century에서 가져온 스킬이라는 생각은 왜 하지 않으십니까?"

그러자 가만히 듣고 있던 강유나가 웃었다.

"동생, 또 간 보는 거야?"

아직도 김이 모락모락 나고 있는 차를 품격 있게 마신 그녀가 흰 손가락을 들었다.

"이유 하나, 에일락 반테스에게는 그와 같은 능력이 없어. 이유 둘, 현실 세계에서 능력은 배제되어 있지. 오직 융켈의 힘, 륜과의 계약, 마지막으로 돌연변이가 아니라면 결단코 쓸 수가 없거든. 동생은 어디에 속할까? 이유 셋, 신진권 사장이 말한 동생의 천재성이라고 할게. 우리로선 측정불가였거든."

"한계 용량이 100이 아니라 그 이상일 것이라 나는 보고 있네. 일찍이 우리가 파악한 수치가 50에 불과했는지도 모르고. 과연 어떻게 그러한지는 짐작조차 못 하고 있네만."

"그렇다면 제게 원하는 것도 그것이겠군요. 신체 정보와 new century의 효과를 현실로 끌어내는 방법. 누나는 여기에 하나 더, 펠마돈의 비서가 있겠고."

수긍하는 저들을 보다 나는 시선을 저 너머로 돌렸다.

찻잔을 들어 한 모금 머금어 본다. 딸그락거리는 찻잔과 그릇의 소리가 여전히 불고 있는 바람 속에서 또렷하게 들렸다.

멀리서 굽이치는 바다처럼 이 바람들조차도 배경에 불과하다는 듯이. 그리고 나는 이 긴박하고 긴장되어야 할 순간에 놀랍도록 잘 연기하고 있었다. 에일락 반테스의 짙은 기억이 나를 이전의 나와 다르게 만든 까닭이다.

나는 분명히 달라졌다. 그 사실에 가슴이 먹먹해져 온다.

'……감상은 나중에.'

이성이 나를 다잡았다.

양손을 깍지 끼며 미소를 띠었다.

"재미있군요. 그렇다면 제가 무엇을 얻겠습니까? 저는 잠시의 무례함을 경험하고 그 보상을 통해 원하는 정보들. 두 분에게 들을 수 있는 모든 것을 들었습니다. 즉, 더는 보일 패가 두 분에게는 없다는 뜻이지요. 이런 제게 무엇을 제안하시겠습니까?"

"말만 하면 무엇이라도……."

신진권 사장의 제안에 손을 들어 막았다.

"만약 돈, 부, 명예, 여자를 말하는 것이라면 되묻겠습니다. 제가 사장님의 손을 통해 받아야 할 필요가 있을까요?"

곧 둘은 서로 마주 보더니 이내 결심을 한 듯 움직였다.

신진권 사장은 내게 성륜의 지팡이를 요구했다.

"분명한 것은 현실의 우리가 모르는 진실이 new century에 반드시 있다는 걸세. 그러니 현실의 보상이 미흡하다면 그

세계에서 채워 주면 될 터."

돌려주자 그는 끊어진 지팡이의 결을 집고 쭉 당겼다.

"나는 이를 주겠네."

쭉 찢어지는 결이 긴 실처럼 떨어져 나왔다. 그는 이를 둥글게 말았고 자신의 손목시계에 쑥 넣었다. 그리고 차고 있던 시계를 풀어 나에게 건넸다.

성륜을 품은 억대의 시계였다.

"내가 가진 new century의 권한 중 일부를 담았네. 자네는 이를 통해 new century에서 퀘스트를 자유로이 부여할 수도, 또 수정할 수도 있게 되었지. NPC는 물론 플레이어들에게 모두 부여할 수 있으니 진실과 거짓을 판별하고 여행을 하는 데 도움이 될 걸세."

강유나는 보라색 책을 꺼내 페이지의 하나를 쭉 찢었다. 그리고는 나의 정장과 어울리는 중절모를 만들어 주었다.

"내가 나누어 줄 권한은 접속의 자유야. 언제 어디서건 동생은 본래의 캐릭터와 몬스터 플레이어로 접속할 수 있게 돼. 그 출입문은 나에게서 완전히 독립되었으니 이제는 감시하거나 당한다고 의심할 필요가 없어. 이게 나의 최선이야."

"아울러 우리와 한 팀이 되어 주기를 정중히 부탁하는 바이네. 부디 나의 잘못을 용서하고 함께해 주시게."

자리에서 일어난 신진권 사장이 허리를 굽히며 부탁했다. 강유나 역시 가만히 눈을 감고 나의 대답을 기다리는 상황.

물론 나는.

"거절할 수가 없군요."

"그렇다면?"

"잘 부탁하겠습니다."

악수하며 승낙했다. 이것이 나의 꿈을 위한 최고의 선택이니까.

그렇게 모질고도 사건 많았던 하루의 끝에서, 나는 Z&F의 로고가 찍힌 명함과 직함을 받게 되었다.

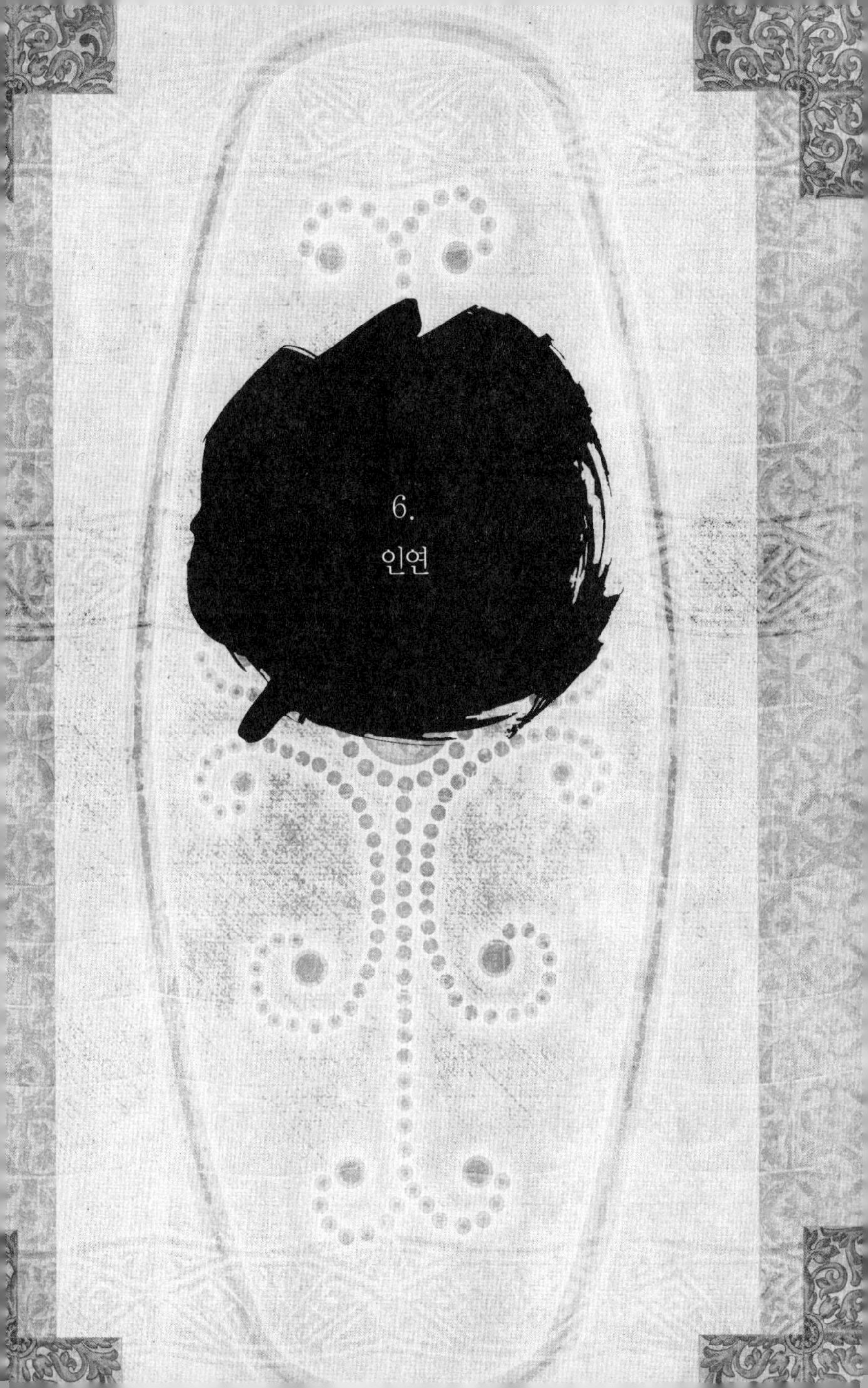

6.
인연

물속에서 듣는 심장 고동처럼 덜컹…… 덜컹…… 거리는 전철.

오후 1시의 여유로움 속에서 빈자리에 앉은 나는 중절모를 눌러썼다.

눈을 감았다. 어둠 너머로 그려지는 기억들.

실로 영화 같고 현실감 없었던 사건들이 조각구름이 되어 떠다녔다. 신진권 사장을 마주하고 한바탕의 난리를 겪은 후 나눈 대화들. 그리고 제안을 받고 이를 수락한 이후의 이야기들까지.

하지만.

'퍼즐이 맞춰질수록 의문과 답답함이 느는 것은 어인 일일까.'

이럴 때면 믿는 종교라도 있었으면 싶다. 그랬다면 큰 위로가 되었을 것이다. 불운과 행운을 신의 시험이자 복으로 여기면 되니까. 지금 내가 처한 상황들에 대한, 용서와 답이 그곳에 나와 있을 테니까.

하지만 종교에 심취하고 믿으며 간절함을 구하기에는 나라는 놈이 너무 세파에 찌들어 있었다. 그리고 에일락 반테스의 삶을 받아들인 지금은 신을 경외하기엔…… 너무도 멀리 와 버렸다.

이용택 관장이 말했었다. 기는 있으나 내공은 없다고.

과거를 회귀하며 오늘에 이른 나는 말할 수 있다.

신은 있으나 천국은 없다고.

억눌린 웃음이 비집고 새어 나왔다.

'아니지. 천국은 있으니까.'

준비된 세상은 있다. 그러나 그곳이

"우리들의 천국이 아니라는 것일 뿐."

마음이 동하며 짜증이 섞인 탓일까.

나직하게 내뱉는 단어에 힘이 실렸다. 주위에서 움찔거리는 것이 느껴졌다. 영문 모를 서늘함에 흠칫 몸을 떠는 승객들을 피해 나는 구석으로 자리를 옮겼다.

후우…….

호흡을 가다듬었다. 몬스터 플레이를 마치고 나서 강유나와 신진권 사장을 상대하며 거듭 힘을 쓴 까닭에 신체가 팽팽하게 당겨진 상태였다. 이를 이완시켜야 사고를 막을 수 있다.

자칫 잘못하면 고양이의 목을 단숨에 꺾어 버리던 이용택 관장처럼 실수를 범할 수 있는 것이다.

'감각이 곤두서면 일상이 힘들구나.'

팔짱을 낀 채 몸을 이완시키고 마음을 가라앉혔다.

그런데 점점 전철에 사람이 많아지더니 여기저기서 수군수군하는 소리가 커지기 시작했다.

대략 들어 보니 유명 연예인의 팬 사인회가 근처에서 한다는 것이었다. 한껏 들뜬 이들의 모습을 보자 이런 게 일상인가 싶어졌다.

그들의 평범함을 듣노라니 긴장의 끈이 절로 놓이기 시작했다.

'그래.'

쉬는 것은 자연스러운 것이다. 쉬기 위해 노력할 필요가 없었다.

나는 그들을 보고 지금을.

이야기와 전철의 흔들거림을 감상하기 시작했다.

조금.

마음이 가벼워진다.

차분해진 마음으로 시야를 넓게 보았다. 눈이라는 창이 허락하는 모두를 담고 흘리듯 감상한다.

눈을 감으면 소리가 들리고 눈을 뜨면 사물이 보였다.

흐름으로 보는 세상. 마력이 넘실대는 그곳. 마력으로 보는 세상에는……

'사람이 없다.'

사람과 그들의 행동이 아닌, 마력과 마력의 상호작용. 인과로서 풀이되는 광경이었다. 저마다의 목적을 가진 작은 행동들. 이로써 요동치는 그 흐름이 내게서 평범하며 새로운 신비를 자아냈다.

발밑을 타고 흐르는 물결. 이미지화된 번개와도 같이 보라색 마력이 요동치다 탁 멈추면 출입문이 열리고 닫혔다.

일렁이는 마력의 세계. 인과의 세상에서는 개개인이 아닌 인간이라는 종만이 존재할 따름이었다. 그 모든 모습은 실로 평범했지만, 나에게만은 새로운 신비로 다가왔다.

그리고 그 신비는 명료하지만.

'진실로 삭막하구나.'

이번에는 시각을 달리해 본다.

호기심을 담고 시야를 좁혔다. 불필요하다 여긴 무의미들을 비운 마음에 채우기 시작했다.

재잘거리는 대화들.

책을 읽고 음악을 들으며 때론 졸기도 하는 사람들. 저들의 작지만 소중한 몸짓이 고요한 심상에 난잡한 흔적을 남긴다. 두서없고 일관성 없는 낙서들이 명료한 시계(視界)를 흩트리자 아웃포커싱 효과를 준 듯 일렁이는 마력들이 배경으로 멀어져 갔다.

이어, 흐름에 지나지 않던 사람이 두드러졌다.

그제야 나는 피부로 평범한 일상이 닿음을 자각했다. 그것은 어제까지 평범하다 여겼던 삶이었다.

그렇다면 지금의 나는 어디에 어울리는 사람일까?

덜컹…… 덜컹……

흔들리는 전철처럼 규칙적으로 움직이는 단상(斷想)들.

'언제고 일탈은 곧 일상이 된다.'

꿈은 꿈일 때 아름답고 동경의 대상은 멀리 있을 때 찬란하게 빛난다.

소풍 전날의 흥분과 기대가 잦은 경험을 통해 희석되어 가듯.

첫사랑의 두근거림이 빛바랜 추억의 일기로 기억 속 낙인이 되듯.

'그렇다면…….'

내가 찾고자 하는 친구. 평생을 함께할 사람 역시도 그런 것일까. 마모되어 가는 감정에 따라 그리 변해만 가는 것일까.

만일 그러하다면 어떻게 사람을 찾아야 할까.

나는 눈을 감았다가 떴다.

해답은 이미 잘 알고 있다.

마력으로 보자면 경계를 가진 사람이다. 세상의 잣대로 보면 자신만의 소신과 주관을 뚜렷하게 가진 사람이면 된다. 간단히 현혹되고 휘둘리지 않을 자신과 자신의 길을 걷는 이면 충분했다.

그 단순한 기준이면 된다.

아울러.

'바라는 만큼 나 역시도 나의 길을 걷고 있어야겠지.'

이기적으로 바라기만 해서 어찌 대화하고 소통할 수 있으랴. 눈높이가 같아야 하고 깊이를 이해할 마음이 되어야 옳을 것이다.

생각을 갈무리한다. 내게서 넘실거리는 마력을 다듬는다. 자신을 스스로 반추하며 거듭 느끼는 사실이지만.

'아직 나는 부족하다.'

그러나 그렇기에 더 나아갈 수 있음을 믿어 의심치 않는다.

⁂

종점에서 시작한 전철.

역을 지날수록 점점 사람들이 늘어났다. 빈자리에 사람들이 앉고 하나둘 서 있는 사람들이 늘어났다. 유명 연예인의 팬 사인회 탓일까, 학생들 탓에 왁자지껄한 분위기다. 그중 뚜벅뚜벅, 구두 소리를 내며 나를 향해 오는 이들이 있었다.

정확하게 나를 향하는 것을 안 까닭은 그들의 기질이 매우 독특했던 탓이다.

'다섯 명.'

반소매 티를 입은 왜소한 체구의 사내.

작은 키에 둥근 안경을 쓰고 있는 조금은 뚱뚱한 여학생.

몇 날 며칠은 밤새워서 피곤함에 절어 있는 중년인.

껌을 씹으며 풍선을 불었다가 짝짝 씹어 대는 날카로운 눈의 소년.

2미터를 훌쩍 넘는 거구. 보디빌더를 연상케 하는 근육질의 선글라스 남자까지.

그들 다섯의 마력은 신체의 각 부분만 외부와 소통하고 있었다. 예를 들자면 머리, 손, 팔, 가슴 등으로만 과하게 흐르며 그 좁은 통로를 통해 마력이 비집고 격한 흐름을 보이는 것이다. 그런 때문인지 단순한 보라색이 아니라, 연보라색, 청보라 색 등 다소 변질한 색깔을 갖고 있었다.

그리고 그들이 다가올수록 차고 있는 시계가 뾰족뾰족하게 마력을 세워서 찌르려는 듯이 반응을 보였다.

나는 저들을 관찰했다.

"실례 좀 하겠습니다."

미어질 듯 많은 사람이 알아서 척척 비켜 주고 내 옆에 앉아 꾸벅꾸벅 졸던 남학생이 알아서 일어나 자리를 비켜 준다. 빛바래고 구겨진 정장의 중년인이 앉으며 안도의 숨을 내쉬었다.

"어휴. 이거 오늘따라 사람이 왜 이리도 많은지, 원…… 샤인걸스라는 걸그룹이 인기가 많긴 많은가 보군요. 이들 때문에 몇 번을 배회했는지. 은인께 이제야 인사를 드리게 되었습니다."

힘이 쭉 빠져서 듣는 사람이 나른해질 정도의 목소리가 귀를 타고 뇌리를 울렸다. 신진권 사장처럼 강한 속박이 아닌, 속삭이는 목소리가 작게 메아리치는 식의 효과를 준다.

"은인?"

"아이고, 저희한테까지 모른 척하실 필요는 없는데요."

짐짓 너스레를 떤 그가 말을 이었다.

"신진권…… 그 망할 녀석한테 낚여서 마구 부려지던 직원들입니다. new century를 나름 통제하고 플레이어들과 NPC들 사이를 보고 스토리를 끼워 넣기도 하고 허드렛일도

하는…… 여기에 머리까지 제법 좋은 전천후 직원이었지요. 아차, 제 소개가 늦었지요? 제 이름은 장환이라 합니다."

그는 나의 손목시계를 가리켰다.

"상현 님께서 신진권에게 타격을 주신 덕에 계약서가 파기되었습니다. 그리고 그 조각마저도 소유하셨으니 이렇게 자유를 누리게 되었지요. 감사합니다. 제 소개를 조금 더 하자면…… 저는 별것 아니지만, 정신계 쪽의 능력을 갖고 있으며 텔레파시를 통한 환각을 보일 수 있습니다. 이곳처럼 팬 사인회라는 공통된 주제가 있을 때에는 대규모 환각도 가능하지요. 뭐~ 평소에는 그다지 쓸모없는 수준에 불과합니다."

어쩐지.

"능력자가 온전히 걸어 다닌다 했더니만, 역시 한계가 있군요."

"그렇지요. 그래도 감사한 일입니다. 만성피로에 시달리긴 하지만, 고작 그 정도일 뿐이니까요. 그나저나……."

그는 말을 뚝 멈추고는 사람들을 경이롭게 보다가 이내 놀람이 가신 눈으로 평범하게, 이윽고 무덤덤하게 보았다. 자신의 환각에 취해 말하고 떠드는 이들. 또 새로이 타는 이들까지 환각 상태로 만들던 장환이 말했다.

"사람들이 참 많군요. 참으로 많아. 이렇게 보고 있자니 참 기계적이고 부품 같다는 생각이 들지 않습니까? 열리고 닫히고, 나가고 들어오고, 읽고 쓰고, 듣고 보고, 바쁘게 걷고 또 어딘가를 향해 가는 모습이. 필요하고 원하고 채우고…… 감옥을 나왔는데 어째 조금 넓어진 감옥에 있는 것 같군요."

"아메리카 속담에 '그 사람의 모카신을 신고 1마일을 걸어 보기 전에 그 사람을 비난하지 마라.' 는 것이 있습니다. 당신은 어떻습니까?"

그는 움찔하더니 빙긋이 웃으며 고개를 끄덕였다.

"망할 전 주인에게서 들은 바에 따라 알고 계시겠지만, 저희의 진정을 보일 겸 소개를 올리겠습니다."

두 손을 공손히 모으며 꾸벅 인사를 하는 장환. 그는 그 자세 그대로 한 사람씩 가리켜 보였다. 꽤 특색 있는 이들의 조합이고 사람들의 이목을 끌만도 한 목소리였지만 칸 내의 누구도 신경을 쓰지 않았다.

모두 샤인걸스라는 그룹에 대한 대화를 열심히 하고 있을 뿐이었다.

반소매의 왜소한 사내가 고개를 숙인다.

"저는 가속의 능력을 가진 이계원이라 합니다."

그의 마력은 손끝에서 실타래처럼 풀려 나와 사람들의 귀에 접촉하고 있었다.

"순간 가속을 통해 속도를 높일 수 있습니다. 보다시피 양팔을 쓰지 못하는 대신 달리는 속도가 매우 빠르지요."

어깨를 흔들자 힘없이 덜렁거리는 그의 팔이 인형처럼 흔들렸다.

장환의 설명 이후 뿌옇게 보일 정도로 탁한 마력을 가진 여학생이 시선조차 마주치지 않으며 말했다.

"손향이라고 불러 줘, 총각. 아니…… 살려 줘요."

"영매 능력과 교감 능력을 가진 그녀는 격이 높은 이를 매우 두려워하지요. 나이는 16살인데 대부분 48살이라 믿고 있고 행동이나 말투 역시 들쑥날쑥합니다. 아무쪼록 이해해 주시기를. 역시나 능력은 미약하여 거짓말 탐지기 정도뿐이 보이지 못합니다."

뒤이어 껌을 씹고 있던 소년. 두 볼에 가득 츄잉 껌처럼 마력을 씹어 대던 그는 수첩을 꺼내서 이름 석 자를 써 내게 보였다.

"이름은 송원중. 나이는 12살이며 예지 능력을 갖고 있습니다. 다만, 말을 못 하고 심각한 난청이지요. 예지 능력 역시 무의식적으로 보는 수준인지라…… 한마디로 운입니다. 운 좋으면 필요한 걸 보고 아니면, 가다가 동전 줍는 정도를 볼 수도 있지요."

마지막으로 두 눈으로 마력을 받아들이는 선글라스의 거구 사내가 어눌한 발음으로 크게 소리쳤다.

목소리라기보다는 짐승의 울음 같았기에 알아들을 수가 없을 정도다.

"중배 씨는 강화 능력자로서 저희 중에 가장 강하고 그 힘을 최고 다섯 배까지 급증시킬 수 있습니다. 곰과 힘겨루기를 해서도 대등하게 싸울 정도지만, 두 눈이 보이지 않고 발음이 모두 부정확한 게 문제지요. 그리고 저희 중에 지능이 가장 떨어집니다."

"어느 정도입니까?"

"한심하게도 IQ110밖에 안 됩니다."

"……."

그렇게 소개를 모두 마치고 물끄러미 나를 보는 장환에게 물었다.

"내게 바라는 것이 있습니까?"

"보셨다시피 나름의 능력이 있습니다. 상현 님의 번거롭고 하잘것없는 심부름들을 얼마든지 할 수 있는 인력들이지요. 우리를 거두어 주시겠습니까?"

"조건은?"

가만히 그를 보자 장환이 마른 입술을 혀로 훑었다.

"이블린 윈슬릿. 그녀를 완치시켰다 알고 있습니다. 저희에게도 그 치료를 해 주실 수 있으신지요."

"방법을 모릅니까?"

그가 어색하게 웃었다.

"계약에 얽매인 자들은 신진권의 말에 무조건 복종하게 됩니다. 그렇기에 가장 먼저 정보를 접할 수 있게 되지요. 하지만, '체감도 100%를 만들어 new century와 현실의 벽을 무너뜨리면 된다.'는 것과 그 최소 조건이라는 것은…… 알면서도 실천할 수 없었습니다."

"분명히 알려 줬습니다만."

"그야 그렇지요. 하지만 최소, 지혜 수치가 5,000이어야 길이 보일 거라니요."

맥 빠지고 지쳤다는 그의 반응에 나는 어깨를 으쓱해 보일 뿐이었다.

강유나와 신진권의 선물을 받으며 알려 준 방법이 과연 그러했었다. 더 상세하고 자세한 설명을 바라는 그들에게 모르쇠로 일관하고 나와 버렸고 말이다. 신진권이 그토록 좋아하는 계약 조건, 방법을 물어본 딱 그만큼만 알려 주는 식으로.

만약 성륜에 손상을 가하며 힘의 우월을 보이지 않았다면 정말 '죽자' 고 달려들 수도 있었겠지만 이미 충분히 겁을 먹은 상태였기에 신진권 사장은 자신을 숙일 수밖에 없었다.

그런데 일을 대충 마무리 짓고 나니 이번에는 엉뚱한 이들이 내게 손을 내밀고 있는 것이다. 신진권의 말에 따르면 '기르던 개' 들이고 달리 보면 '배부른 희생자' 들이.

'한숨 나오는군.'

이들이 나를 찾은 이유가 무엇일까. 확인차 물어보니, 아니나 다를까.

"신진권 사장이 여러분을 놓아준 겁니까?"

"물론 아닙니다. 그가 상현 님의 정보와 패배 때문에 혼란스러워할 때 계약이 파기됨을 알고 탈출했지요."

"자유로워지고 싶었다면 이미 그 뜻은 이룬 거 같군요."

"신진권의 눈을 피해 누릴 수 있는 자유는 한계가 있습니다. 그것은 '자유' 가 아닙니다."

역시나였다.

장애가 있긴 하지만 지능이 크게 뒤떨어지는 것은 아니다. 얼마든지 세상에 어우러져 살 수 있고 특수한 능력도 있으니 오히려 어떤 면에서는 낫다고 할 수 있을 것이다. 그런데 IQ110이 한심하다며 이렇게 나를 찾아와 하고 있는 말을 듣고 있노라니.

'어찌 이리도 닮았단 말이냐.'

희생자를 자처하는 이들인데 신진권 사장의 아류와 마주한 느낌이 들었다. 역시나 들끓는 것은 욕심이고 욕망이었다.

좋아하면 좋아하는 대로, 싫어하면 싫어하는 대로 그 대상을 닮아 가는 것이 사람일까.

그러나 여기서 처리할 수는 없었다. 성륜과 겁륜이라는 대립 구도에서 하나를 더 끼워 넣어야 했으니까.

'빈센트 일행을 끌어들인 이유가 여기 있지.'

체감도 100%와 지혜 5,000이라는 조건. 이 중에 그나마 현실성 있는 것이 무엇일까.

체감도와 지혜를 올릴 수 있는 수단은?

손쉽게 찾을 수 있는 대안책은 바로 태진이가 된다. 그가 가진 겁륜의 효과가 체감도 조절이었으니까.

즉, 태진이를 향해 지금까지의 미온적인 대처가 아닌 제대로 된 강유나와 신진권 사장의 공격이 이루어질 것이라는 사실이었다.

'본래는 이걸 내가 방해할 생각이었지만.'

물론, 90과 100은 다르다. 그뿐만 아니라 99와 100의 차이도 단 1의 체감도이지만 그 결과는 하늘과 땅 차이가 된다. 바로 100의 체감도가 아닌 이상 절대로 현실의 몸에 new century의 능력을 끌어오지 못하는 까닭이다. 괘종시계의 종소리가 정각에 울리는 것처럼, 현상은 반드시 그 임계점을 돌파해야만 일어나는바.

만일 태진이가 능력을 발휘한다면 그것은 신진권 사장의 페이엔탈과 같이 성륜의 효과일 뿐, 나처럼 육체 자체가 강화하는 것이 아니라는 뜻이 된다.

"만일."

그렇기에 목표를 분산시키며 서로의 목적에 따라 목표가 될 수 있는 이들. 직접 나설 수 없는 나를 대신해 이 게임이 영원히 끝나지 않도록, 전면에 나서서 삼파전, 사파전을 만들어 갈 이들이 필요했다.

Z&F 내부에서 결정적일 때 내가 방해를 한다. 그리고 대표적으로 이용택 관장 일행. 빈센트 일행. 겁륜, 성륜의 사파전을 유지하게 시키는 것이다.

헌데, 여기에 엉뚱한 녀석들이 끼어들었다.

"여러분이."

만일 이들이 신진권 사장과 힘을 합친다면 여기서 내 손에서 처리해야 옳을 것이다. 자기 복제를 통한 능력에다 강유나의 든든한 지원을 받는 그들의 우세가 당연할 정도니까.

그러나 짧은 대화로 보건대 동족혐오에 가깝다. 이들에게 그럴 가능성은 조금도 보이지 않는다.

즉, 이들에겐 말이 필요 없다.

"그와 같다면."

빙긋이 웃어 보인다.

"거짓을 말하고 있겠군요. 그리고……."

"예? 그게 무슨 말이십니까?"

"맞아야 정신을 차릴 테고 말입니다."

"……제길, 피해!"

삽시간에 표정이 싹 변하는 장환.

나는 반소매 사내, 이계원의 손을 쥐어 당긴 뒤 나의 왼 손목을 뒤집었다. 시계로 그의 손목을 찍은 것. 그러자 예리하게 치솟은 마력이 쑥 파고들어 가며 그가 감전된 것처럼 몸을 떨었다.

이에, 수첩을 들고 있던 소년, 원중이 눈을 동그랗게 뜨고는 소름 끼치는 비명을 질렀다.

"끼-아-아-악-!"

고주파의 음파가 고막을 흔들고 전철 유리창에 금을 쩍쩍 가게 하였다. 윙윙거리는 울림에 승객들이 귀를 움켜쥐고 바닥을 나뒹군다. 눈살이 절로 찌푸려지는 소음에 소년의 벌린 입을 막고는 그대로 뺨을 후려쳐 잠재웠다.

뺨 가운데에 찍히는 시계 자국.

옆을 보자 눈을 굴리며 주춤 물러서는 손향이 있었다. 그녀 역시 손을 뻗어 움켜쥐는데.

"허."

나의 손이 허공을 짚는 것이 아닌가.

일순간 그녀의 팔이 유색 투명해지며 공기를 짚는 것처럼 된 까닭이었다. 그녀는 영매가 아닌 투명화 능력을 갖고 있었다.

헛웃음이 절로 나왔다. 이거야말로 신진권 사장의 판박이가 아니란 말인가. 말로 속이고 행동으로 속이고 뒤집어 보면 정말 다르다.

"웃기는군."

순간 마력을 응용하여 환혼력을 이끌어 냈다. 1에 불과한 미약함이지만 그 이질적인 한기가 잡히지 않는 그녀의 팔을 꽉 쥐었다. 손향이라 자신을 소개한 여학생에게 시계 도장을 찍어 주는 것으로 마무리.

그러나 여기서 끝이 아니었다. 뒤를 보자 뜨거움이 일은 까닭.

선글라스를 벗은 석중배, 그의 눈에서 안광처럼 불길이 뻗어 나온 것이다. 나는 피하면 전철에 불이 옮겨 붙을 것 같았기에 환혼력으로 정면 대응했다.

일렁이는 한기에 불길이 잠재워지고 내가 다가갈수록 그가 물러났다. 그럴수록 삽시간에 쪼그라드는 석중배의 몸이 이색적이다.

"빌어먹을. 내가 이딴 방법 쓰지 말자고 했잖아!"

우렁우렁하던 목소리는 어디 가고 정확하게 발음하는 그. 그러자 뒤에서 익숙한 파동이 확 하고 내 등을 덮쳐 왔다. 오른손을 쥐어 팔꿈치를 뒤에 내지르자 무언가가 팍! 충돌하고 흩어진다.

"제…… 젠장. 저건 괴물이군."

바람의 탄환. 그곳에는 양손을 뻗고 있는 장환이 있었다.

"당신은 염동력자였군요."

앞에서 버티고 있는 석중배의 명치를 쳤다. 시계로 인을 새긴 뒤 뒤를 보자 장환이 바람 빠진 웃음을 흘리며 땀을 삐질삐질 흘렸다.

"그, 그게 말입니다……."

"여러분을 보니 제가 신의 아들이 아닌가 하는 착각이 듭니다. 벙어리를 말하게 했고 눈 감은 자를 눈 뜨게 했으며 정신 나간 자를 온전케 하지 않았습니까?"

"사, 사실은……."

눈을 이리저리 굴리며 무어라 변명하려는 그에게 다가가 손에 시계 도장을 찍었다. 곧, 이를 통해 저들과 시계, 성륜을 오가는 마력의 끈이 느껴졌다. 성륜의 일부인 탓인지 완벽한 통제까지는 아니지만, 어느 정도 속박은 이루어진 것이다.

이것이면 되었다. 그들의 목적은 알고 있으니까, 목줄을 채웠으니까.

단지 엄하게 피해를 본 사람들에게 미안할 뿐이었다.

"으으……."

"귀가…… 아아……."

다행히 죽은 사람은 없었다. 나는 옆 칸으로 이동하고 가능한 한 조용히, 중절모를 눌러썼다.

소란이 있었으나 1분도 채 되지 않는 시간에 끝냈다. 사람들이 대처하기보다 먼저 빠져나온 것이니 다소 안심이 된다. 여차하여 이슈가 된다면 강유나의 힘을 빌려 지워 버리면 그만이기도 할 것이고.

나는 역에서 기다리던 이들과 다른 칸에 있던 이들이 망가진 칸을 보며 놀라는 모습을 뒤로했다.

"거참."

우연인지, 인연인지. 일을 처리하고 역을 빠져나오자 예상외의 인파가 쫘악 펼쳐져 있었다. 바로 '샤인걸스'의 대형 브로마이드가 커다랗게 걸려 있는 백화점이었다.

유명 연예인의 팬 사인회.

TV에서나 접했던 일이었다. 과거, 흥청망청 놀 적에는 관심 둘 필요가 없었고 나이 들어서는 먹고살기 어려워 콘서트나 가수를 찾아볼 여유를 갖지 못했으니 말이다.

그러니 대문짝보다도 큰 사진을 보면서도 나는 별다른 감흥이 없었다.

'샤인걸스?'

전혀 모르는 가수다.

그때 전철이 임시 정차하고 사람들이 웅성거리는 소리가 언뜻 들려왔다.

"야. 저기 봐. 저 칸!"

저마다 다른 소리와 그림들이 연상된다.

"세상에! 사람들이 쓰러져 있어!"

"유리창에 금 간 거 봐, 어머!"

일단의 무리는 놀라는 한편, 저마다 휴대폰을 들고 카메라로 찍는 이들. 호기심 가득하나 책임 없이 말하고 관람하고 있었다.

"왜 저곳만 그러지? 아저씨는 아세요?"

"글쎄, 언제 저렇게 됐지?"

"옆 칸에서 일어난 일인데…… 희한하네. 전혀 몰랐어."

의문을 품고 내리는 사람에게 묻는 이들이 있었다. 호기심에 관심이 더해졌으나 마찬가지로 책임이 없었다. 묻기만 하고 제기는 하지만 결단코 나서지는 않는다.

'구경꾼들.'

흔하디흔하고 평범한 이들이었다.

그러나.

“뭐해요! 빨리 119 불러요!”

“괜찮으세요? 이봐요!”

나름대로 구급 조치를 하고 다가가는 이들. 발을 동동 구르며 방법을 찾는 이들이 있었다. 상황을 해결하고자 하고 발 벗고 나서는 그들을 보며 내 자리를 돌아보았다.

나는 조명과 카메라가 모여드는 중심을 피해 백화점 바깥으로 나갔다.

참가자는 관찰당한다. 그것이 세상이건 new century건 움직이는 자는 드러나게 마련. 이 때문에 나는 뒤에서, 아주 뒤에서 관찰하는 이가 되어야 했다.

지금의 내게는 눈이 있다. 힘도 있다. 볼 수 있고 바꿀 수가 있었다. 나약하고 절망했던 과거와는 달리, 지금은 분명히 나서며 기적 같은 일상을 살아갈 수 있음을 잘 안다.

그러나 가장 중요한 것이 없었다.

‘나의 위치는 구경꾼이어야만 한다.’

저곳은 나처럼 new century의 능력으로 만들어진 가짜가 아니라 진짜들이 살아가는 일상이다. 방관자는 그저 이 게임이 끝나지 않기만 바랄 뿐.

나는 이미 실패한 삶을 살았었고, 에일락 반테스와 같은 삶을 살아갈 용기가 없었다. 그의 깨달음을 만끽했지만, 그처럼 훌훌 벗어 던지고 떠날 그릇이 아니었다.

난 말이다. 미련이 매우 많다.

죽고 싶지가 않다. 아픈 것도 싫다.

그렇기에

"살아야겠다."

이를 위해 온 힘을 다할 따름이다.

그러다 여력이 되면 남을 돕고, 하루를 보내다 친구와 술잔을 기울이고 싶을 뿐이다. 나를 믿고 기다려 주는 가족까지 있어 준다면 더 바랄 것이 없다. 지독한 가난도 혐오스럽지만, 지금처럼 환장할 만큼의 돈도 부담스럽다. 그러니 회귀 전의 기억에 따라 딱 그만큼만 투자하며 사는 것이 아니겠는가.

나는 천천히 걸음을 옮겼다.

◈ ◈ ◈

백화점 정문과 뒤편의 배경은 실로 대조적이었다.

인구가 밀집되어 있다는 것은 상대적으로 다른 길이 한산하다는 것이 된다. '과연' 이라는 소감이 절로 나오리만큼 백화점 뒤편은 한적했다.

"여기냐? 근데 사인회가 뭐 이래?"

"아니. 정거장을 잘못 알았나 봐."

"에이! 얼른 찾아가자고!"

활력 없는 거리에 일단의 무리가 정문을 향해 종종걸음을 하고 있었다. 나는 피식 웃어넘긴 채 중절모에 관심을 뒀다.

'이 모자가 가히 최신형 컴퓨터나 다를 바 없었지?'

강유나에게 선물 받은 접속기. 인증받은 사람만 사용 가능한 모자를 꾹 눌러쓰자 왼쪽 눈으로 다른 풍경이 겹쳐 보이기 시작했다. 마치 영화 속에 나오는 사이보그가 대상을 분석하듯 컴퓨터 창이 뜨고 각기 new century의 접속과 일반 컴퓨터 기능이 뜬 것이다.

그녀에게 배운 사용법은 참으로 난해했다.

new century에서 언어 해독을 하던 것처럼 이미지를 정확히 각인시키고 정신을 나누어 다루는 방법인 까닭이다. 그녀는 이를 통해 여섯, 일곱 개까지 분할시켜 이미지 전송, 손을 통한 통제, 음성인식을 통한 제어 등등을 복합 적용하는 모습을 보여 주었으나 나로서는 어안이 벙벙할 따름이다.

'줘도 못 해.'

슈퍼컴퓨터가 있건 구닥다리 컴퓨터가 있건 컴맹에게는 그저 똑같은 컴퓨터일 따름.

그러니 난 내식대로 쓰겠다.

키보드와 마우스를 불러내서 보통 컴퓨터를 다루듯이 사용하는 방법.

확실히 새로운 이미지를 각인시키는 것보다는 경험으로 익숙해진 키보드와 마우스라는 입력방식이 내게는 한결 편하고 부담이 없었다.

'기왕 켠 김에 샤인걸스에 대해서도 알아볼까?'

사람들이 저런 관심을 보이는 데에는 이유가 있을 테니 말이다. 나는 가볍게 찾아보기로 했다.

다만, 문제는 다른 데 있었다.

'여기서 검색했다가는 이상한 사람 취급받겠어.'

나야 이미지가 망막에 투영되고 뇌리에서 논다지만, 남들이 볼 때는 허공에 대고 손을 움직이고 열심히 검색하는 모양새가 되니 말이다.

"팬터마임도 아니고."

적당히 이목을 피하고 검색해야겠다 생각하고 앉을 만한 곳을 찾을 때였다.

"저기요."

"……?"

"저기, 물어볼 게 있는데……."

누군가가 뒤에서 나를 부르는 것이 아닌가.

돌아보았다.

15살쯤으로 되어 보이는 쇼핑백을 든 한 여학생이었다.

'얘도 능력자?'

아무래도 전철에서의 사건이 있었던지라 마력을 점검하게 된다. 그러나 이 여학생은 다른 사람들과 똑같은 흐름을 보이고 있을 뿐, 조금도 다른 것이 없었다.

"무슨 일이시죠?"

"저기…… 그게 말이죠."

성큼 다가온 그녀.

팔에 스칠 만큼 가까이 붙더니만 밝게 웃으며 말했다.

"짠! 복주머니에 가득~ 복 담아 가세요~!"

팔짱 끼듯 다가온 여학생의 쇼핑백. 그곳에는 천 원, 오천

원, 만 원권 지폐들과 어딘가에서 흔하게 보고 걸려 있는 복(福) 자가 쓰인 양산품 주머니들이 담겨 있었다.

아, 물건 팔러 왔구나.

"……."

"……."

상상도 하지 못했던 상황이라 가만히 보고 있었다.

'그러고 보니 전철에서 떡이나 CD 파는 사람도 보지 못한 것 같고…… 음?'

말없이 주고받는 시선 속에서 무엇을 느낀 걸까.

"쳇."

가볍게 아쉬움에 소리를 낸 여학생이 미련 없이 돌아가는 것이었다. 그리고 저만치에서 누군가를 보고 기분 좋게 뛰어갔다.

한눈에 보기에도 휴가받고 나온 군인. 주위를 두리번거리며 무언가를 찾는 그에게 다가가 나에게 한 것처럼 말했다.

군인이 머쓱하게 뒷머리를 긁적인다.

잠시의 대화가 지나고…… 저만치 걸어가는 군인의 주머니에는 복주머니가 들어갔고, 다른 사냥감을 물색하는 여학생의 얼굴엔 승리의 미소가 어려 있었다. 그녀는 또 다른 대상을 찾았다. 고개 숙이고 아는 조금은 어수룩하게 보이는 남학생이다.

만만해 보이고 살 것 같은 대상을 향해 돌진~

이를 보는 내게서 절로 웃음이 나왔다.

'마력을 제대로 갈무리하긴 한 모양이네.'

나 역시도 만만하게 보였으니 다가왔을 터다.

"어디 보자."

왼쪽 눈에 투영되던 접속 기능을 종료한 나는 모자를 벗고 잠시 오후의 바람과 하늘을 보았다. 6월 중순의 햇살과 바람이 가볍게 지나고 깊이 마신 매연 섞인 공기가 숨과 함께 토해져 나온다.

나는 마력을 뿜었다가 갈무리하고 그 정도와 농도를 다시금 조절해 보았다. 그렇게 잠시 있는 내게 또 다가오는 기척이 느껴졌다.

"저기, 혹시……."

마침 마력을 갈무리했던 터라, 또 다른 학생이려나 싶었다. 이번에는 사주겠노라 생각하며 돌아보는 나.

"무슨 일이시죠?"

그런데 뜻밖의 사람이 그곳에 서 있었다.

"상현 오빠, 맞죠?"

"너는……."

성숙한 매력. 평범한 교복조차 훌륭한 디자이너가 맞춤디자인을 한 것인 양 느껴지게 하는 미모. 동영상 하나만으로 이슈를 만들 매력의 소유자이자 기타를 들면 삽시간에 주위를 빨아들이는 귀여움과 음악성까지 두루 가진 예비 연예인.

"현화구나."

태진이의 동생. 김현화였다.

순간, 느슨해졌던 긴장의 끈이 확 조여지며 나의 마력이 잠시나마 들끓었다.

그리고.

"아, 맞구나. 아닌 줄 알고 가슴 졸이고 있었거든요. 다행이다."

그 속에서 평범한 여학생인 현화는 태연히 웃고 있었다.

◈ ◈ ◈

"현화야~"

그녀의 뒤로 달려오는 이가 있었다. 훤칠한 키에 현화의 미모에 조금도 뒤지지 않는 여학생이었는데, 현화가 청순함과 귀여움이라면 그녀는 건강하고 생동감이 통통 튀는 매력을 갖고 있었다.

"갑자기 뛰어가면 어떡해?"

"아, 미안. 아는 오빠를 만나서 말이야."

"누군데 갑자기…… 어? 아, 안녕…… 하세요."

어깨를 탁 치며 대화하다가 내 눈을 보고는 깜짝 놀라는 그녀.

맞다. 저런 반응이 일반적이다. 전철에서 사람들이 나를 피했듯이 작게 일렁이는 마력이 이질감을 갖고 뻗어 나갈 때, 보통의 사람은 놀라고 경각심을 갖게 된다.

헌데.

'넌 왜 태연한 거지?'

나는 다시 김현화를 보았다. 태진이의 동생이라는 이유를 빼고서는 아무것도 특징이 없었다. 마력의 흐름 역시도 크게 다를 바 없고 보통의 사람처럼 흐르고 있었다.

그런데 왜 놀라지 않는 걸까.

'오히려 편하게 여기는군. 가만…… 편하다면?'

순간 이해가 된 나는 호흡을 가다듬으며 잠시 놓쳤던 마력을 갈무리했다. 그때 내 예상과 꼭 들어맞는 대화가 작게 들렸다.

현화의 뒤에서 속삭이는 그녀.

"야, 저 오빠 누구야? 태진 오빠 화났을 때랑 비슷해……."

"우리 오빠랑 제일 친한 오빠거든. 그래서 닮았나 봐."

그랬다. 편하게 여기려면 별 피해를 주지 않을 정도의 수준이거나 '익숙한' 경우에 그렇게 된다. 때문에, 완벽한 일반인인 그녀가 나의 마력에 태연하다는 것은 자주 경험하고 나름대로 내성이 생겼노라 유추할 수 있었다.

여기에 태진이의 겁륜 효과가 체감도 조절임을 참작하면 녀석은 현실에서도 new century의 힘을 겁륜을 통해 사용할 수 있다는 뜻이 된다.

'괜찮은 정보군.'

하지만 중요한 것은 정보가 아닌 지금 닥친 이 상황이다.

신진권 사장만큼이나 내가 반드시 피해야 하는 이가 태진이인데 이렇게 그의 동생과 마주하게 되다니. 상식적으로 달라진 내 몸을 이해할 수 있도록 피해 다녀야 했는데 뜻밖의 장소에서 뜻밖의 모습으로 보게 된 것이다.

'하는 수 없지.'

되도록 평범하고 자연스럽게 헤어지는 방법밖에 없었다.

후일 태진이가 듣더라도 그냥 '그때 만났었어.' 라는 정도로 넘어가게 말이다.

태연하게, 익숙하게, 평범하기를 되뇌며 손을 내밀었다.

"여기서 만날 줄은 생각지도 못했는데, 반갑다. 아참, 태진이 친구인 상현이라고 해요. 친구분은 이름이?"

"아, 예? 저는 같은 소속사 친구인 강나영이라고 합니다."

청한 손을 맞잡으며 딱딱하게 소개하는 나영을 보고 또 아차 싶었다.

'대체 요즘 애들은 어떤 식으로 인사를 하기에 저러는 거지?'

만나면 통성명하고 명함이나 악수를 하는 게 보통 아니겠는가. 그런데 이런 내 상식과는 많이 다른 세태인 것 같았다.

'바로 말을 놓고 편하게 대했어야 하는 건가? 알 수가 없군.'

여하간 그녀와는 첫 단추를 잘못 끼운 마당이니 나는 바로 대상을 바꾸기로 했다.

"현화야, 여긴 무슨 일로 온 거니?"

"오늘 샤인걸스 언니들이 팬 사인회하고 무대도 갖잖아요. 나영이랑 저도 언니들 구경하고 오늘은 일일 VJ가 돼서 서로 찍어 주는 겸~ 겸사겸사 왔어요. 오빠는요?"

"나야 집에 가던 길이었지. 사람들이 엄청 모여 있기에 호기심에 구경 왔다가 너무 많아서 그냥 가던 중이었어."

"언니들이 요즘 대세거든요."

"모인 사람들만 봐도 알겠더라."

적당히 응수하며 물었다.

"참, 태진이는 잘 지내지? 하긴, 워낙 멋진 녀석이라~"

현화가 빙긋이 웃었다.

"네. 안 그래도 오빠가 상현 오빠 얘기를 굉장히 많이 했었어요. 학교 그만두고는 봉사하고 공부하고 있다면서요?"

'그런 식으로 둘러댔던가?'

그래도 나쁘지 않게 포장했으니 다행이다 싶었다.

"그냥 그렇지, 뭐."

나영이 손뼉을 치며 고개를 끄덕였다.

"아~ 그 오빠가 이 아저씨…… 오빠였어?"

아저씨 맞는데 괜히 미안해하며 말을 바꾸는 그녀였다. 이윽고 다시 슬쩍 현화의 뒤에서 소곤소곤 얘기하는 나영.

"응."

"우와…… 진짜 듣고 생각했던 이미지 딱 그대로다. 진짜 어른 느낌, 딱."

"상상했던 거랑 똑같아서 딱 알아볼 수 있었다니까?"

"예전엔 안 저랬어?"

"어? 어…… 아마 안 그랬을까?"

"응? 무슨 말이 그래?"

"사실 나도 잘 기억이 안 나거든."

"대충, 장면 3에서 길가다가 신문 보는 엑스트라 15가 신은 구두 정도의 비중?"

"……아마?"

"헐~ 진짜?"

"……아닌가?"

"하나만 해, 하나만."

뭐라 할 말이 없어서 가만히 보고는 있었는데, 언제부턴가 이 대화에 내가 없어진 것 같은 느낌이 드는 이유는 왜일까. 아무래도 마력을 너무 갈무리한 부작용인 것 같았다.

그래도 말이다.

그런 대화는 내가 없는 곳에서 해야 하지 않을까 싶다만…….

⁂

- 와아아아!

- 사랑해요! 샤! 인! 걸! 스!

육중한 음향이 떵떵 울렸다. 앞에서 뒤, 옆에 이르기까지 열광적인 사람들이 가득하다. 생전 처음 듣는 노래가 중간에 나오다가 살짝 박자가 남노라면, 나는 조용히 묻는다.

'또냐?'

미리 짜고 온 걸까? 군대라도 다녀왔나?

정확하게 딱딱 맞아떨어지게 외친다.

- 달빛 공주 소희!

- 꺄아아악! 가희 언니!

전부 하나 되어 가사를 외치는 소리!

함성과 비명이 섞이며 백화점 앞에 펼쳐진 작은 무대는 어느새 TV에서나 봤던 콘서트가 되어 있으니, 이곳은 그야말로 내가 알지 못하는 신세계였다. 더군다나 내가 있는 자리는 앞에 샤인걸스라는 여자들 이마에 땀이 맺힌 모습까지 보이는 위치였으니.

'카메라도 좌우에서 마구 돌아다니고.'

실황을 담는 것인지 한 리포터가 말을 하다 무대를 찍었다가를 하는 모습도 보였다.

그때 깡충깡충 뛰며 열심히 호응하던 현화가 무어라 말했다.

무지막지한 음향과 함성에 묻혀서 들리지도 않아 되물으니 그녀가 엄지손가락을 척 들어 보이는 것이 아닌가. 말은 못 들어도 웃고 자부심 있는 얼굴을 보니 아무래도 '최고이지 않나요?' 라고 물은 것 같았다. 나 역시 웃으며 손가락을 들어 보였다.

그러자 만족한 듯이 다시 무대를 보는 그녀다.

옆에 있는 나영은 어느덧 내 손을 들고 함께 열렬히 뛰고 있었다.

열정의 불이 그대로 느껴질 정도의 모습에 나는 절로 웃음이 나왔다.

'거참.'

새롭지만 기분 좋은 낯섦이었다. 어쩌다 여기까지 오게 되었던가.

웃음 너머로 생소한 악기의 멜로디가 떠다니기 시작했다.

마력을 갈무리하자 한참을 딱따구리처럼 대화하는 나영과 현화였다. 가볍게 시작해서는 주위의 아는 오빠들까지 훑으며 대화하는데, 솔직히 나로서는 공감이 전혀 되지 않았다. 어디서 웃어야 하는지 타이밍도 모르겠고 무언가 코드가 굉장히 달랐던 것이다.

회귀 이후 전혀 느끼지 못했던 세대 차이가 물씬, 아주 짙게 느껴졌다. 살아온 세대가 다른 것은 아니지만, 내 사고방식이 보수적이며 고리타분한 것과는 달리 그녀들에게는 걸림없고 거침없는, 좋게 표현하자면 자유분방하지만 나쁘게 말하면 다소 가벼운 언행이 입안에 맴돈 까닭이다.

게다가 또 하나가 있었으니, 보지 못한 가요와 안무, 알지 못하는 연예인과 드라마의 이야기가 그것이었다. 내게는 그저 스치는 가십거리이고 별 웃기지도 않는 남의 사생활인데 그것이 그녀들에게는 꽤 중요한 것 같았다.

'남의 애정사가 왜 저리도 궁금한 걸까?'

하긴 사인받자고 예까지 모여든 인파도 이해 불가지만 말이다.

나는 잊혔던 존재감도 일깨우고 이만 헤어질 겸 물어보았었다.

"그보다 너희, 샤인걸스를 만난다고 했던 거 같은데 이렇게 있어도 되는 거니? 사인회는 곧 시작할 것 같은데?"

이제 갈 길 가거라, 안녕~ 이라는 순서를 예상하며 던진 물음이었다.

헌데 깜짝 놀라며 손뼉을 치는 것이 아닌가.

"참! 오빠도 사인받으려고 하셨다면서요? 그럼 같이 가요!"

"내가?"

'언제?'

현화에 이어 나영이 말했다.

"우리랑 가면 저렇게 줄 안 서도 돼요. 이게 인맥이란 말~씀!"

"어? 아니, 난 굳이 필요가……."

서슴없이 내 손을 쥐더니 잡아끌기까지 한다. 이성이 아닌 동성이나, 무슨 인형을 대하는 것 같았다. 전혀 사심이 없이 친하게 여기는 것이다.

"에이. 걱정하지 마시라니까요~"

"부담 가지실 거 없어요. 고작 싸인 하난데요, 뭘~"

친근하게 다가오는 여자들이었다.

'마력 때문인가?'

마력의 갈무리는 존재감을 잊게 하였다. 반대로, 경계를 뚜렷하게 그리거나 요동치게 하면 사람들은 매우매우 놀라거나 꺼리게 된다.

그런데 첫인상 이후 확 마력을 줄이자 그녀는 나를 매우 친근하게, 부담 없이 여기게 되었다.

'스톡홀름 신드롬 같은 효과라도 일어난 건가.'

명확하지는 않지만 비슷하지는 않을까 생각했다. 분명한 것은 마력의 변화가 심리에 작용했다는 사실.

"가는 거죠?"

"아, 알았다."

답하자 나영이 웃으며 사근사근하게 물어왔다.

"그런데 오빠, 태진이 오빠 절친이라면서요?"

"그렇지."

이에, 대뜸 눈을 초롱초롱 빛내며 물어오는 그녀.

"태진 오빠는 뭐 좋아해요?"

바짝 붙어서 유혹적으로 보는 것이 꼭 고양이를 보는 것 같았다. 통통 튀는 매력이 참으로 연예인 지망생다웠지만 나는 이미 강유나의 마력적인 매력을 수차례 경험했던바.

이런 애교에는 충분히 익숙해져 있었다.

"어쩐지 잘해 준다 했더니만 딴 데 관심이 있었구나."

웃으며 손가락을 흔들어 보였다.

"헤헤. 조금만 알려 주세요~"

"얘가 우리 오빠한테 관심이 많거든요."

"네! 태진 오빠는 정말 멋져요!"

당당하게 인정하는 그녀까지.

"허, 참."

"대신 오늘은 책임지고 사인받아 드릴게요!"

그렇게 나는 팬 사인회를 향해 돌아가게 되었다.

이후의 일?

지금 맨 앞자리에서 고막이 찢어질 정도의 음향을 한 몸에 받고 있지 않은가.

소속사 연습생이고 기대주랄 수 있는 두 여학생을 위한 특별석에 엉겨 붙게 된 셈이다.

"마음대로 해라."

이쯤 되니 나도 현실을 받아들이게 되었다.

나는 슬쩍, 이 콘서트에서 비치는 내 모습만 강유나에게 삭제해 달라고 요청하며 분위기에 젖어 보기로 했다. 전자기기와 인터넷을 통해서라면 그녀가 다루지 못하고 변경시키지 못할 정보는 없으니 그 정도면 충분했다.

그럼 잠시 쉬어 보자.

⊠ ⊠ ⊠

쿵……! 쿵……!

드럼 소리가 울릴수록 심장과 몸이 함께 흔들리는 것 같았다. 가사를 모르고 멜로디 역시도 모르지만, 그 비트와 열정이 나를 점차 흥분으로 이끌었다.

귀가 먹먹해질 정도의 음향.

몸이 떨리는 묵직한 울림.

고조되어 흥분하는 모두의 열정.

그리고

'무대 위에서 빛나는 저들까지.'

모두가 하나의 그림을 보고 있었다. 왠지 다른 이들과 대화하지 않아도 함께 의사를 나누고 즐기는 것만 같았다.

대신하여 즐기고 대신하여 노래하는 사람이 아니었다. 처음 경험한 콘서트. 가수들의 노래와 무대는 내가 품어 온 무언가를 이끌어 내어 표출시켜 주는 대변자이자 친구이며 동경의 대상 같았다.

나는 이를 확실하게 목도했다.

'보인다.'

마음을 놓고 취하기로 마음먹은 탓일까.

소리가 마력과 함께 흘러갔다. 각각의 선율이 타고 흐르며 하모니를 이루는 것이 똑똑하게 보였다. 그것은 지금까지 잊고 있었던 new century의 스킬. 바로 연주의 효용이자 제임스의 육체가 보고 느끼는 세계였다.

아울러 착각이겠지만……

당장에라도 저 위에 올라 나도 저와 같은 무대를 이끌어 나갈 수 있을 것만 같았다.

스포트라이트를 받는 내 모습 따위가 어울릴 리 없겠지만, 아주 터무니없는 생각은 아닐 것이다. 스킬의 효용 덕에 음악에 대해 전혀 문외한이던 내 두 눈에 뻗어 나오는 선율과 매질하는 울림. '음악'이라는 이름의 파동이 '보이고' 청중들의 환호성까지도 '보였으니'까. 배우고 경험해야 하는 것을 볼 수 있다는 것만으로도 나는 음악에 대해 실로 많은 것을 느낄 수 있었다.

'음악이라…….'

나와는 맞지 않는 세계지만 확실히 색다른 매력과 아름다움으로 이루어진 세계임은 분명했다.

눈과 귀를 열어 바로 보니 노랫소리 너머에 깔린 각종 악기가 저마다의 색을 드러냈다.

셋, 넷, 다섯……

아니, 악기의 종류가 아니다.

족히 20개 이상의 소리가 입체감 있게 펼쳐지고 있었다. 높낮이가 각기 다른 파동이 각각의 위치에서 호응하는 떨림을 자아낸다.

마치 무지개처럼 선을 그리며 동심원을 그리는 멜로디가 사람들의 마력을 들썩이게 하였다. 무식한 나임에도 '하모니가 이런 것' 이라는 사실을 확연하게 깨달을 수 있게.

이어지고 어우러지며 고요한 수면의 움직임처럼 찰랑대는 음악을 '보고' 있노라니 입에서 절로 감탄사가 흘러나왔다.

'아름답다.'

허공으로 낯선 오선지가 펼쳐지는 듯했다.

들으면서도 각각의 악기가 무엇인지 나는 알지 못했다. 그러나 이 무대와 곡에서 각각의 선율이 어떤 역할을 하는지만큼은 확실하게 느낄 수 있었다.

다만,

"아깝다."

감탄하고 익숙해지는 만큼 아쉬움도 더욱 커져만 갔다.

더 좋아질 수 있는데. 더 나아질 수 있는데.

그 방법이 눈에 똑똑히 보이는데 개선되지 않고 있었다.

소리의 간격이 일정하지 않은 때문이다. 그 울림과 이 현장의 공기가 맞지 않고 있었다.

'볼거리는 있지만 다소 떨어지는 녹음테이프 같아.'

청중 등의 환호성과 가수의 노래, 반주가 호흡하지 않고 일방적으로 전해지는 것이다. 게다가 자신의 음을 내야 할 부분에서 호흡이 떨어지며 화합되고 있지 않은 까닭이다.

문제는 더 있었다.

크고 강렬한 음향에 이질적인 떨림이 섞여 있다는 것. 호응하며 완급이 있는 생동감이 모자란 느낌이다.

짧은 지식임에도 알 수 있는 단어가 있었다. 나는 묻고자 고개를 돌렸다가 눈을 동그랗게 뜨고 나를 보는 나영이를 발견했다. 잘됐다는 마음에 그녀의 귀에 가까이 대고 물었다.

"라이브가 아니니?"

"네…… 예? 라이븐데요? 언니들은 절대로 립싱크는 안 한다고요. 샤인걸스가 인정받는 인기 비결 중 하나가 no 립싱크……."

마이크를 가리키는 그녀에게 스피커를 가리켜 보였다. 이에, 나영이는 '아.' 하더니 답했다.

"그거야 당연히 mr이죠."

역시 예상대로였다.

하긴, 팬 사인회치고는 큰 무대이기는 하지만 이곳은 음악을 위한 무대라기보다는 서비스와 관리의 성격이 더욱 강하니 당연한 부분일 것이다.

그런데

'자꾸 눈에 밟힌단 말이야.'

그냥 즐겨도 되고 환호하면 그만일 수도 있다.

그러나 계속 눈에 들어온다. 아주 약간만 손을 대면, 더욱 괜찮아질 수 있기도 하거니와, 제대로 된 선율이 완성되면 어떤 느낌일지 호기심이 생기기도 했다.

게다가 TV로 보며 똑같이 생긴 녀석들이 우르르 나와서 춤춘다 생각했던 어린 가수들이 뜻밖에 땀 흘리며 노래를 부르는 모습들을 봐서이기도 할 것이다.

"그런데 그건 왜요?"

"착각일지 모르지만."

아는 만큼 보이는 까닭일까. 즐겁고 열정적으로만 보이던 그녀들의 작은 표정에서 티 나지 않게 찡그리는 부분이 보였다. 그럴 때면 여지없이 '소리'가 제 위치를 찾지 못하고 일그러져 나온다. 이곳에서야 분위기에 취해 이상하지는 않지만, 매혹적인 춤을 보지 않고 소리로만 듣는다면 느껴질 정도였다.

"꽤 지쳐 보여서."

"요즘 한창 행사가 많고 촬영도 많아서 잠이 부족…… 어?"

'역시 그랬던가.'

"게다가 좋은 스피커도 아니고."

나는 고개를 끄덕이고는 가까이 붙였던 얼굴을 떼어 그녀들을 보았다. 한눈에도 무엇을 매력 포인트로 잡는지 보이는 샤인걸스. 귀여움을 보여 주는 소희, 안정감 있는 목소리의 가희, 같은 춤이라도 보다 역동적으로 보이는 미희, 여자라기보다는 미소년 느낌의 외모와 보이시한 음색을 가진 묘희라는…… 지금까지 듣도 보도 못했던 네 명의 여가수들이지만, 힘들면서도 청중을 향해서는 웃는 데다가.

'진심으로 즐거워 보인다.'

그 모습이 실로 보기 좋았다.

성격상 저런 무대를 바라지도, 즐기지도 않았지만, 소리가 보이니 이를 조금만 다듬고 뽑아내면 어떨까 하는 작은 호기심이 나를 일탈로 이끌었다.

"해 볼까."

호흡을 다듬고 마력을 갈무리했다. 모두가 열광적으로 소리 지르는 상황에서 마력까지 가다듬으니 투명인간이 된 듯 아무도 신경을 쓰지 않게 된다. 눈을 깜빡이며 나를 보던 나영이마저 시선을 돌렸다.

그 상태로 환호하듯 손을 올리며 쇼크웨이브를 사용했다. 허공에서 퍼져 나가던 음표가 짜부라지며 통째로 밀려 날아갔다.

'약화시켜야겠어.'

쇼크웨이브의 효과는 충격파를 통해 대상을 3m 밀어내는 것이다. 그러나 이전과는 달리 나의 지혜와 경험은 발전하고 깊어진 상태. 예전처럼 스킬 그 자체의 효과를 무작정 발휘하는 것을 넘어설 수 있었다. 내가 아닌 에일락 반테스의 마력 사용법을 통해 말이다.

'그 형태는 심상을 통해 조정할 수 있다고 나와 있으니.'

나는 우선 사람들의 환호성을 향해 스킬을 조정했다. 그 환호들이 어떤 식으로 적용되는지에 따라 세기와 형태를 달리한다. 묵직하고 거칠게 밀어내는 충격파를 일대를 아우르는 선율의 오선지에 들어맞도록 나름 다듬은 것이다. 꽤 애를 쓴 결과, 경험과 지혜 30이라는 능력치의 도움에 힘입어 쇼크웨이브의 폭을 줄이는 데 성공할 수 있었다. 망치를 숟가락 정도로 바꾼 것이다.

이제는 제대로 적용해 볼 차례.

'어디 보자.'

당장 펜을 들게 되었다고 오선지에 가져간다면 자칫, 찢어버릴 수 있으니까, 조심 또 조심이다.

청중의 환호에 묻혀 소리가 먹혀드는 곳에 우선하여 사용해 보았다. 이 구석, 저 구석에서 부딪치며 빠져나오지 못하는 멜로디가 지나치게 여운을 남기는데, 요동치며 벽에 흡수되고 울리는 그 긴 선율의 밑을 다운시킨 쇼크웨이브로 올려쳤다.

안팎의 음파가 반향을 일으키는 순간.

– ……!

몸이 찌릿한 것 같았다. 4비트의 드럼이 찰나 간 64비트는 된 양 중첩되어 내달렸기 때문. 반향의 범위 내에 있던 이들이 몸을 가늘게 떨더니 더욱 열정적으로 소리 지르는 모습이 보였다. 그리고 저만치서 보이는 오선지의 음표가 사르르 떨렸다.

퍼지는 울림이 청중의 호응과 같은 떨림을 보인 것이다.

모두가 알고 따라 부르는 '익숙한 노래'가 괜찮게 낯설어진다.

하나, 둘. 울림을 띄워 펼쳐진 오선지에 기재했다. 반향이 더해지며 튕긴 선율이 움직이며 미묘한 변화가 이어져 갔다. 비슷하지만 미세한 울림과 끌어 올려진 음이 같은 곡을 다르게 만들어 간다.

마치 쇼크웨이브라는 지휘봉으로 지휘하는 마에스트로가 된 듯했다.

연주 스킬에 따라 보이는 '빤히 보이는' 최적의 조화를 추구하며 완성해 나가는 선율은 씨줄과 날줄이 되어 면면하게 일대를 아울렀다.

그리고 모두의 완성된 선율을 타며 마력이 교류했다.

– 아!

귀와 심장이 함께 떨리며 아득한 감탄사를 일으킨다.

– 뭐지? 새 버전인가?!

익숙하지만 낯선 의문이 짧게 스쳐 가고.

– 몰라. 근데 좋아!

색채가 분명해지고 호응하며 고조되는 분위기.

생동감을 얻어 간 음향과 역동적인 환호가 무대 위의 네 소녀에게까지 전해지는 모습이 보였다. 함성이 운율이 되어 화음을 이루고 이를 들은 가수는 감격과 간절함을 담은 음을 위에 얹는다.

지나는 이들을 모두 참여하게 하여 한목소리를 내게 하고, 이 모두가 음악이었다. 마침내 광란과 환호의 무대에 마침표를 찍으며 마이크를 통해 가쁘게 몰아쉬는 숨소리가 격하게 들려왔다.

그야말로 온 힘을 기울였음을 여실하게 보여 주는 숨소리.

사람들이 더욱 크게 호응했다.

– 최고다!

- 샤! 인! 걸! 스!

- 누나! 사랑해요!

- 내 거야! 우와아아!

솔직하게 내뱉고 목이 쉬어라 외치는 소리에 저들의 인사가 완전히 묻힐 지경이었다.

기분 좋은 감동이 지나칠 정도로 저들을 아우르고 있는 것이다.

'제대로 되면, 이런 모습이 되는구나.'

CD를 통해, 라디오를 통해 듣는 음악과의 진짜 차이.

콘서트라는 것을 가 보지는 않았지만 지금 한눈에도 보이는 이러한 이질감들의 차이가 격을 만드는 것은 아닐까 싶다. 단순히 보고 소리가 큰 것을 넘어 실시간으로 소통하는 미세한 떨림의 차이가 감동을 만들어 내지는 않을까 봐 새삼 느끼게 되었다.

그러고 보니.

"그 아이들과도 자연스럽게 헤어진 것도 같고."

무서우리만큼 마구 환호하는 이들을 보며 밖으로 나왔다. 지나던 차마저 멈춘 마법 같은 상황이 또 이색적이었다.

그런데 그렇게 걷는 나를 부르는 소리가 있었다.

"아저씨!"

다급히 달려와서 부르는 앳된 소리.

옆에서 부르는 소리에 돌아보자, 처음 보는 소녀다. 숨을 몰아쉬며 헉헉거리는 아직은 어린 소녀. 빨간 가방을 메고 있는 초등학생으로 보이는 그녀는 나를 똑바로 보며 물었다.

“아저씨가 했죠?”

“음?”

“아저씨도 보이는 거죠?”

뜻밖의 질문에 나는 슬쩍 놓쳤던 긴장의 끈을 다시 잡았다.

“그게 무슨 말이니?”

자세를 낮추며 눈을 마주하자 묘한 열정이 보이는 깨끗한 눈이 나를 직시한다. 내가 비쳐 보일 정도로 순수한 눈.

그때, 한 나이 든 여성이 달려와 소녀의 손을 잡았다.

“미령아, 갑자기 뛰어가면 어떡하니?”

나는 소녀를 다시 보았다.

‘낯설다.’

내가 알고 있는 미령이는 엄마 뒤에서 나오지 않는 아이였다.

눈을 마주치기는커녕 항상 다른 곳을 응시하고 있었다. 긴 머리칼을 내려 커튼처럼 얼굴을 가렸던 아이였다.

그 때문에 나는 지금처럼 똑바로 나를 보며 열정마저 보이는 눈의 소녀를 결단코 알지 못했다. 그 재능은 알지만, 미령이라는 소녀를 나는 알지 못한다.

“누구 아는 사람이라도…… 아, 상현 학생이군요.”

의아함에 가만히 있노라니 나이 든 여성이 나를 알아보았다.

그녀와는 확실히 면식이 있었다.

미령이가 다니는 피아노 학원의 선생, 정하경.

조금 작은 키, 안경을 쓴 동글동글한 얼굴에 인상이 좋은 이였다. 말을 편하게 하라고 해도 자신이 불편하다며 조심하던 것까지도 말이다.

“네. 그런데 여기서 뵐 줄은 몰랐네요.”

“저도 깜짝 놀랐어요. 미령이한테 사 줄 것도 있고 샤인걸스 사인이랑 무대도 보여 줄 겸 해서 같이 나왔었거든요. 그런데 학생도 여기 있는 걸 보니 샤인걸스를 많이 좋아하나 봐요?”

“뭐, 그렇죠.”

그녀는 당연하게 받아들이며 웃었다.

“미령이랑도 무척 친하고요.”

“네?”

정 선생은 살짝 미령이를 가리켜 보였다.

“거의 보이지도 않을 거리에서 미령이가 뛰어왔거든요. 저렇게 먼저 물어보는 것도 처음 보고.”

그 말에 미령이가 고개를 도리도리 흔든다.

“아네요. 아저씨가 아니라 세라핀 언니를 찾았거든요. 언니가 여기에서 노래하고 있어서…… 그래서…….”

“그래. 그…… 언니가 오빠 위치 알려 줬다는 거.”

미령이의 머리를 쓰다듬는 정 선생을 보며 나는 무언가 익숙한 모습이 떠올랐다. 들어도 듣지 못하고 말할 수 없는 이름. 그럼에도 별로 개의치 않게 되는 부분.

나는 슬쩍 그녀의 귓가에 대고 물어보았다.

“선생님도 미령이한테 ‘언니’ 이야기를 들으셨나요?”

역시 작게 낮춰서 답하는 그녀.

"안 그래도 피아노 치다 말고 자꾸 이상한 사람을 찾아서 난감해요. 뭐, 실력이 부쩍부쩍 늘어서 다행이지만 그럴 때마다 어떻게 해야 할지를 모르겠다니까요?"

"언니 이름이……."

말끝을 살짝 흐리자 정 선생은 잠시 생각하다 배시시 웃었다.

"음. 뭐라더라? 나중에 다시 물어봐야겠네요."

별반 대수롭지 않게 생각하는 모습. 무엇이 문제인지 자각조차 하지 못하는 모습이 악마와도 같은 존재의 이름을 들었을 때와 완벽하게 일치했다.

'역시. 그렇다면 그녀가 륜과 계약이라도 맺었다는 것일까? 맺었다면…… 성륜? 아니면, 겁륜?'

자연히 떠오르는 의문이었다.

그러나 알 수 없었다. 그렇다고 먼저 티를 내고 밝히며 물을 수도 없는 노릇.

겁륜이라면 태진이의 륜과 어떤 식으로 소통할지 모르는 까닭이었다.

나는 말을 조심하며 시선을 정 선생에게서 미령이에게로 돌렸다.

'어?'

큰 눈망울이 나를 직시하고 있었다.

조금 놀랐다.

어른이라 할지라도 상대의 눈을 똑바로, 정확히 보는 것은 저어하게 된다. 서양과는 달리 동양에서는 다소 건방지고 도전적이라는 인식이 강한 까닭이다. 이 때문에 신뢰를 주며 부담을 느끼게 하지 않고자 하는 작은 기술로 미간을 본다거나 시선을 뒤로 두어 '눈' 과 '눈' 이 마주치지 않는 것을 주의시키지 않던가.

그런데 이 5학년 여학생은 정확히 나의 눈을 보고 있는 것이다.

'……뭐가 그렇게 궁금한 거지?'

호기심과 관심이 가득한 눈빛.

몸으로 느껴질 정도로 대답을 원하고 있었다. 대관절 무엇이 저리도 궁금한 것일까.

"오랜만이다. 나 기억하니?"

"모르지만 알아요."

수수께끼 같은 말에 되물으니 웃으며 답했다.

"얼굴은 모르지만, 목소리는 분명히 알아요. 목사님이랑 같이 오셨던 상현 아저씨."

"맞다. 앞으로는 얼굴도 기억해 주렴."

"네. 그런데 아저씨."

"왜?"

"아저씨가 언니를 멋지게 만들어 준 거 맞죠? 아저씨도 보이죠?"

대화를 들으며 옆에서 묘한 표정을 짓는 정 선생이었다. 나는 미령이가 가리키는 방향을 보고는 고개를 끄덕였다. 하모니의 반향이 옅게 깔리는 모습. 마력의 소통이 자아냈던 광경이 햇살에 반짝이는 물거품처럼 스러지고 있었다.

'설마.'

하지만 회귀하며 세상에 별의별 일이 다 있음을 경험하지 않았던가.

나는 반신반의하며 슬쩍 물었다.

"미령이는 셰라핀을 언제부터 만났지?"

"어? 아저씨도 언니를 아는구나! 그게 저는…… 4살? 5살? 오래됐어요. 아저씨는요?"

역시였다. 청음이 뛰어나다 생각했던 그녀에게는 '소리'를 '보는' 능력이 있었던 것이다.

"나도 비슷해."

"역시! 언니가 아저씨 무지 좋아하는 거 알아요?"

"그래도 미령이가 더 인기 많은걸."

적당히 대꾸하며 생각을 정리했다.

미령이가 말하는 셰라핀이라는 여자는 중첩된 소리. 화음이라 부르고 음악이라 정의하는 '음향'이었다. 내게 있어 오선지에 음표. 울림으로 보이고 마력으로 그려지는 그것을 이 아이는 '인격체'로 대우하고 있었던 것이다.

아이들은 어른과 같은 것을 보고도 동물을 그리기도 하고 친숙한 누군가를 연상하곤 하니까. 게다가 미령이는 남들과 다른 것을 듣고 볼 수 있으니만큼 제대로 어울리지 못하기도 했을 것이다.

생각할수록 웃음이 나온다.

소리를 본다니. 나야 new century와 스킬이라는 것 때문에 얻게 된 특수 경험이지만, 소위 말하는 각 분야의 천재들이 다 이와 같은 특별함을 갖고 있다면 세상은 정말 요지경이 분명했다. 일반인이 어찌 따라가겠는가.

말 그대로 보고 듣는 세상이 다른 것을.

'같은 것을 보면서도 믿기지가 않으니…… 나 이거야, 원.'

다만 알 수 없는 것은, 분명히 '룬'도 아닌 그저 소리를. 그저 초능력자처럼 소리를 볼 수 있는 것에 '이름'을 붙였을 뿐인데 왜 평범한 사람이 들어도 듣지 못하는 것이냐는 것이었다.

모든 사물에 이름이 있고 존재가 있기라도 한 걸까?

그렇다면 초능력과는 다른 식으로 이런 존재들과 소통하는 이들이 있기라도 한 것일까?

아직은 확답을 얻을 수 없었다. 단서가 부족했다.

'자세히 알아볼 필요가 있겠군.'

의문의 태반이 해갈되었다 싶던 것은 아무래도 나의 자만이었던 것 같았다.

"근데 다음부터는 언니가 예쁘게 해 달래요."

"예쁘게?"

"네. 너무 힘껏 올라가기만 했으니까요."

음악적인 부분에 대해 말하는 듯했기에 나는 그냥 적당히 대답해 주었다.

그렇게 한숨을 가볍게 내쉬는 그때, 미령이는 무대 옆을 가리키며 반색했다.

"어? 목걸이 언니다."

손가락을 따라 보는데, 인산인해의 사람들 탓에 분간이 가지 않는 상황. 아마도 누군가 아는 사람을 본 모양이다.

보지 못한 나와는 달리 정 선생이 대신 미령이에게 답해 주었다.

"그러네? 한번 만나러 갈래?"

"아뇨. 아저씨랑 있고 싶어요."

"왜?"

"세라핀 언니 화장해 주는 방법 배우려고요!"

이에 내가 난감해하자 정 선생이 구제해 주었다.

"그보다 아직 20살도 안 됐는데 오빠라고 해야 하지 않겠니?"

"네? 하지만 아저씬데……."

"상현 학생이?"

"언니가 나이가 많다고 했거든요."

거듭 나오는 언니 때문에 정 선생이 살짝 화난 표정을 지었다.

나는 건너편에 있는 피자가게를 가리켰다.

"식사는 하셨나요? 길에서 이러지 말고 들어가서 먹으며 얘기하는 건 어떨까요? 미령이랑 선생님도 오랜만에 뵈었으니 제가 살게요."

"피자?"

"선생님은 어떠세요?"

"나? 미령이는 어떠니?"

"……."

마음이 없지는 않은 것 같았다. 이럴 땐 이쪽에서 먼저 움직이면 따라오게 되어 있었다. 책임은 내가 지고 최소한의 선택은 상대에게 주는 것이다.

◈ ◈ ◈

사람들로 북적대는 가게.

들어가 앉으며 메뉴판을 펼치고 정 선생과 미령이의 시선을 보았다. 그들의 시선이 머문 것에 더 추가해 주문했다.

"너무 많지 않아요?"

나는 배를 만져 보였다.

"제가 배가 고프거든요."

나는 먼저 일어나며 화장실에 가는 척, 계산한 뒤 돌아와 미령이와 함께 샐러드를 담아 왔다.

힐끗힐끗 보면서도 재미있어하는 모습이 생경했다.

'외식을 아이와 한 적이 있었던가.'

반추해도 딱히 떠오르는 부분이 없었다. 참으로 회귀 전이나 이후나 모두 치열하게 살기는 했는데 막상 추억의 사진으로 남길 부분, 보면서 웃음이 나는 부분들은 몇 되지 않는다는 사실이 가슴 아팠다.

그러나 눈앞의 소녀는 내게 감상에 빠질 여유 따위를 주지 않았다.

"어떻게 한 거였어요?"

"어떤 거? 화장?"

"네."

그냥 적당히 얼버무려야겠다.

"미령이는 조금 전에 공연에서 셰라핀이 어떤 모습이었는지 기억할 수 있니?"

"물론이죠."

"평소에 보던 언니랑 어떻게 다른지도?"

늦지 않게 순서대로 나오는 피자가 적당히 분위기를 띄웠다.

"네. 그런데 어떻게 해야 하는지는 잘 몰라요."

"글쎄. 하지만 아저씨도 함부로 알려 주기 힘든걸."

"왜요?"

"아저씨가 꾸며 주는 거랑 미령이가 꾸며 주는 거랑은 다르니까."

고개를 갸웃거리는 소녀. 나 역시도 말해 놓고도 의아한 부분이니 더 언급하지 않기로 했다. 모름지기 대화란 흐름이고 분위기니까. 그리고 음식을 두고 나누는 대화는 중심에서 어긋나기가 매우 쉬워지고 말이다. 부드럽게 이어지는 대화이니 어지간한 논점은 다 비껴가며 이어지는 것이다.

나는 대꾸하며 적당한 속도로 꿀떡꿀떡 흡입했다. 다들 자신들의 대화에 심취해 있는 터라 아르바이트생만 놀란 표정을 지을 뿐이었다.

"이번에는 미령이가 샐러드를 가져와 볼래?"

"혼자요?"

"어. 먹고 싶은 걸로 가져오면 돼."

"하…… 한번 해 볼게요."

정말 큰 도전을 하는 듯, 다부진 표정으로 일어나는 미령이. 어색해하면서도 남들을 따라서 먹고 싶은 것을 찾는 소녀를 보며 정 선생에게 물었다.

"오늘 보면서 많이 놀랐어요. 예전보다 많이 밝아졌거든요."

"저 역시, 미령이가 왜 자꾸 '아저씨'라고 하는지 잘 알았네요. 참 나이답지 않아요."

그녀는 흐뭇하게 웃었다.

나는 집으로 돌아가면 꼭 청춘 시트콤을 보겠노라 다짐했다.

"다 선생님 가르침 덕분이겠지요."

"별것 아니에요. 항상 이상한 소리를 듣고 특이하다고 생각하고 있기에 '재능'에 대해 알려 주고 '특별한 것'이라고 해 줬을 뿐이니까. 실제로 미령이는 천재이기도 하구요."

"피아노는 잘 치고 있나요? 특별히 장 목사님이 연습실도 만들어 주신 걸로 아는데."

부담 없이 대화할 소재라 생각하고 한 말인데, 그녀는 급격히 표정을 굳혔다. 그리고 미령이를 슬쩍슬쩍 보며 내게 말했다.

"그래서 말인데, 안 그래도 상현 학생한테 할 말이 있었어요."

"어떤 건가요?"

"장 목사님과 미령이를 설득해 주시겠어요?"

"설득이라시면?"

그녀는 정말 터무니없는 일이라며 안타까워하는 얼굴이었다.

“연습실이 만들어지는 대로 미령이를 학원에 보내지 않을 생각이라고 해요. 콩쿠르도 포기시키고. 정말이지, 미령이의 앞날에 이건 도움이 안 되는 선택이라고 생각하지 않아요? 아직 배운 지 얼마 되지도 않았을뿐더러 이제 자신감을 되찾아가고 있는 아이예요. 좋은 스승을 얻고 기회를 통해서 충분히 빛날 수 있는 아이인데 다시 홀로 두려고 하다니.”

“……장 목사님은 뭐라고 하시는데요?”

“미령이가 원하는 것을 하게 해 주고 싶다는데, 그건 잘못된 거예요. 대회를 너무 부정적으로 보고 계세요. 미령이는 아직 시선이 익숙하지 않고 환호받는 것이 낯설어서 그럴 뿐이에요. 얼마든지 적응하고 주목받을 수 있는데, 여기서 다시 돌아가면 또 혼자가 되겠죠.”

정 선생은 콜라를 마시고 말을 이었다.

“다른 사람들과 있는 것보다 혼자가 편하니 저럴지 모르지만, 언제까지 숨을 수는 없어요. 이런 부분은 어른이, 선생이 바로잡아 주어야 하지 않을까요? 장 목사님은 너무 아이의 편만 들어서 문제예요.”

“그럼, 미령이를 위해 콩쿠르에 내보내고 정 선생이 이끌어 주셔야 한다는 거군요.”

그녀는 신념에 찬 표정으로 단호히 고개를 끄덕였다.

“제3자에 불과한 제가 어떻게 설득할 수 있을까요. 믿어 주시는 것은 좋지만, 주제가 안 돼서…….”

"장 목사님의 형편을 모르는 사람은 산동네에 아무도 없어요. 그런 분이 고가의 피아노를 망설임 없이 구하고 방음실까지 만드는데 시각장애인이 아닌 바에야 누구의 도움인지 알 수 있답니다."

생각 밖의 대답.

"그런가요?"

"상현 학생은 모르겠지만, 뒷말도 꽤 돌고 있거든요."

역시 시기로 보나 상황으로 보나 이사를 해야 할 때가 확실한 것 같다. 그리 생각하며 그녀의 물음에 나는 바로 답을 주었다.

"칭찬을 저는 달가워하지 않습니다."

"……?"

그리고 잠시 정 선생과 미령이를 나누어 보았다.

저쪽에서 자신이 좋아하는 샐러드를 골라서 더 퍼도 되는지 살며시 눈치를 보고 있는 소녀와 자신의 판단과 가치에 충실한 정 선생이 두 눈에 담긴다.

그 속에서 정 선생이 다시 물어왔다.

"그럼 미령이의 문제는?"

같은 질문의 반복이었다.

"물론 지켜봐야지요."

갑자기 무슨 말이냐는 듯 나를 보는 정 선생이었다. 역질문에 대답하려고 준비 중이던 나는 조금 부족했나 싶어 설명을 덧붙였다.

"'칭찬은 고래도 춤추게 한다'며 한창 칭찬의 효과니 칭찬하자니 하는 말들이 나온 적이 있었지요. 하지만 저는 칭찬을 달가워하지 않습니다. 상대를 칭찬하기 위해서는 우선 평가를 해야 하는 이유지요."

이만하면 의미 전달이 충분히 되었으리라 생각했다. 하지만 그녀의 표정은 내 예상과는 매우 달랐다.

의아함과 함께 짜증이 보인 것.

정 선생이 내게 물었다.

"대체 무슨 말이 하고 싶은 건가요?"

"……."

생각과는 너무도 달랐던 반응에 내 고개가 절로 기울어진다. 여기서 더 무슨 설명이 필요한지 이해가 가지 않은 까닭. 질문에 대한 답변을 충분히 하고 의사까지 전했는데 되묻는다니……

'떠보는 건가?'

하지만 떠보고 말 것도 없는 상황이었다. 기껏해야 나에 대한 소문이라면 '돈 있는 자퇴 고등학생' 일 것이다. 륜이나 new century와 관련된 그 어떤 것도 알 리가 없는데 이보다 더 무언가를 유추하고 말하라는 압박을 가할 리가 있겠는가.

만약 그렇다면 지나친 억측일 것이다. 눈앞에 정 선생은 빈센트 일행이나 신진권 사장, 강유나와도 다른 보통의 사람들이니…… 까?

'아차.'

순간 나의 실수를 깨달을 수 있었다.

언짢은 낯을 한 정 선생과 지나치게 샐러드를 담은 탓에 슬쩍, 퍼 온 것을 본래의 그릇에 담는 미령이의 모습. 언뜻 비치는 시야에 들어오는 다른 사람들의 웃고 떠드는 모습들이 나의 실수를 확인시켜 주었다.

맞다. 이들은 보통의 사람들이다. 평범한 것이다. 짧은 대화 속에 의미를 담고 은유적으로 잡담하며 상징어를 통해 함축적으로 표현하는 그들과는 달랐다.

이를 안 그제야 비로소 나는 그녀가 원하는 답을 해 줄 수 있었다.

"콩쿠르에서 좋은 성적을 보인다면 많은 환호와 기회를 잡을 수 있을 겁니다. 하지만 지나친 칭찬이 미령이에게 독이 되지는 않을까요? 지금 필요한 것은 칭찬보다는 관심이라고 생각합니다."

"장 목사님과 같은 생각인 거군요."

정확하게는 내 생각을 그가 대변할 뿐이지만.

"미령이에게도 학창 시절의 추억보다 대회와 연습을 하는 시간이 많아진다면 훗날 반추해도 슬픈 기억이지 않을까요?"

정 선생은 가볍게 한숨을 내쉬었다.

"글쎄요. 학창 시절의 추억이 소중하다는 말을 자퇴한 학생의 입에서 들으니……."

달갑잖은 듯 말하는 정 선생에게 무어라 답하겠는가. 그저 웃을 따름이다.

그사이 샐러드를 다 담아 온 미령이가 돌아와 앉았다.

"이거 맛있었어요!"

포크를 든 소녀 덕분에 그렇게, 어색한 정적은 마무리될 수 있었다.

대신 화장법을 가르쳐 달라는 시달림을 계속 받아야 했지만 말이다.

여하간, 덕분에 알았다. 사회가 보는 나. 대다수 사람이 보는 나는, 돈 있는 자퇴 학생. 문제아라는 사실을.

⊠ ⊠ ⊠

4시경.

식사를 마치고 정 선생은 바로 미령이의 손을 이끌고 가 버렸다. 미령이에게 사 줄 물건을 보러 간다며 갔지만, 처음과는 달리 내게 호의적이지는 않았다. 아무래도 목사님 설득에 동참하지 않는 것이 썩 마음에 들지 않은 때문인 것 같다.

'십인십색.'

짧게 생각하며 나는 콘서트의 열기가 사라진 백화점 앞에서 걸음을 옮겼다.

목적지는 이용택 관장의 집.

'집은 아예 가지를 말아야겠어.'

비록 결과가 좋긴 하지만 실상 오늘, 신진권 사장에게 강압적으로 끌려갔던 것과 진배없었다. 륜과 관련되고 초능력이 판을 치는 상황이니 잠자다가 어떤 식으로 뒤를 당할지 모르는 일이 아니겠는가.

아울러 가장 피해야 할 태진이도 나의 거주지를 알고 있었다. 내가 같이 회귀했음을 알면 지금까지 쌓아 온 것이 한 방에 허물어질 수도 있는 무서운 녀석. 계약이 얽혀 있을지 모르니 방해하는 한편 망하지 않게 도와야 하는 골치 아픈 녀석이 바로 태진이다. 현재 산동네에 뒷말도 돌고 있다 하니 빌미를 주지 말아야 했다.

"어차피 챙길 것도 없으니까."

세간 살림은 식량 조금, 옷 조금, 이불. 구닥다리 접속기 하나.

그나마 값나가는 것이 접속기인데 그조차도 저가 보급형인지라 사용자 제한이다.

남은 못 쓰니 그냥 폐물인 셈.

뜻하지 않게 여기저기서 시간을 지체했으니 나는 서둘렀다. 지하철 대신 택시를 타고 바로 직행했다.

휴대폰이 부서진 터라 미리 연락하지는 못했지만.

'문전박대는 당하지 않겠지?'

피식 웃으며 단지에 내려서니 주변 상가의 형광색 글씨가 한가득 눈에 들어왔다.

[공짜! 무료! 대박!]을 강조하는 고가의 휴대폰들 광고.

없는 김에 마침 잘됐다 싶었지만 나는 이내 발길을 돌렸다. 자랑스럽게 붙어 있는 '위치추적 서비스'라는 부분 때문이다.

'이참에 휴대폰을 아예 없애는 것도 좋겠어.'

모든 전산 정보를 손에 쥔 강유나의 시선을 모조리 피할 수는 분명히 없을 것이다. 현대를 살며 그 어떤 흔적도 남기지 않을 수는 없으니까. 그러나 그렇다고 하여 고스란히 내 동선까지 실시간으로 노출할 필요까지는 없다.

도움을 얻고 거래를 한 마당이지만 분명히 Z&F는 위험했다.

펠마돈의 비서를 바라는 강유나 역시 주의 대상.

하나를 취한 나조차 new century에서 엄청난 반향을 일으켰거늘, 이 힘들을 모두 가진다면 그녀의 권한은 가히 신에 버금갈 정도가 되지 않겠는가.

조심. 또 조심.

미안하지만 나는 치사한 방법을 쓸 생각이었다. 펠마돈의 비서는 내 히든카드가 되기도 할 것이니 전력을 기울여 찾을 것이다. 하지만 그녀에게는 나중에 줄 생각이다.

'아주 나중에.'

중절모라는 접속기마저 준 그녀에게 다른 방식으로라도 사죄하겠노라 생각하며 아파트 단지 내에 들어섰을 때였다.

"짜샤! 똑바로 안 하나?"

능글능글 맞은 목소리가 들렸다.

후덕한 인상과 중년의 두둑한 인덕, 뱃살을 자랑하는 강하성 소장.

아파트 단지 내에 있는 작은 놀이터 의자에 누군가와 함께 앉은 그는 누군가의 머리통을 딱딱 때리고 있었다.

"숨을 마시고 꽉! 누른 다음에 이렇게 버티다가 다시 후읍! 하고 마시란 말이야. 좀 해 봐, 이 문디자슥아!"

몇 차례 시도하지만 숨을 탁 내뱉고 마는 그는 고등학교 교복을 입고 있었는데, 척 봐도 둘의 관계를 알 수 있었다. 정말이지 빼닮은 까닭이다.

통실통실한 몸에다가 다소 능글맞아 보이는 웃음까지 쏙!

“아, 진짜! 이걸 내가 왜 해야 되냐고요!”

“어쭈? 개기냐? 이제 좀 컸다 이거지?”

“옛날부터 제가 키는 쪼까 더 컸다 아입니…… 끄악?!”

딱!

“근수는 내가 더 나가, 짜샤.”

“아오오! 배둘레햄이 자랑이요? 하여간 강씨 집안 혈통은 그저 짜리몽땅 두툼 뱃살이니 내 몸이 요 모양 요 꼴…….”

딱!

“날 닮아서 아주 그냥 매를 벌어요. 그리고 인마, 살찐 게 내 탓이냐? 하루라도 야식을 안 먹으면 입안에 가시가 돋는 자슥이?”

미친 듯이 머리를 비비며 그가 항명했다.

“언제까지 아부지한테 맞아야 해요?! 그리고 야식은 같이 먹었잖아요!”

“숨 좀 쉬고 팔씨름 이길 때까지~ 그리고 알다시피 살찐 게 우리 집안 내력이잖냐. 이 뱃살은 팔자니라.”

말을 말자는 듯 고개를 휘휘 저은 학생이 행동으로 보여 주었다.

“후읍! 하아! 후읍! 하아! 숨 잘만 쉽니다. 됐죠?”

불룩하게 배를 움직이는 그에게 강하성 소장이 고개를 흔들었다.

“그게 아니고 후읍! 흐읍! 스읍! 후합! 파아~ 하고 쉬어야 한다니까?"

"못한다니까요! 그러다 배 터져요!"

"할 수 있다니까?"

"아니 왜 본인도 못 하면서 나만 들볶느냐고요!"

움찔한 강하성 소장이 버럭 소리 질렀다.

"그냥 좀 애비가 시키면 시키는 대로 좀 혀!"

"불가능한 걸 시키니 당연히 못 하죠!"

"할 수 있다니까?"

발끈한 그가 소리친다.

"자꾸 그럼 저 삐뚤어질 겁니다?"

"자꾸 그럼 너 게임 못 할 겁니다?"

강하성 소장은 코웃음 쳤다.

"캡슐을 확 그냥 뺏어 버릴라."

"우와, 치사하다!"

"시끄, 인마. 다시 해 봐! 성의가 보이면 오늘은 밤새도록 게임하게 해 주마."

그 말에 번쩍 눈을 뜬 그가 다시 시무룩해졌다.

"힘들어 죽겠어요. 게다가 돈도 없어서 접속해 봐야 개털인데요?"

"1,000펜실 주마. 물약에다 장비템도 보내 주고."

"4,000펜실은 주셔야죠. 그걸 누구 코에 붙이라고."

"2,000펜실. 너 공짜 너무 바란다? 배달료는 공짜디?"

"3,000. 아부지 닮았죠?"

"2,500! 이런 건 닮지 말지?"

"콜!"

그야말로 코미디나 다를 바 없는 그 모습에 지나던 이들이 구경하는 상황. 그러나 강하성 소장이나 그의 아들이나 오히려 구경하는 이들을 병풍 취급하며 다시금 기이한 일을 이어 나갔다.

지금까지 떠든 것은 연극이었다는 듯이 갑자기 진지해진 두 부자.

마시고 내뱉으며 숨을 고르기를 무려 3분이나 한다. 구경하던 사람들마저 흩어질 정도로 지루한 숨쉬기를 마친 후 그제야 숨을 끊어 마시기 시작했다. 박자가 다르고 내쉬는 숨보다 마시는 숨이 훨씬 많은 이상한 호흡법. 중간마다 몸 여기저기에 힘을 주게 하며 얼굴이 새빨개질 정도로 들이마시게 하는 위험한 호흡.

결국, 그는 커헉! 하며 숨을 내뱉고 말았다.

"어휴. 에구구…… 나 못 해요. 더 이상은 죽어도 못 해! 아들 죽일라면 알아서 해요. 난 이제 꼼짝할 힘도 없으니께."

긴 의자에 시체처럼 몸을 눕히며 죽을 것처럼 말하는 그 모르게 강하성 소장은 한숨을 내쉬고 있었다. 그리고는 주머니에서 소주 팩을 꺼내 빨대를 꽂았다.

"이봐, 아들."

"에휴……."

"어이, 동길이. 강동길?"

"에고고고……."

"가서 게임해라. 내일 일요일이니까 쭉 해."

"명을 받들지요! 한나야, 오빠가 간다~!"

우랏차! 하며 일어나더니만 달음박질해서 멀어져 가는 그. 강하성 소장은 빨대를 쪽 빨더니만 연신 고개를 저었다. 그러다 나를 발견하고는 손을 흔들었다.

"여어, 상현이. 봤냐?"

"아드님이요?"

저만치 멀어져가는 동길을 가리키자 그가 웃었다.

"그래. 내 아들이다. 아주 게임에 환장했어. new century에 아주 그냥 푹~ 저러니 살이 빠질 리가 있냐."

"원래 저 나이 땐 다 그런걸요. 게다가 new century라면 워낙 재미있으니까."

"……너랑 동갑인디?"

아. 그랬나?

"그런데 조금 전에 그거 '숨법' 아니었나요?"

슬쩍 화제 전환을 시도하자 그가 머리를 긁적인다.

"맞다. 용택이랑 비인부전이니 하는 약속을 해서 티 나게는 안 가르쳐 주는데, 녀석이 도무지 할 생각을 안 하네."

"그래서 직접 보여 주지도 않은 거군요."

"그려. 홀로 믿고…… 뭐라더라? 욕심 없이 집중해야 의념이 정갈해진다나? 고통을 통해 몸을 깨워야 하는데 욕심이 깃들면 마가 성한다나…… 대충 그러더라. 미쳐 죽을 수도 있고. 나야 녀석 덕분에 다 건너뛰었지만 말이지."

그는 입가심하듯 소주를 입에 머금었다가 꿀꺽 삼켰다.

"원래는 시도조차도 말아야 하는데, 그래도 핏줄이라 미련이 남더라. 그런데 젠장맞을 놈 같으니. 떠서 입에 들이밀어 줘도 씹어 삼키지를 않으니, 원. 지 복인 게지. 하여간 날 닮아서 근성이라곤 쥐꼬리라니까."

크크 웃으면서도 아쉬움과 아련함이 함께 있는 표정이었다. 장난기는 물론 조금 더 잘해 줬으면 하는 바람이 녹아 있는 아비의 표정이 내게는 참으로 낯설었다.

"꽤 위험해 보이던걸요?"

"물론이지. 그래도 반 푼이나마 효과는 있더라. 저 녀석이 맷집 하나는 끝내 주거든. 덕분에 한나, 고것의 장난도 잘 받아 주고."

"예?"

"너한텐 쥐털만큼도 안 되겠지만, 한나 주먹, 제법 세지?"

당연한 말이었다. 전사의 육체를 꿰뚫고 타격을 입힐 정도였으니까. 게다가 그 날렵함과 날카로움은 어떤 프로 격투가와 비교해도 손색이 없을 것이다.

"아팠죠."

"아프긴 개뿔~ 좌우간 용택이랑 내가 불알친구 아니냐. 당연히 동길이랑 한나도 자주 봤지. 그리곤 쟤가 한눈에 그냥 반한 거야. 한나가 혜란 씨 닮아서 미인이잖아."

부인할 수 없는 부분이었다.

"그렇죠. 그럼 서로 사귀는 중인가요?"

강하성 소장이 낄낄 웃었다.

"아직 중학생인데 너무 이르지. 뭐, 요즘 애들 조숙하니까 그럴 수도 있다손 치더라도, 장담하는데 아니다. 일방적이거든~"

“예?”

“보자마자 사랑한다고 외치며 달려드는데 어떤 여자가 좋다고 하겠냐. 하여간 날 닮아서 돌아이 근성이 있어. 쯧쯧. 덕분에 한나는 패고, 동길이는 맞고를 어언 8년째.”

“8년이나…….”

“덕분에 반 푼이 숨법이 맞으면서 생존본능으로 변화를 일으켰는지, 재가 보기엔 저래도 맷집은 죽여주게 됐어.”

“아, 예.”

은은한 자부심이 어린 강하성 소장에게 차마, 얼추 보기에도 맷집은 좋게 보인다는 말을 나는 하지 못했다.

“아, 맞다. 그…… 누구더라? 상호 딸내미 가르치는 선생이 찾던디?”

“정 선생님이요?”

“급한 일이라고 나한테까지 말하더라고. 뭔 일이냐?”

의자에 앉으며 묻는 그의 옆에 나도 앉았다. 이용택 관장의 집이 말 그대로 코앞이니 대화는 해도 되리라 생각한 때문이었다.

“안 그래도 조금 전에 만나 뵙고 왔어요.”

다른 사람 같으면 자세한 설명을 하지 않았겠지만, 이용택 관장과 더불어 강하성 소장은 내게 중요하며 믿을 만한 사람에 속했다. 미령의 부친인 정상호와도 아는 사이기도 한 그인지라 나는 정 선생과의 일을 알려 주었다.

곧 그는 혀를 끌끌 차며 말했다.

“고 선생이 미령이를 공부 못하는 애로 만들고 싶었나 보다. 하긴, 그게 착한 아이고 성공한 아이니까. 쯧쯧."

"공부 못하는 애라니요?"

그가 익살맞게 대꾸했다.

"왜 있잖냐. 학교 열심히 잘 나가. 수업 시간에 잘 졸지도 않아. 숙제 꼬박꼬박 잘해. 그런데 시험 보면 개떡이야. 이런 애들 반에 꼭 있지 않던?"

피식 웃자 그가 주머니를 뒤적였다.

"시키는 대로 하는 애들이지. 착한 아이. 바른 아이. 요즘으로 치면 유치원 때부터 영어에 한문에 미술에 피아노까지 등등~ 학원 대여섯 개씩 다니고 꼬박꼬박 상장 받아 오는 착한 아이들. 선생으로서 참 가르치기 쉬운 똘똘한 아이. 반장, 부반장 하면서 뭔 역할인지는 생각하지 않고 그저 시키는 대로 잘~하는 착한 아이~"

마침내 찾아낸 마른오징어. 그 몸통을 꺼내 씹는다.

"꿈 있고 목표도 있어서 지가 하고 싶은 공부라면 누가 뭐라겠냐. 단지 문제 되는 애들은 생각 없이 '그냥 착한 아이~'. 놀고 싶은데 공부하고 나가고 싶은데 앉아야 하고 잠자고 싶은데 일어나야 하는 애들. 마음이 콩밭에 가 있으니 뭐가 된들 될 리가 있나. 칠판에서 쓰면 그냥~ 쓰고. 숙제 내주면 그냥~ 해 오고. 심부름하고 칭찬받으면 그냥~ 좋아하는 거지. 그러니 누가 봐도 '참 열심히' 하는데 항상 결과는 뒤떨어질밖에."

"열심히 했지만, 열심히 하지 않은 결과죠. 노력 아닌 노력이니까."

"아따~ 말 어렵게도 한다."

씨익 웃으며 그가 내 어깨를 턱턱 두드렸다. 그리고는 빨대를 입에 가져가며 물었다.

"상현아, 잘하는 거랑 못하는 거. 둘보다 더 불쌍하고 최악인 게 뭔지 아냐?"

"글쎄요."

"바로 '애매~' 한 거다. 모호한 거. 짜가 범생이들의 전매특허."

강하성 소장은 시선을 이용택 관장의 집, 베란다에 두고 있었다.

"이도 저도 아니거든. 갈팡질팡. 한 다리 걸치고 이쪽저쪽 다 구경은 하는데 막상 뭔 줄은 몰라. 보는데 왜 모르느냐고? 선택한 게 없으니까 그런겨. 책임진 적이 없으니까. 사회생활 하다 보면 공부할 때가 편했지~ 하면서 학창 시절을 추억이라고 하긴 하는데 그런 시절이 진짜 추억이려나. 상현아, 넌 학교 다니던 중에서 어떤 때가 가장 기억나냐?"

잠시 기억을 반추했다가 답했다.

"자퇴했을 때죠."

그가 박장대소했다.

"고렇지. 그거 못 잊겠다. 난 몰래 담 타고 등하교했던 거. 도시락 까먹던 거. 여고에 몰래 잠입했던 거. 아아~ 학교에서 박물관 갔다가 애들이랑 달리 딴 길로 빠졌을 때도 있구나. 개미 행렬도 아니고 순서대로 쭈욱~ 지나가는데 재미도 없고, 감동도 없고 아주 지겹더라구. 그래서 몰래 빠져나와서 내 맘대로 돌아다녔지. 나중에 걸려서 엄청 고생했지만, 그때가 기억에 남더라."

공감되는 이야기였다. 하루하루의 일상에서 우리가 떠올릴 수 있는 것은 특징적인 사건이 있을 때다. 뜻하지 않은 사건은 수동적인 삶에서 능동적인 '행동'을 이끌어 낸다. 그것은 사람마다 모두 크기가 다르다.

아프고 고생했던 때가 기억의 포인트가 되는 이유는, 그 상황을 해결하기 위해 스스로 선택하고 노력한 때문이다. 즉, 중요한 것은 바로 자신의 선택과 책임. 부모의 품에서 책임을 회피하고, 다른 사람의 기대와 평가 때문에 자신을 맞춰 간다면 그것은 성공이건 실패건 자신이 없는 껍데기에 불과할 뿐이라는 것이 그가 말하는 의도인 것.

흔히 말하는 '군대 다녀와서 사람 됐다'는 식의 이야기는 선택과 책임조차 져 본 적이 없던 이가 비로소 그 기본을 알았기에 생긴 변화를 말한다.

행동에는 책임이 따른다. 그 책임은 본인이 1차적으로 감당해야 한다. 그것이 아이를 어른으로 만든다. 노력하게 하며 나아가게 하는 것이다.

"그런 면에서 아드님은 추억거리가 엄청나겠네요."

"물론이지. 공부야 좀 못하지만, 경험은 풍부해. 돌아이 근성도 있고. 하하하!"

보통 욕으로 쓰는 말인데 그에게는 의미가 사뭇 다른 것 같았다. 그 자연스러운 호방함에 나까지 전염되는 것 같았다.

그때였다.

"아저씨, 그렇게 크게 웃는 건 민폐라고요!"

짤랑이는 듯한 목소리가 뒤에서 들려온 것은.

슬쩍 곁눈질로 보자 그곳에는 교복 차림의 이한나가 있었다. 일전에 봤던 도복 차림과는 완벽히 다른 분위기. 현화의 그것처럼 TV나 잡지에서 볼 법한 미모와 매력인 데다가 어린 나이니만큼 생기발랄함이 더욱 빛을 발하고 있었다.

다만, 지난번에 크게 울린 것이 무척 마음에 걸릴 따름.

나는 선뜻 말하지 못하고 잠시 강하성 소장과 한나의 대화를 듣기만 했다.

"엉? 한나 왔냐? 여긴 어떻게 알고 왔어?"

"……여기 우리 집 앞이에요."

묘한 한숨이 섞인 그녀의 말.

"그랬나? 하하하. 맞다. 그랬지?"

"오늘도 아빠랑 한잔하시려고요?"

"물론이지. 너도 할터?"

"먹어 봐야 맛도 없는 건데요. 그리고 동길 오빠. 아무리 다이어트 해도 오빠는 키가 딸려서 하나도 안 비슷…… 어? 상현 오빠?!"

뒤늦게 나를 보며 깜짝 놀라는 한나. 이를 본 강하성 소장이 오징어 다리를 쭉 찢으며 묘하게 웃었다.

"야야. 너 처음에 동길이가 입었을 때랑 반응이 다르다?"

"그, 그야 사람이 다르니까요!"

"그런 것치고는 그때……."

"아저씨."

목소리를 착 가라앉힌 한나가 무섭게 말했다.

"아니거든요?"

"어…… 어어. 아, 알았다. 하하하. 내가 착각을 했었지. 어디 보자, 쥐포가 어디 있더라……."

나는 보았다. 고개를 홱 돌리고 주머니를 뒤적뒤적이는 강하성 소장이 소리 없이 웃고 있는 모습을. 하여간 그의 장난기는 대단했다.

짧은 대화로 유추하건대 나와 대련을 마친 후 아들에게 같은 복장을 입혀서 한나에게 데려온 것 같았다. 그리고 무언가 약점 아닌 약점이 잡힌 것 같다.

물론 이렇게 웃음 소재로 쓸 정도로 가벼운 것이니 딱히 신경 쓸 부분은 아닐 것이다.

"잘 지냈니?"

지난번에 울게 한 것이 마음에 걸린 내가 조심스럽게 물었는데, 다행하게도 한나는 괘념치 않았다.

"네. 그런데 오빠도 아저씨랑 같이 온 거였어요?"

"뵈려고 왔다가 소장님과 함께 기다리고 있었어. 관장님은 지금 출타 중이시니?"

"아뇨. 집에 계신대요?"

왜 기다렸느냐는 표정의 한나.

나는 강하성 소장을 보았다.

"동길이 땜시 깜빡했지 뭐냐. 자자~ 들어가자. 하하."

가만히 강하성 소장을 보자 한나가 웃으며 뒤를 따랐다. 나 역시도 피식 웃음이 나올 따름. 그렇게 뒤를 따라 걷는데 눈에 들어오는 것이 있었다.

그것은 그녀의 휴대폰 줄에 있는 작은 곰 인형이었다. 가방 고리에도 새하얀 곰 인형이 있는 것을 보니 강하성 소장의 말대로 정말 인형을 좋아하는 것 같다. 능글맞기는 해도 그의 조언에 따라 선물한 것이 꽤 큰 효험을 발휘하지는 않았을까.

그런데 한나는 가방을 확 돌려 앞으로 안아 들었다.

"이, 이건…… 내, 내가 곰 인형을 좋아해서 그런 거예요! 알았죠?"

"어어, 그래."

딱 봐도 좋아하는 것 같은데 굳이 새삼 언급할 필요가 있을까 싶다만.

엘리베이터 앞에서 버튼을 누르고는 우리는 기다리고 있었다.

"그런데 상현아, 난 술 때문이고~ 넌 뭔 일로 왔냐? 용택이랑 한판 해 보려고?"

"아니요. 그보다는 다른 도움을 얻고 싶어서요."

"뭔데?"

엘리베이터 문이 좌우로 열리고 나는 들어가며 말했다.

"이사를 하려는데 도움을 받으려고요."

"이사? 뭔 도움? 그런 거는 걔보다는 내가 더 나을걸?"

"그렇긴 한데, 조금 달라요. 함께 이사해도 되냐는 거거든요. 도움받고 도움드리는 건데…… 아직 제 생각뿐이라서, 자세한 건 관장님께 먼저 말씀드리고 알려 드릴게요."

"음? 그러던가. 근데 얘기가 어째 용택이네랑 같이 살려는 거 같다?"

"그보다는 도움이 필요한 거죠. 멋진 솜씨도 좀 빌리고. 아시다시피 관장님 댁의 인테리어가 가히 예술적…… 어?"

"하긴, 혜란 씨 솜씨가 끝내 주긴 하지만…… 어라?"

말하던 그와 나는 누가 뭐랄 것 없이 옆을 보게 되었다. 그곳에는 고개 숙이고 엄청난 속도로 같은 버튼을 누르고 있는 한나가 있었다.

"……얘, 왜 이러냐?"

"……그, 글쎄요."

눈만 껌뻑이며 보던 우리는 잠시 후, 아무렇지도 않게 정신을 차린 한나의 침묵 속에서 어색하게 들어가게 되었다.

4권에서 계속

www.bbulmedia.com

BBULMEDIA